INTRIGUE À VERSAILLES

Adrien Goetz enseigne l'histoire de l'art à la Sorbonne. Il publie son premier roman en 2003. L'année suivante, *La Dormeuse de Naples* lui vaut le prix des Deux Magots et le prix Roger Nimier. *Intrigue à l'anglaise*, son cinquième roman, obtient en 2008 le prix Arsène Lupin. Il écrit également dans divers titres de la presse artistique. Il est le rédacteur en chef de *Grande Galerie, le Journal du Louvre*. Il est par ailleurs le vice-président d'une association humanitaire, Patrimoine sans frontières. L'Académie française lui a décerné en 2007 le prix François-Victor Noury, de l'Institut de France.

Paru dans Le Livre de Poche :

À BAS LA NUIT !

INTRIGUE À L'ANGLAISE

ADRIEN GOETZ

Intrigue à Versailles

ROMAN

GRASSET

Deux plans figurent à la fin du volume,
p. 409 et p. 410.

ISBN : 978-2-253-12984-4 – 1re publication LGF

PREMIÈRE PARTIE

Des fontaines d'eau vive

« Restaurer un édifice, ce n'est pas l'entretenir, le réparer ou le refaire, c'est le rétablir dans un état complet qui peut n'avoir jamais existé à un moment donné. »

Eugène Emmanuel VIOLLET-LE-DUC,
*Dictionnaire raisonné de l'architecture
française du XIe au XVIe siècle,*
article « Restauration », 1856

1

Conservatrice à tout faire

Château de Versailles,
lundi 22 novembre 1999, 8 h 15

Pénélope galope. Elle ne voit déjà plus l'entrée solennelle du pavillon Dufour, les marches de pierre grise, la porte des conservateurs et du personnel, les hautes boiseries blanches qui cachent l'ascenseur. Nouveau poste, nouveau lieu, enthousiasme : elle respire l'air glacé avec bonheur.

Elle arrive le plus tôt possible, avant les autres conservateurs, mais en même temps que la secrétaire du président Vaucanson. Elle a fait un détour pour saluer les surveillants de service de l'autre côté de la cour, derrière leur banque d'accueil en bois grand style Réunion des musées nationaux. Le QG de sécurité du château, mal commode, ouvre sur la cour. Ça sent le café noir. Le matin, devant la porte rouge du monte-charge, les pompiers plaisantent. Aucun des membres du « personnel scientifique » n'est encore là, même ceux qui logent sur place. Pénélope refuse une tasse en souriant.

Aile des Ministres côté midi ; aile des Ministres côté nord ; pavillon Gabriel ; pavillon Dufour, cour de Marbre. Wandrille lui a dit qu'elle rebondissait entre les bras de briques et de pierres qui enserrent la cour d'honneur comme une boule dans un flipper. Elle n'est pas certaine que c'était un compliment. Elle a pourtant maigri. Elle passe la journée au bureau, part bonne dernière. Elle apprend vite : dans un nouveau poste, on est toujours un imposteur au début. Elle a horreur de ça. Elle s'est juré que cette phase serait la plus brève possible. Entre deux rendez-vous, elle dévore les inventaires des collections, avale les quatre volumes du catalogue des peintures, les livres consacrés au mobilier royal, les notes de ses collègues conservateurs, les rapports d'activité des années passées, les articles savants. Elle a commencé depuis deux mois, dès qu'elle a appris son affectation. Elle lit les mémoires du comte de Tilly, les souvenirs de Félix, comte d'Hézecques, bien moins connus, elle ouvre au hasard, chaque soir, un volume de Saint-Simon, ou les lettres de la princesse Palatine, pour sentir l'esprit de la cour. L'avantage d'avoir préparé le concours qui permet, chaque année, à trois ou quatre étudiants en histoire de l'art de devenir conservateurs du patrimoine dans la spécialité qui s'intitule « Musées-État », c'est de savoir travailler à toute allure. Et des lectures de fraîche date, ça permet parfois de bluffer de vieux spécialistes qui ne se souviennent plus très bien. Elle déjeune tous les jours avec un interlocuteur différent, veut tout savoir et connaître tout le monde. Si cette boulimie pouvait ne pas s'accompagner de tablettes de chocolat au lait, elle se sentirait heureuse.

L'agenda de Pénélope, dix jours après ses débuts à Versailles, ressemble à un grimoire de sorcière. Sa tête ébouriffée, pense-t-elle, est assortie. À qui pourrait-elle bien demander l'adresse d'un bon coiffeur dans cette ville ?

Elle salue Marie-Agnès, elle-même coiffée comme Marie-Antoinette à l'échafaud, qui filtre les communications avec une astuce de première dame d'honneur. Elle lance un regard essoufflé au grand portrait de Soufflot. Que fait dans le vestibule ce tableau montrant l'architecte du Panthéon ? Un accrochage provisoire des années 1970 qui a dû perdurer.

Pénélope dispose d'un morceau de bureau depuis la veille, d'un téléphone, de vingt pour cent du temps de la secrétaire de l'étage, Vanessa, qui a été reine de la Mirabelle à Metz en 1991, ce dont témoigne un article jauni et encadré. Vanessa lorgne la place de Marie-Agnès. Tout le monde a voulu prendre rendez-vous avec Pénélope. Nouvelle venue dans cette nasse qui aimerait tant jouer au marigot, elle a beaucoup de succès avec les crabes, vieux et jeunes, qui sont tous venus faire leurs numéros de crocodiles devant la débutante. On lui a proposé pour son nouvel appartement un réfrigérateur hors d'âge, deux tapis, des tabourets en plastique. Elle a rencontré le jour de son arrivée le lointain président, fort aimable,

Aloïs Vaucanson, conseiller d'État et bibliophile compulsif.

Elle n'a pas réussi à voir le directeur scientifique de l'institution, son vrai patron, Paul Daret, un conservateur général qui, après une carrière immobile, n'attend plus que sa prochaine retraite. Il laisse agir ses équipes, apparaît peu, vit dans un appartement en ville avec une universitaire qui enseigne la chimie à Censier. Depuis deux ou trois ans, on le croise moins dans les salles. Il soigne ses rhumatismes, enchaînant les cures de trois semaines et les récupérations de jours de vacances. Il ne rentrera que début janvier. La question du choix de son successeur se pose à voix basse.

Pénélope sympathise avec le conservateur dont elle dépend, M. Bonlarron, débonnaire roi Babar, capable de réciter à l'endroit et à l'envers la liste des meubles importants qui se trouvaient à Versailles avant la Révolution. À deux ans de la retraite il se sent libre de tout dire, puisque le poste de Daret ne sera pas pour lui. Il se glorifie de tout ce qu'il « a fait rentrer », brebis égarées retrouvées le plus souvent chez des milliardaires, qu'il eut ainsi, au fil des ans, l'illusion de fréquenter un peu – consolation mondaine de son maigre salaire. Il trace dans l'air, avec les gants blancs qu'il porte toujours pour ne pas abîmer ses consoles, un signe d'impuissance et ponctue : « On en est là ! »

Restent les autres : la conservatrice du musée des Carrosses, dite « la cinquième roue », en dépression, et deux conservateurs en chef qui ont

tout de suite eu l'air d'adorer Pénélope. La première est une dame à chignon en forme de brioche
laquée, très solide, comme seuls quelques coiffeurs
du VIIe arrondissement de Paris et des bonnes
paroisses de Versailles en réussissent encore. Elle
se nomme Simone Rapière. Bonlarron, charitable,
a donné à Pénélope le nom du coiffeur, chez
Léonard, rue du Vieux-Versailles, qu'elle a noté
avec attention. Plutôt mourir. Cette Rapière a
écrit une suite de livres à l'eau de rose sur Marie-
Antoinette. Elle porte depuis trente ans les mêmes
lunettes futuristes en forme de Minitel. Tout le
monde l'appelle Chignon-Brioche comme si elle
était une vieille dame charmante, alors que c'est
une teigne.

Son allié dans la place est un autre conservateur
en chef, quarante-cinq ans, toujours en congé lui
aussi pour diverses maladies bénignes, qui tente
des effets de gilet brodé et organise des expositions
d'éventails au musée Lambinet, le musée municipal
de Versailles, éternel oublié des cars de touristes. Il
prépare une sélection de boîtes en or « qu'il ne faut
pas confondre avec les tabatières », de porte-bou-
quets et de pistolets à parfum. Il a son public. Il
s'appelle Augustin de Latouille, un nom qui, dit
son ami Bonlarron, « ne figure même pas dans le
dictionnaire de la fausse noblesse ». Les rangs de la
conservation sont dégarnis : deux postes restent
encore à pourvoir, un pour les peintures, un pour
les sculptures. Depuis six mois, personne n'a été

nommé. La crainte est que le ministère ne les renou-
velle pas. C'est un bon sujet de conversation.

Fermant la marche, les membres du service de
restauration des œuvres, qui veulent tous avoir les
mêmes prérogatives que les conservateurs. Ils ont
placardé dans un coin de leur atelier la *Charte de
la conservation-restauration*, premier pas vers le
titre, admis dans certains pays, de conservateur-
restaurateur. Heureusement que personne parmi
eux n'est armé le matin quand ils arrivent au travail.

Face à cette garde sacrée, l'architecte en chef du
domaine, tout-puissant, ses adjoints au nombre mal
défini, et aussi les secrétaires, guides, porte-plu-
meaux, agents de surveillance menaçant grève,
vigiles n'obéissant qu'au commissariat de police,
pompiers logés dans la caserne qui dépend de
l'hôtel de ville, monument républicain plus haut
que le château : la litanie des contre-pouvoirs... Les
architectes pensent, à bon droit quand on regarde
les budgets, que la vraie puissance, à Versailles,
c'est eux : les conservateurs sont là pour mettre des
fleurs dans les vases, ce qu'ils n'osent pas faire, et
des rideaux aux fenêtres, ce en quoi ils excellent.
Bonlarron, achevant ce tableau qu'il brossait à plaisir pour Pénélope le premier jour, fermant les yeux
et plein d'onction, la voix une octave trop haut,
avait conclu : « Et l'on pouvait dire d'eux ce que
l'on disait des premiers chrétiens : voyez comme ils
s'aiment. »

Le générique de cette superproduction figure sur une brochure photocopiée sous le titre d'organigramme – chacun serre les dents, fronce le sourcil, ouvre la bouche... Pénélope y a été intégrée la veille ; la paupière gauche mi-close, elle ressemble au maréchal Koutouzov, furieux de n'avoir pas été consulté avant la bataille, dans un film historique soviétique.

Aujourd'hui, elle doit recevoir Zoran, un de ses vieux amis conservateur au Centre Pompidou, qui vient lui présenter un projet d'art contemporain, puis un industriel chinois qui veut devenir mécène, puis Thérèse de Saint-Méloir, présidente du cercle légitimiste des Yvelines, puis passer chez elle pour y retrouver un plombier qui semble bien être un escroc, puis participer au comité de pilotage du colloque « La société de cour en Europe au miroir de la nouvelle histoire diplomatique », avec des professeurs de l'université de Saint-Quentin-en-Yvelines, enfin, bonheur, dîner, ouf : Wandrille !

Lorsque le président de Versailles l'a reçue, dans son beau bureau en lanterne au dernier étage du pavillon Dufour mitraillé par le soleil d'hiver, elle a bien saisi qu'il lui donnait, pour déblayer, en plus de ses minces fonctions officielles, tout ce dont aucun de ses collègues ne voulait. Wandrille l'a tout de suite compris, du haut de son loft familial de la place des Vosges, que son « grand patron » de père avait eu l'heureuse idée d'acheter avant la réhabilitation du quartier du Marais :

« Ils avaient juste besoin d'une Cosette, d'une bonne à tout faire. Ils se gardent leurs sacro-saintes acquisitions de mobilier de provenance royâââle, les visites de stars incognito, les expositions falbalas inaugurées par la reine de Danemark ou la reine de Suède, le gala annuel de l'association pour l'enfance de Mme Giscard d'Estaing… J'y suis allé quand j'étais petit. Tous ces salons chargés, cet opéra tape-à-l'œil, tu vas t'amuser ! Quand les vapeurs de Shalimar se mêlent aux relents doucereux de la naphtaline des smokings sortis de leurs housses, le bouquet enivrant des soirées versaillaises, ça m'avait rendu malade.

— C'est pour ça que, depuis, tu sors très peu.

— Pour le tout-venant, les importuns et les cor-vées, les projets foireux, les légitimistes, les orléa-nistes, les bonapartistes et l'art contemporain qu'ils ont tous en horreur, j'oublie le sapin de Noël et le spectacle de la fête du personnel, il leur fallait une petite fée. Une Pénélope. »

Wandrille voit clair, particulièrement sur les sujets qui lui échappent, à force de lire tous les magazines pour écrire sa chronique hebdoma-daire. Autrefois, c'était sur la télévision, mainte-nant, il a droit aux sujets de société. Pénélope, depuis presque cinq ans qu'ils vivent ensemble sans jamais habiter sous le même toit, aime sa manière de peindre les situations, habitude de billettiste.

Le coup de génie du président Vaucanson a été de faire créer ce poste : conservateur chargé des textiles. Un conservateur de plus, c'est une victoire, et Pénélope a été accueillie en triomphe, jeune femme radieuse et pétillante portant sa paire de lunettes dans les cheveux comme un diadème, entrant à Versailles dans un carrosse à huit chevaux : Mlle de La Vallière durant les fêtes de l'Isle enchantée, Marie-Angélique de Scoraille de Roussille, demoiselle de Fontanges, au temps de son éphémère éclat. Ils ne se doutent pas, les pauvres, pense-t-elle, qu'elle aura le cuir et l'endurance d'une Mme de Maintenon. À Versailles, il faut durer. Les enterrer tous. Ce que Louis XIV avait si bien su faire, appuyé sur sa vieille ripopée.

Pénélope est contente de dépendre du conservateur chargé du mobilier, ce Bonlarron, qui a écrit les deux livres de référence et dont les mi-bas en soie sont célèbres dans tout le milieu, « toujours prêt à se laisser crucifier pourvu que ce soit à côté du Christ ». C'est lui-même, bien sûr, qui lui a servi cette plaisanterie de bon ton et bien patinée. Il a insisté pour lui faire goûter un whisky très ancien qu'il cache dans un placard, détail qui a achevé de convaincre Wandrille qu'il était fréquentable. Ses bonnes bouteilles sont son seul luxe : il porte des vestes plus vieilles encore, des chemises élimées, fume les cigarettes les moins chères.

Pénélope se sert du café. À Versailles, pas de cafetière automatique. L'eau chaude passe dans un filtre en papier recyclé. Pénélope verse le résultat de cette opération alchimique dans un cadeau de la Manufacture nationale de Sèvres, réédition à

l'identique du bol de Marie-Antoinette dessiné
pour la laiterie de Rambouillet. Un bol dont la
tradition affirme qu'il a été moulé sur le sein de la
Reine, un bol-sein. « Un sein-bol », se dit Pénélope,
ravie de son nouveau statut.

Wandrille, à ce mot, téléphone :

« Dis-moi que j'inaugure ton nouveau numéro !
Tu es folle d'être déjà à ton bureau à cette heure-
ci, il ne faut pas les habituer !

— Toi qui n'es jamais levé avant 9 heures ! Tu
es malade ?

— Je suis avant tout télépathe, j'ai senti que tu
avais besoin de me parler. Je me trompe ? Ça y est,
tu es installée, ils ont bien voulu pousser trois piles
de catalogues pour poser un ordinateur Honeywell
Bull des années héroïques ?

— J'ai dû apporter le mien, c'est la misère informatique ici, tu sais.

— Tu as acheté le frigo orange qu'on te proposait ? Je serais toi je dirais oui ! Les accessoires
vintage, c'est le top ! J'ai une nouvelle fantastique
à te donner, mais par téléphone je ne peux pas. J'ai
été mis sur écoute ce matin, par mesure de sécurité.
Tu sais, je dois être protégé par le GPHP, c'est la
loi.

— Qui donc veut te protéger ? HP, c'est un
hôpital psychiatrique...

— Le Groupe de protection des hautes person-
nalités, je cite, je n'y suis pour rien. Un corps
d'élite...

— J'imagine.

— … qui dépend du ministère de l'Intérieur, je t'expliquerai. Si je viens te voir à l'heure du goûter, tu auras fini ?

— Viens. Sans le GPHP.

— Promis, je les sème. Pour toi. Tu ne vas pas me reconnaître. Et si je viens plus tôt ? »

2

Un cadavre dans un bassin

Parc de Versailles,
même matinée du lundi 22 novembre 1999,
vers 8 h 30

Les grilles ouvrent avec une dizaine de minutes d'avance. Barbara est la seule à entrer dans le jardin, casque sur les oreilles. Depuis qu'elle a quitté Cleveland et choisi cette maison ancienne, à Versailles, à la bordure du parc, elle court une heure chaque matin. Elle monte l'allée des Marmousets et met le cap sur le bassin de Latone, son préféré, avant de longer le Tapis vert et de se diriger vers les Trianons. Elle sort par l'allée des moutons, passe par la « grille des Versaillais » et rentre chez elle. Parfois, elle se fait servir un petit déjeuner au Trianon Palace, où elle descendait toujours avant de se décider à habiter la ville. Cette promenade sportive lui prend une heure, parfois deux, quand elle s'attarde devant les statues. Elle a l'habitude de tourner autour des bassins, pour s'échauffer, une dizaine de fois, avant les étirements. La musique royale de Sir Edward Elgar l'accompagne : *Pompes et circonstances*.

En descendant l'escalier qui va des parterres d'eau au bassin, elle aperçoit une forme à la surface de l'eau. La margelle, sur le côté, porte des taches de boue. Les mousses sont détachées du bord sur une cinquantaine de centimètres. Il n'a pas plu cette nuit. Le bassin est un miroir noir. Les statues trouvent l'eau tellement sale qu'elles refusent de s'y refléter. Barbara reste un instant au bas des marches, puis s'approche. Une silhouette obscure vibre entre le fond et la surface : un noyé.

Elle remonte sa manche, plonge sa main dans l'eau glacée. Elle n'arrive pas à atteindre l'ombre qui lui semblait pourtant proche. Il faudrait qu'elle entre dans l'eau. Elle hésite. Son bras refroidit.

Elle tente de se calmer. Ses tremblements sont de plus en plus rapides. Ses jambes deviennent raides.

Elle ne crie pas. Elle ouvre la bouche. Elle s'allonge par terre. Des frissons de plus en plus forts agitent son corps. Elle ne veut plus voir ce bassin, cette eau sale. Elle se force à respirer avec régularité. Elle tremble encore durant plusieurs minutes. Elle s'assied sur le sol.

Dans le parc encore vide, personne ne s'est aperçu de ce qui vient de se passer. Le corps est peut-être là depuis la veille.

Un homme, une femme ? Impossible à dire, elle distingue juste une sorte de sac marron à la surface, qui doit être un imperméable, des cheveux noirs assez courts. Son casque hurle le *Boléro* de Ravel.

Barbara remonte les escaliers à toute vitesse. Elle s'est essuyé le visage avec la petite serviette qu'elle a toujours sur les épaules.

Barbara halète devant le gardien. Farid vient de finir son café. Elle lui sourit, décidée à faire face, à montrer qu'elle est forte, à tester aussi son charme, depuis que sa dernière opération lui a donné, au dire du chirurgien, quinze bonnes années de moins. C'est Edmond, plus expérimenté que Farid en matière de sécurité, qui accepte de suivre cette dame sans âge en body et Nike blanches.

À Latone, personne encore, pas d'autre joggeur matinal. Edmond parle avec calme. Il va appeler la police. Les flics vont boucler le secteur, poser des barrières et des bandes jaunes et blanches. Les pompiers ensuite. Une ambulance aussi, même si c'est trop tard.

Barbara est au téléphone, assise sur trois marches de marbre rose. Une sirène se fait entendre. Elle attend les pompiers, souriant de ses dents neuves. Farid lui a prêté une couverture.

Elle appelle le père Brun, le religieux qui l'a baptisée l'année dernière à Cleveland. C'est grâce au réseau du prédicateur qu'elle a pu trouver cette maison à Versailles. Elle lui doit sa nouvelle vie, sa seconde jeunesse. Ses succès aussi, qu'elle se garde de relater à son directeur de conscience. Ce matin, elle a vu des choses incroyables. Elle a eu cette espèce de crise de convulsions, qu'elle n'avait jamais vécue. Il faut qu'elle lui raconte.

Pour se rassurer, elle pense à sa jolie maison de Versailles, elle tente d'effacer les images de ce corps, dans l'eau, à côté d'elle. Son décor intérieur la rassure, ses meubles français qu'elle a voulus. Ces photos contemporaines apportées de Cleveland, des échangeurs d'autoroute vus du ciel, tous ses univers superposés. Elle vient de toucher un mort. Elle va être interrogée comme témoin. Le lieutenant de police lui dit qu'elle peut rentrer. Il va passer la voir aujourd'hui ou demain. Tout cela n'est pas bon pour une femme de son âge. Elle a besoin de prier en silence.

3

La ronde du matin

La ronde du matin n'est pas un tableau de
Rembrandt. Elle ne requiert qu'un personnage
pour l'ensemble des Grands Appartements avec
les corridors de service, les escaliers dérobés et les
arrière-cabinets. D'abord, le parcours sacré : le
salon d'Hercule, le salon de Vénus, le salon
de Diane, le salon de Mars, le salon de Mercure, le
salon d'Apollon, le salon de la Guerre, la galerie
des Glaces, le salon de la Paix, la chambre de la
Reine... La suite des pièces privées, le cabinet de
la Pendule, le cabinet des Chiens, la salle à manger
des Retours de chasse, les appartements de
Mme du Barry, ceux de Mme de Pompadour et de
M. de Maurepas. Le veilleur détient les clefs et un
privilège : tout vérifier.

Par les fenêtres, la nuit remue le parc. C'est
l'heure où nul ne voit jamais Versailles. Médard
pratique la ronde comme une danse lente et
souple. Un rituel de chaman. À l'entrée du cabinet

d'angle, il chante seul, à voix basse, du Lully ou
du Gainsbourg. Il passe devant les coffrages vitrés
qui protègent certaines portes, avec toutes les
traces des doigts gras. Les lumières du lustre, dans
le cabinet de la Pendule, projettent au plafond des
reflets d'aquarium. Médard surveille une fissure,
la corniche joue, surtout quand l'air est humide.
C'est ça les maisons sans cave. Il marche avec
lenteur. Il compte ses pas, dans le froid. Il joue
dans un film que personne ne filme.

Ces minutes du matin sont le bonheur de sa vie.
Il aime chaque mur, traverse les cloisons du regard,
parle aux dessus-de-porte et aux rideaux. Il se
raconte des histoires. Il est le Roi, il est M. de
Montespan, le cocu magnifique, il est Molière et il
est Racine. Il déclame haut pour faire entendre aux
boiseries la première scène de *Britannicus*. « Errant
dans le palais sans suite et sans escorte... » – et les
mots entrent dans les murs. Une phrase, pas plus,
pour goûter le son. Cela ne prend pas beaucoup de
temps, personne ne le saura jamais. Il veut que ça
résonne dans la caisse, comme une partition perdue jouée sur une viole ancienne. Les rires du parquet, le cliquetis des gonds qui tournent plus ou
moins bien participent au concert.

Il manque les feux de bois, les chandelles consu-
mées des fêtes de la veille, les fleurs et les pots-
pourris, l'odeur du cheval sur les bottes. Il manque
les chiens du roi et les escadrons de chats, les
volières de la cour de Marbre et les petites cages à
serins, les chauves-souris lancées comme des balles

de ping-pong dans les charpentes de la chapelle. Versailles sans animaux, ça ne vit plus vraiment. Pendant une heure, Médard caresse et flatte le vieux château, son compagnon familier, et le palais hennit et piaffe, heureux d'être aimé comme ça.

Voici Médard dans « la chambre », celle de la Reine. Il ouvre et referme la balustrade de bois doré, en la touchant à peine, sans un regard pour le monumental lit garni des soieries retissées à Lyon « selon les cartons originaux » dont se gargarisent les nostalgiques. Ça, c'est Versailles pour les touristes. Il déteste ce vaisseau aux mâtures invisibles, avec son gréement de tissus trop brillants couronné de panaches blancs, arrachés à de malheureuses autruches qui n'avaient jamais rêvé d'une si noble et autrichienne consécration. Il l'a vu faire, ce baldaquin qui sent le neuf. Il s'en moque. Il est plus ému par les pièces que nul n'a jamais repeintes, jamais touchées. Ce qu'il faudrait restituer, c'est la gaieté des chasses, le gibier empilé devant les murs, les processions, l'encens et les ordures, pas les tissus. Entre le colossal « lit à la duchesse » protégé des postillons par des plastiques et le « serre-bijoux », un tank d'acajou, nacre et bronzes dorés, deux monuments, il ouvre, en tournant la poignée ovale, la porte dissimulée dans le mur.

C'est l'étroit vantail qui plaît tant aux conférencières. Médard part d'une voix de fausset : « Ici, par cette porte invisible, garnie de ce lampas de soie orné de roses, de lilas, de rubans et de plumes de paon, durant les journées d'octobre 1789, alors que le peuple de Paris avait envahi le palais... » Les groupes frémissent.

Cette porte, quand on entre dans la chambre, passé le premier étourdissement qui fait tressaillir les Américaines, on ne voit qu'elle. Peut-être parce que tous les films sur Marie-Antoinette, les sempiternels documentaires sur « les secrets de Versailles », l'ont montrée jusqu'à plus soif. Couverte de soie côté face, avec les bois dorés à la feuille, côté pile c'est un panneau digne d'un château pour hobereaux fauchés du Poitou vers 1780.

Ici commence le voyage de l'autre côté. Médard pénètre dans les appartements privés de Marie-Antoinette, une pièce de passage d'abord, donnant sur un escalier minuscule. Là, il doit ouvrir la porte avec une clef très longue, terminée par un fleuron au dessin enfantin, le « passe de la Reine », comme c'est écrit à la plume sur la vieille étiquette rectangulaire. C'est l'entrée du royaume enchanté, que beaucoup de courtisans rêvaient d'apercevoir. Médard ouvre la porte du « cabinet de chaise », l'endroit où la Reine allait seule, équipé de toutes les commodités qui passionnent les historiens de la vie quotidienne et des chasses d'eau. Un de ces lieux « à l'anglaise », avec eau courante, que Louis XVI avait fait installer. Petite envie matinale, Médard rit. Quel zozo tu fais mon vieux, retiens-toi. Il regarde la lunette de bois. Il paraît que le mécanisme fonctionne. Sur ce genre de

détails, il en sait plus que bien des conservateurs,
comme cette petite Pénélope Breuil, qui vient
d'arriver et a peut-être bien réussi son concours,
mais ne connaît rien de la vraie vie de Versailles.
Ils tranchent de tout, prennent des airs assurés.
Médard les déteste. Au fond, tout cela est injuste.
C'est lui qui en sait le plus, depuis le temps.

En trente ans de château, Médard a vu trois amé-
nagements de ce réduit. Il l'a connu peint à la mode
de la Troisième République avec tout le confort
moderne, inchangé depuis les transformations
faites pour la tsarine Maria Feodorovna. Elle avait
été logée par la République dans les petits appartements de la Reine, tandis que le tsar occupait ceux
du Roi. Médard avait vu le cabinet « actualisé »
lors du sommet du G7 de 1982. On avait installé
une cuvette en émail pour Margaret Thatcher, qui
avait occupé elle aussi les petits appartements de la
Reine et siégé là. Cette installation a depuis disparu
pour que Thierry Grangé, l'architecte actuel du
château, puisse « restituer » l'état d'origine, avec
abatant d'acajou « d'époque », comme il dit. En
réalité, c'est tout neuf. Ce que Médard ne sait pas,
c'est si le décor est factice ou si l'eau arrive toujours. Il faudrait tester ; à chaque fois, il hésite.

Médard inspecte d'un coup d'œil le vestibule
tapissé de livres. Pourvu que ce petit coq de Grangé
n'ait pas l'idée de redorer tout à la sauce clin-
quante. Celui-là, il le hait. Dans cette petite pièce,
il ne faut toucher à rien. Il est amoureux de cette
pénombre. Le moment de la ronde où il s'émeut.

À certains endroits, il s'arrête. Il se regarde dans les glaces qui en ont vu tant d'autres.

Le ménage n'a pas encore été fait. La poussière ne se voit pas trop, sauf sur les lustres. On a ciré la semaine dernière, une odeur de miel monte encore des bois chevillés aux stries noircies. Aucun groupe n'a fait la visite hier, personne n'a dû franchir le seuil. Ces petits appartements sont accessibles sur demande, pour les toqués des princesses et les amateurs de mobilier. On y entre par la salle des Gardes de la Reine ou par un étroit couloir blanc qui donne dans le salon de l'Œil-de-Bœuf. Médard aime mieux le passage par la porte dissimulée.

De plus en plus, les groupes, galvanisés par la télévision, réclament les coulisses, les attiques et les galetas. Ça agace Médard que tout le monde veuille partager ses passions. Autodidacte devenu très savant, il dévore chaque mois des dizaines de livres. Versailles est une vieille baraque, comme bien d'autres. Les visiteurs se sont mis à aimer cela, les petits escaliers, les marches cassées. Ils réclament le mystère, les feuillets collés dans les portes des placards, l'envers du faste, comme si les grands décors peints ce n'était pas plus beau. Ils sauront tout des baignoires et ne regarderont même plus les merveilles du salon d'Hercule ! Le plus beau plafond du monde, après la Sixtine, l'envol d'un héros accueilli sur l'Olympe. Le plus tragique aussi, parce que Lemoyne, après l'avoir peint, s'est suicidé. Son fantôme y vit spacieusement. À Versailles, on pourrait aussi compter les morts étranges.

Depuis la seconde petite pièce de la bibliothèque de la Reine, au seuil du « cabinet doré », Médard se fige.

Il lâche sa torche. Elle tombe sans s'éteindre, ver luisant sur le parquet luisant. Elle éclaire le mur, face à lui. Il regarde sans comprendre. Pas une machine infernale, pas un colis suspect, pas une bombe : un meuble. À droite de la cheminée, sur la boiserie blanche réchampie d'or et ornée de motifs pompéiens, montée sur quatre pattes de marqueterie enrichies de bronzes dorés, une « table à écrire », qui n'a jamais été là, vient d'apparaître.

4

Un meuble de trop

Médard regarde cette table mirobolante, aussi incongrue qu'un vaisseau spatial tombé sur une planète morte : lieu de chute, Versailles, parking pour *skylabs* du XVIIIe siècle. Le meuble a posé ses fines antennes entre deux fauteuils qui lui ressemblent, à côté d'une harpe de même facture et d'une commode signée Riesener ornée de trois vases de Sèvres à décor chinois, en terrain ami. Médard n'aurait pas été plus étonné si cette table, à deux niveaux, avec son plateau d'entretoise accroché à mi-hauteur entre les pieds, avait touché le sol sous ses yeux au milieu des Formica seventies du marché aux puces de Saint-Ouen. Un mirage d'hiver. Un des fauteuils, robot téléguidé qui se serait déplacé seul sur Mars, a été légèrement tourné vers la table. Comme si quelqu'un, après avoir écrit un mot, venait de se lever.

Il s'approche de ce meuble de trop, arrivé pendant la nuit. Il est certain qu'il ne s'y trouvait pas la

veille, quand il a fait sa ronde, juste après la fermeture vers 18 h 30. Ici les meubles, une fois qu'ils
ont été rachetés, retrouvés, préemptés, légués, sont
doués d'une qualité imprévue : l'immobilité. Les
tables volantes, c'est suspect. Une nouvelle pièce,
de cette qualité, de cette valeur, ce serait un événement, une acquisition très importante. Les conservateurs lui en auraient parlé, ils savent tous, dans
la petite famille de Versailles, que ça l'intéresse.
Vaut mieux ça qu'un vol ou qu'un cadavre. Tout
de même.

Médard se ressaisit. Il regarde la table. L'intruse. Un chef-d'œuvre.

Il pense au visage de la petite fille qui passe en
courant au milieu des hommes d'armes dans le
tableau de Rembrandt au Rijksmuseum d'Amsterdam. Égarée au milieu de *La Ronde de nuit*, elle n'a
pas l'air effrayé. Médard aime citer des tableaux et
des poèmes à tout bout de champ, ça énerve Farid et
Edmond. Quand il va leur raconter, tout à l'heure,
au moment de la pause. Cette apparition. Le visage
de celle qui court dans la pagaille et qui n'a rien
à faire là, cette robe rose que le peintre n'a pas
oubliée, détail absurde, qui fait tout le mystère.
Cette table fragile, c'est pareil, en bois précieux, si
pure, irréelle.

Médard a eu une vraie peur la semaine dernière.
En rentrant, sa fille à lui, pas celle de Rembrandt,
même si quand elle était petite Esther ressemblait
un peu à la petite fée du tableau, n'était pas là,
comme tous les soirs, à lui préparer le dîner. Le

chat, qui n'avait pas eu sa pitance, s'était jeté
sur lui. Médard l'avait consolé en ouvrant une
conserve. Il savait que pendant ce temps l'angoisse
lui accorderait une douzaine de secondes de répit.
Ensuite il avait cherché sa fille. Elle était sortie. Il
s'était imaginé qu'elle avait voulu s'enfuir, le quitter, qu'elle ne voulait plus vivre avec lui. On peut
avoir peur, pour des riens, devant les grains de
sable qui s'insèrent dans la mécanique. Sa fille n'a
jamais été craintive, il l'a élevée pour qu'elle puisse
résister à tout, malgré sa déficience. Elle était reve-
nue, une heure plus tard. Médard n'avait pas posé
de question. Il n'avait pas osé.

Médard s'approche, caresse la marqueterie – des
fleurs, des fruits, des arbres et des branches. Puisqu'il n'y a personne, cette petite nouvelle, cette
table imprévue, sera à lui. Pour deux ou trois
minutes. Il tourne sur le panneau en façade sa
minuscule clef de bronze qui fait un joli bruit
huilé, ouvre un tiroir, vide. Il passe la main à l'intérieur, caresse le fond. Il n'a pas vraiment cette
odeur caractéristique des bois précieux anciens.
Une autre odeur, un fumet pas franc, qui serait
écœurant s'il était plus fort.

Au-dessus du tiroir, deux petites pièces de bronze
doré en saillie signalent un élément inhabituel.
Médard les tire vers lui, libérant un panneau qui
glisse au-dessus du tiroir ouvert, s'ajuste au plateau
principal. Il aime les meubles à mécanisme, les
bureaux à cylindre, les cabinets à double fond. La
surface de la table s'accroît ainsi, sorte d'écritoire à

transformation, le dessus couvert d'un cuir vert. Il glisse ses doigts sur ce cuir patiné, découvre une charnière. Le plateau se soulève, comme un lutrin inclinable. Médard règle la pente, jubile. Un meuble royal, sans aucun doute, avec des secrets qu'il n'a pas encore trouvés.

Il s'allonge, pour regarder sous le plateau s'il y a une estampille, signature de l'ébéniste, ou une marque au fer, noire dans le bois clair, qui dirait dans quelle résidence royale ce meuble a été livré.

Médard écoute. La pendule vient de sonner. Son tic-tac semble redoublé depuis qu'il s'est approché du meuble. Il ferme ses poumons, en apnée. Une seconde pendule cachée quelque part ? Une bombe comme celle que les autonomistes bretons avaient fait exploser en 1978 dans la galerie des Batailles ? Il ne bouge plus. Une goutte vient de tomber à côté de son visage, sur le parquet, puis une seconde, sur sa joue. Il s'essuie. Il regarde au sol : une marque brune sur le parquet. Il se relève et s'accroupit. Recommence à respirer, sans bouger. Une autre gouttelette se forme sous le meuble, à l'aplomb du tiroir ouvert, presque infime. Il se penche, l'intercepte dans sa paume, la renifle. Une odeur qu'il connaît.

Cette table à écrire du XVIIIe siècle est en train de perdre du sang.

5

La visite de l'empereur de Chine

Château de Versailles,
lundi 22 novembre 1999, vers 9 h 30

« Mademoiselle Breuil, on vous demande d'urgence dans les petits appartements de la Reine. Médard a appelé ici avec le portable. Il y a une catastrophe. M. Bonlarron y est allé, ça s'agite dans tous les sens. Il paraît qu'il y a aussi un problème dans les jardins, on ne m'a pas dit quoi. Déjà que je suis débordée moi, alors avec tout ça…

— Une catastrophe ? Plus tard, Marie-Agnès, dans vingt minutes. Je dois filer chez les architectes.

— N'oubliez pas le rendez-vous à 10 h 30, avec M. Deloncle, le PDG de la société Patrimoine Plus, dans le bureau de M. le président. Vous vouliez une adresse de coiffeur, je vous l'ai marquée… »

Encore une enseigne à éviter. Pénélope n'a pas le temps de s'attarder. Son camarade Zoran est en retard, il n'a pas dû oser garer sa ruine dans la cour d'honneur. Elle va d'abord recevoir « le Chinois ». L'art contemporain passera après l'Empire des signes.

Elle se réjouit de montrer Versailles un lundi, jour sans visiteurs, à Zoran Métivier. Elle était élève avec lui à l'École nationale du patrimoine, un esprit vif en costume noir et chemise noire, lunettes d'écaille rectangulaires de galeriste berlinois, le plus brillant de cette année-là, entré premier, sorti premier. Il s'entend bien avec Wandrille. Ils déjeunent souvent ensemble. Wandrille joue au grand reporter, Zoran répond dans le jargon des galeries d'art, Pénélope compte les points. Zoran rit tout le temps. C'est assez rare dans le métier. Pénélope aime bien, ça la met de bonne humeur. Il y en a que ça agace. Avec Zoran, pendant l'interminable scolarité à l'École, qui compense bien la joie d'avoir réussi le concours, en stage à la direction des affaires culturelles du Doubs, ils avaient passé trois mois à rendre infernale la vie de la documentaliste locale. C'était une vieille fille bisontine que plus personne ne venait visiter et que Zoran avait surnommée « Lascaux 1 ».

L'architecte en chef lui a téléphoné le premier ce matin. Le rendez-vous est important. Dans le château, face aux conservateurs, l'architecte et ses adjoints représentent une force incontrôlable. Des fous prêts à inventer des escaliers là où il n'y en avait pas et à reconstituer d'éphémères états historiques sans jamais se demander pourquoi, sous Louis XV, deux ans après tel aménagement, on avait cru bon d'y renoncer. Ils ont eu l'idée cette semaine de refaire une « chaise volante », sorte d'ascenseur à bras, entre deux étages, ça occupe. Il reste, dans les réserves, un modèle vermoulu, qu'ils vont copier… On a identifié dans les maçonneries un ou deux espaces vides par où passaient ces « chaises ». Grâce à leur zèle, Versailles ressemble à ce qu'il était au temps des rois : un chantier.

Lu Maofeng est entré en contact avec eux, pas avec la conservation, ni avec le président, comme il aurait dû. L'homme n'a pas bonne réputation. Au ministère de la Culture, personne n'a voulu le recevoir. C'est un ancien garde rouge. Lu, qui se prononce Lou, n'est pas son vrai nom de famille. Il passe pour un des nouveaux riches les plus impressionnants de la planète. Personne ne le connaît encore en Occident. Il pille l'Afrique minière, c'est moins voyant. Rien d'étonnant à ce qu'il ait fini par apparaître à Versailles, qui en a vu défiler d'autres, des aventuriers. L'architecte n'a pas eu le temps de tout dire à Pénélope, il a juste parlé d'un projet qui pouvait rapporter une fortune – au budget de Versailles, naturellement.

Elle quitte son bureau, au premier étage, donnant dans le couloir tapissé de livres, avec un joli mobilier d'acajou Louis-Philippe, chaises aux dossiers ornés de grandes palmettes et fauteuils de notaire garnis en vert foncé, sort par la porte du pavillon Dufour, traverse la cour en diagonale, jusqu'à l'aile nord des Ministres. Le bastion des architectes, le donjon d'en face. Versailles est beau quand il fait froid. Pénélope se sent bien. Elle respire. Sa vie change, elle le sent. Elle ne sait pas ce que ce décor lui réserve. Elle sourit.

Elle adresse un regard d'affectueuse protection à la statue équestre de Louis XIV. Les pavés sont muets depuis qu'on n'entre plus à cheval. Si on écoutait ces délirants architectes, la statue placée au centre des perspectives du temps de Louis-Philippe devrait quitter la cour pour laisser place à la reconstitution de la grille d'honneur qui existait au XVIIIe siècle, entre le pavillon Gabriel et le pavillon Dufour – sauf que l'architecte Dufour travaillait au début du XIXe, à une époque où la grille d'Ancien Régime n'était plus qu'un souvenir. Ce qui revient à dire que dort dans les cartons un état XXIe siècle de la façade de Versailles, qui n'a existé à aucune époque, une grille qui prendra appui sur un bâtiment construit bien plus tard. Un état neuf, très adapté à la répartition actuelle des flux de visiteurs, pour séparer ceux qui ont payé et ceux qui n'ont pas encore payé, idée sympathique. Ils vont vouloir faire financer cette folie par les Chinois, et puis quoi encore, Pénélope va être inflexible, remonter Bonlarron et Chignon-Brioche, alerter Vaucanson et l'invisible Paul Daret pendant sa cure de Dax ! Un projet aussi absurde ne se réalisera jamais. Les conservateurs feront front contre les architectes.

L'architecte en chef, Thierry Grangé, veut toujours se donner des allures de grand professionnel en visite de chantier. Comme il ne peut pas porter sans cesse casque et bottes, il s'est contenté d'une chemise à manches courtes avec une cravate rouge. Des croquenots de curé lui donnent un air de grand dadais sous la pluie au pèlerinage des étudiants à

Chartres. Pénélope pense à Wandrille, son dandy à elle, avec ses costumes Paul Smith et ses Superga en série limitée achetés à Soho, qui s'amuserait bien.

Le téléphone sonne. Thierry Grangé fronce le sourcil, excédé. Il tend la main gauche à Pénélope, décroche, parle anglais. Pendant que Pénélope montait l'escalier pour venir le rejoindre, le Chinois s'est trompé, il est arrivé de l'autre côté, à la conservation, pavillon Dufour. La secrétaire du président le fait patienter, il s'impatiente donc. Un mécène potentiel ne doit jamais attendre. Pénélope et Grangé traversent la cour au pas de gymnastique, en sens inverse, sans un regard pour Louis XIV, en sursis.

M. Lu les attend dans le petit salon aux fauteuils rouges qui sert d'antichambre aux bureaux de la direction. Marie-Agnès ne contrôle plus rien.

Le Chinois est allongé au sol, la tête dans la cheminée et il crie.

T-shirt noir, costume style Barbès, ceinture Dolce & Gabbana, le sommet du style « nouvel argent » extrême-oriental, intéressant. Une jeune femme, debout, parle en même temps, en français. Elle est l'interprète, en blouse bleue comme sous Mao. Elle traduit les hurlements :

« M. Lu a voulu savoir pourquoi cette cheminée était fausse. Elle n'a pas de conduit. On ne peut pas y faire de feu. Elle n'a que vingt-cinq centimètres de profondeur. Dans le château de M. Lu, en Chine, toutes les cheminées fonctionneront. Ici, à Versailles, sont-elles toutes fausses ? »

Pénélope ne sait quoi répondre. Cette cheminée est un décor tardif plaqué sur le mur. On l'a achevée en la garnissant d'une pendule sinistre avec d'atroces vases vert et or de chaque côté.

Le Chinois déplie déjà ses plans sur la table ronde. Le château qu'il veut construire dans les environs de Shanghai aura des allures françaises. Des élévations montrent des toits d'ardoise bien pentus, des façades ennuyeuses. Rien à voir avec Versailles : Lu veut une grosse maison forte avec une cour, des douves…

Grangé s'extasie :

« Passionnant, un chantier expérimental, que nous pourrons mettre en liaison avec les fouilles archéologiques de la cour d'honneur, projetées depuis des années et toujours reportées faute de crédits. Le gouvernement actuel n'est pas très généreux avec notre pauvre Versailles. Ce n'est pas leur culture.

— Des fouilles ?

— Oui, Pénélope, pas égyptologiques, hélas pour toi… »

Elle se rembrunit. Il tutoie vite, le petit caïd.

« Ce sera un chantier qui nous renseignera sur le premier Versailles. L'idée de M. Lu est fascinante : reconstruire le premier château. Le pavillon de chasse de Louis XIII, comme il était avant qu'il ne lui pousse des ailes. »

Le rire de Zoran Métivier explose dans le bureau de la secrétaire. La porte est ouverte. Pénélope l'embrasse, ne lui présente ni le Chinois, ni l'architecte, ni l'interprète.

« Zoran, viens voir ! L'art contemporain à Versailles, c'est d'abord l'architecture. Regarde avec quelle facilité on peut refaire un château. Imagine qu'on pourrait reconstituer, si on voulait, le bosquet des Trois-Fontaines, le Théâtre d'eau ou même le labyrinthe, détruit déjà sous Louis XV, ou le mythique Trianon de porcelaine…

— C'est évident, interrompt Thierry Grangé, on a les plans, des aquarelles, des gravures, il suffit de financer. Les trois fontaines étaient "du dessin du Roi", sans statues, ce serait facile. Vous imaginez le succès auprès du public !

— Et retrouver, comment dire… la colline du temps d'Henri IV, avec les marécages autour ? Un peu de land art, non ?

— Zoran, je t'en prie. Je ne vous ai pas présentés. Thierry, voici M. Métivier, du Centre Pompidou, qui a été le commissaire de l'exposition *Dada*. »

Depuis trente secondes, le bureau de Marie-Agnès retentit de nouveaux cris. La porte s'ouvre, la secrétaire esquisse un signe d'épuisement. Celui qui entre avec l'air glacé du dehors, Pénélope ne le connaît pas encore. C'est le jardinier en chef, grand air d'ancienne cour, nœud papillon d'Action française bleu roi à pois blancs, bottes Aigle :

« Le président n'est pas joignable, le directeur prend des bains de boue, j'ai besoin d'en référer d'urgence à un conservateur. C'est vous la nouvelle, Pénélope Breuil ? À vous aussi, monsieur

Grangé, il faut que j'en parle tout de suite, puisque
le bon Dieu vous a mis là...

— C'est bon, vous me parlez. Vous voulez ?

— Une Américaine a trouvé un macchabée dans
le bassin de Latone. Pas sûr qu'il soit mort de
froid. »

6

La Vérité des miracles

Demain soir, 23 novembre, ce sera son tour.
Chaque année, pour l'anniversaire de la nuit d'illu-
mination qui a converti Blaise Pascal, les amis de
son père se réunissent. Esther sait qu'elle sera au
centre de la cérémonie.

Elle repasse sa longue chemise blanche. L'appartement de Saint-Quentin est vide, pendant ces
journées où elle attend. Elle ne regarde plus par la
fenêtre du HLM. Ils habitent ici depuis dix ans. Il a
fallu vendre l'appartement de la rue Gay-Lussac.
Son père a voulu se rapprocher de Versailles, depuis
la mort de sa mère. Elle ne lui disait jamais qu'elle
était « différente » ou « handicapée ».

Esther passe beaucoup de temps à lire. Toccata,
leur chat, a commencé à ronronner. Son père aime
les chats. Elle aussi. Ce matin, elle a lu quelques
pages de *La Vérité des miracles*, avec sa belle reliure
du XVIIIe siècle. Puis elle a pris la Bible, dans la
traduction de Lemaistre de Sacy, et les *Pensées* de

Pascal en poche. Elle ne comprend pas tout, mais peu à peu, elle y arrivera. Son plus grand plaisir c'est de tourner les pages des livres de leur bibliothèque. Certains appartenaient déjà au grand-père de son père. Elle regarde les pages où il y a des gravures, des soirées entières. Elle observe tous les détails. Elle a déjà participé à une cérémonie, avec une de ses cousines. Le lieu du rendez-vous est toujours connu au dernier moment.

C'est un ami de son père qu'elle ne connaît pas qui aura l'honneur de lire le *Mémorial*, ces quelques phrases que Pascal écrivit pour conserver le souvenir de cette nuit qui a changé sa vie, et qu'il garda jusqu'à sa mort avec lui, un papier cousu dans son pourpoint. Esther connaît cette page depuis qu'elle sait lire. Elle aime surtout les mots « pleurs de joie », « fontaine d'eau vive », elle les sent vivre.

Son père est très aimé dans le cercle des fidèles jansénistes. Médard organise tout. Elle devra enlever ses vêtements. Ils auront préparé les épées. Esther sait que, cette fois encore, il ne lui arrivera rien. Elle ne sentira aucune souffrance. Cela ne saignera pas. Elle se baignera parmi les fontaines d'eau vive. Elle se répète cette phrase. Elle est heureuse de ne plus avoir à vivre dans cette « institution spécialisée » où elle a été obligée de passer un an. Elle sourit en pensant à cette nuit où elle ne sera plus tout à fait elle-même.

7

Comment une table du XVIIIe siècle peut être douée d'ubiquité

Versailles, suite de la même matinée

Wandrille est content de sa nouvelle voiture. Il roule trop vite. Il a mis de la musique : *Poison* de Jay-Jay Johanson. Ce matin, il a nagé plus d'une heure à la piscine du Racing. Il se sent olympique. Le tunnel de Saint-Cloud passe en un éclair. La forêt de part et d'autre de la route : cela surprendrait bien les amis de Louis XIV, s'ils revenaient, cette percée dans leur monde. Wandrille n'est pas allé à Versailles depuis des siècles.

Il ne pensait pas que cela arriverait à son père, comme ça, si rapidement. Il ne le voyait déjà pas beaucoup. Cette nomination va amuser Pénélope. Une seconde époque de leur histoire commence. Heureusement qu'elle s'est rapprochée. Juste au moment où il ne s'intéresse plus qu'à l'art roman : week-end à Tournus, à Conques, au Mont-Saint-Michel. Versailles et ses dorures l'ennuient, tant mieux. Il aime se contrarier. Il l'a dit la semaine dernière à Péné : « Chicorée, fanfreluches, vermicelles et plumes d'autruche, je ne sais pas comment on peut supporter ça. Au bout de dix minutes, ça fatigue la vue, ça pique le nez, pire que la suite impériale du Ritz. Tu te souviens comme c'était laid ? »

Pénélope a aiguillé le Chinois et sa peu aimable interprète vers une stagiaire formée rue Michelet, à l'Institut d'art de la Sorbonne, pour qu'elle lui montre à la bibliothèque de la conservation les plans originaux du premier Versailles. L'étudiante a demandé au Chinois quel était son métier, l'effrontée. M. Lu a répondu d'une voix un peu sourde. Il a créé une chaîne de restauration rapide. Il est le roi de la patte de poulet à la sauce aigre-douce, « ou aux cinq parfums », a-t-il précisé en s'inclinant, conditionnée sous vide. L'étudiante, prenant de l'assurance, dit que Versailles est une sorte de dragon chinois. L'interprète répond, comme pour remercier d'un compliment :

« Non, ce sont des poupées russes, Louis XIII dans Louis XIV, Louis XIV dans Louis XV... des châteaux dans des châteaux. »

M. Lu l'interrompt, sans dire à l'étudiante en pull rouge que pendant la Révolution culturelle, ce n'étaient pas des poulets qu'il avait torturés. Il veut revenir à un Versailles très pur. S'il avait les documents, il referait peut-être le Versailles du début du règne de Louis XIV. Il hésite encore un peu. Il veut voir le plus de plans possible. Il cherche le plus parfait, celui du Versailles idéal. Pour le trouver, il

donnerait une fortune. Pénélope les regarde disparaître au fond du couloir.

Elle a aussi laissé l'architecte, dont dépend le
bon fonctionnement des fontaines, et le jardinier
rejoindre la police au bassin de Latone. Ils ne
cessent de se disputer, le jardinier veut protéger
les canalisations d'origine, y faire passer un débit
modéré dû à la pente naturelle, comme sous le
Grand Roi, l'architecte pousse les fontaines à
fond, avec des pompes, en circuit fermé, au risque
d'empester le public des dimanches et de faire tout
exploser d'ici quelques années.

Pénélope n'a aucune envie d'aller voir ce cadavre.
Sans doute un suicide comme il y en a beaucoup
dans les lieux à haute densité touristique. La tour
Eiffel a même passé un accord avec la presse pour
qu'on en parle le moins possible.

« Tu aimerais, Zoran, mettre fin à tes jours
devant la façade de la galerie des Glaces, disparaître dans l'eau avec le char d'Apollon, un dernier, magnifique, sublime coucher de soleil ?

— C'est peut-être un meurtre.

— Ah, si c'était une collègue ! »

Elle a gardé Zoran avec elle, et ils sont entrés
dans le musée, par la salle Empire qui communique
avec les bureaux, du côté du *Couronnement de
l'impératrice Joséphine* par David et de la *Bataille
d'Aboukir* du baron Gros. Ils la traversent sans un
regard.

« Par là on arrive dans la salle des Gardes de la
Reine, elle a son fantôme. Un garde y a péri, en

octobre 1789, quand la foule a envahi le palais. Tu vois cette porte à droite de la cheminée ? »

En quelques minutes, et un tour de clef, ils sont dans les petits appartements.

M. Bonlarron, comme il sied à sa qualité de conservateur chargé du mobilier, est à plat ventre. Il regarde. Il caresse les pieds de la table avec ses gants blancs. À côté de lui, un homme tient un chiffon :

« Pénélope, je vous présente M. Jaret, il porte les insignes de sa fonction, il époussette nos meubles. Il est mon éminence grise. J'arrive à l'instant. Le pauvre Médard est tout retourné. Il se relevait à peine de son évanouissement, à son âge. Je l'ai autorisé à aller boire un verre de mon whisky dans mon bureau. Il n'arrivait pas à dire autre chose que : *du sang, du sang…* On en est là. Il faut qu'on aille le retrouver, qu'il nous raconte.

— Vous connaissez Zoran Métivier, conservateur au Centre Pompidou ?

— *Dada* ! Mon Dieu !

— Cher maître. »

Zoran joue l'obséquieux. Parfois, comme certains ambitieux, il bafouille. Il arrive de la pièce voisine, le cabinet de la Méridienne, avec son alcôve tendue de grenadine bleu clair, où il s'est attardé un instant, fasciné par les caniches qui supportent les accoudoirs des fauteuils. Dans leur plastique de protection ils ont l'air d'aliments « conditionnés sous vide ». Beaux comme des Jeff Koons.

« Mon idée, Péné, c'est de commander à des artistes contemporains des œuvres pour Versailles. La fille du marquis de Croixmarc... c'est une reine des nuits de Paris, elle le fait depuis deux ans dans son parc de Sourlaizeaux. Big success. L'aristocratie a tout compris avant vous, faut réagir ! Versailles roupille !

— Versailles a horreur de l'art contemporain, Zoran ! Promène-toi dans les rues, vois les serre-tête en velours, les jupes-culottes en jean sous le genou, les robes portefeuilles, va visiter quelques hôtels particuliers en indivision...

— Mlle Breuil n'a pas tort, intervient Bonlarron, elle a l'œil. Mes amis qui achètent de l'art contemporain, c'est pour leurs maisons de campagne. Vous savez quel est le seul vrai avantage de l'art contemporain ? Ça coûte une fortune et les cambrioleurs n'y connaissent rien. Je vois mal, chez nous...

— Pas du tout, coupe Zoran, qui prend de l'assurance et articule mieux, quand Louis-Philippe a dédié le palais des rois "à toutes les gloires de la France", c'est écrit aux frontons de vos deux pavillons sur la cour d'honneur, il a réussi un concept génialissime, un musée populaire...

— Un "concept", mon pauvre ! Pour toutes les poires de la France ! Bon, ce matin, on a d'autres urgences...

— Vous êtes conservateur à Versailles, vous ne jurez que par le XVIIe et le XVIIIe : vous ne faites que la moitié de votre job ! Je vous admire, je vous respecte, j'ai tout à apprendre de vous, mais je veux que vous m'écoutiez. Versailles, c'est aussi un monument du XIXe, et du XXe, oui, du XXe... Louis-Philippe a commandé des œuvres aux plus grands de son temps : Delacroix, Vernet, Delaroche, de l'art contemporain...

— Sur ce point, je ne saurais vous donner tort. Ça s'est même hélas poursuivi. On cache en réserve une peinture d'Alfred Roll de trente mètres carrés montrant la visite du président Sadi Carnot au bassin de Neptune pour célébrer le centenaire de la convocation des États généraux, en 1889...

— Suffit de continuer. Faut faire entrer à Versailles les gloires de la France d'aujourd'hui, Bernar Venet, Gérard Garouste, Daniel Buren, Markus Hansen, Soulages, Aurélie Nemours, Gossec...

— Gossec, il est mort centenaire ! Je crois que notre débat n'est pas ce qui préoccupe ce matin M. Bonlarron, tempère Pénélope.

— Je sais que les conservateurs de Versailles militent tous contre.

— Nous ne militons pas, mon petit, nous travaillons en attendant.

— Je le ferai quand même. Je veux... Je vous... Le reste, m'en balance.

— Mais tout comme moi, nous allons nous entendre.

— Pénélope, tu veux qu'on laisse Patrimoine Plus et son PDG, ce gougnafier de Deloncle, faire tout cela à notre place ? Les privés sont prêts à se charger de ton travail, et à dégager des bénéfices, eux. J'ai ma mission, tu ajouteras un jour mon buste dans la salle des Croisades !

— Tu te vois en Croisé de l'art contemporain ? Chevalier du krach qui s'annonce ?

— Et toi, Pénélope, tu es nommée à point pour m'aider ! Alors, cette table ? »

La table est une énigme. On ne l'a pas fait entrer par une fenêtre, ni par l'escalier, ou alors il faudrait que ce soit un de ceux qui ont les clefs, un conservateur ou un membre du personnel de surveillance. Pour arriver dans cette pièce, il ne faut que deux clefs, le passe général, que tous les conservateurs possèdent, et le président, et le capitaine des pompiers. Ensuite la clef étiquetée « passe de la Reine » toujours accrochée au tableau du poste de garde. Zoran la regarde : facile à prendre, facile à copier. On croirait une clef d'armoire. Le passe général est neuf, aux normes actuelles. Le passe de la Reine, c'est la clef du XVIIIᵉ siècle, elle a l'air d'avoir été forgée par Louis XVI.

Les appartements de la Reine forment un ensemble indépendant, fermé par Médard une heure après les visites dimanche soir, ouvert par lui ce matin avant l'arrivée du nettoyage. Rien n'a été fracturé. Pourtant, quelqu'un a pu y apporter durant la nuit une table en marqueterie ornée de bronzes, pas très grande mais assez lourde, sans éveiller l'attention, alors que l'unique clef se

trouvait suspendue sous les yeux de tous les surveillants.

« Ça, Zoran, fait Pénélope ravie, c'est le mystère
de la chambre jaune !

— Dorée ! renchérit Bonlarron qui se prend au
jeu. La nuit, l'armoire aux clefs ferme à clef, clef
que le gardien de nuit, Farid pour hier, a conservée
tout le temps dans sa poche. Pour faire entrer ce
meuble dans Versailles, il aurait fallu la passer par
une des portes des Grands Appartements, le circuit
est simple, personne ne s'est introduit la nuit dernière au château. Et j'ai une confiance absolue en
mes trois piliers : Farid, Médard et Edmond. Ils se
feraient tuer pour Versailles.

— Minos, Éaque et Rhadamante.

— Pénélope, ô femme d'Ulysse, tu peux quitter
le patois homérique et parler français avec les anal-
phabètes s'il te plaît ? Rien n'a été volé. Le château
s'est enrichi. On peut donc soupçonner tes Pieds
Nickelés ?

— Ribouldingue, Croquignol et Filochard.

— Ta culture est universelle ! »

Zoran part d'un vrai fou rire. Bonlarron, posé,
explique pourquoi Médard aime faire la ronde du
lundi matin, la plus lourde : il faut noter ce que les
petits sagouins ont massacré le dimanche, les che-
wing-gums dans les serrures, les salissures sur les
lustres, les clous qui ressortent dans les parquets on
ne sait ni quand ni pourquoi, les carreaux les plus
sales. Il relève tout pour l'équipe du grand ménage

du lundi. Médard aime Versailles comme si c'était
sa chair. Bonlarron ajoute :

« Surtout, Zoran, puisque vous ricanez moins, il
faut que je vous avoue : il y a une seconde énigme,
pire que la première. »

Bonlarron, qui vient d'appeler par son prénom
son collègue en veste noire, tant il est troublé,
désigne la table :

« Voici la catastrophe. Regardez, mademoiselle
Breuil. Cette table à écrire, n'importe quel étudiant
dans ma classe de l'École du Louvre la reconnaî-
trait tout de suite.

— Ils sont forts, vos disciples.

— Vous n'avez pas été mon étudiante ? Vous
suiviez l'archéologie sans doute ?

— Qui mène à tout, comme vous voyez.

— C'est une des plus célèbres pièces de mobilier de
Versailles conservée outre-Manche, à Waddesdon
Manor, dans les collections des Rothschild. Elle a
été achetée en 1882 par Ferdinand de Rothschild à
la vente du duc de Hamilton. Les enchères en avaient
fait le meuble de provenance historique le plus cher
du monde, 6 000 livres, une fortune à l'époque !
Ferdinand de Rothschild l'a placée dans sa Tower
Room, là où il avait disposé ses pièces les plus pré-
cieuses, en particulier les meubles qui évoquaient
la Reine. La manière dont elle a pu arriver ici
m'échappe, et ça tombe mal.

— On va accuser Versailles de piller les collections anglaises ? Alors qu'ils nous ont tout acheté

pour une bouchée de pain lors de nos désastreuses ventes sous la Révolution.

— Pendant le Directoire surtout, Zoran, et même après. Sous la Restauration, les rois revenus au pouvoir vendaient encore pour trois fois rien le mobilier d'ici. Je viens de rédiger dans *Art Newspaper*, la semaine dernière, un article intitulé "Les vingt meubles que l'Angleterre doit rendre à Versailles". Et j'étais modéré. J'aurais pu en citer cent. Rien qu'avec ce que la reine possède à Buckingham, je pourrais remeubler tout le premier étage, et à la Wallace Collection, et à Waddesdon bien sûr ! Je proposais d'offrir en échange vingt chefs-d'œuvre de nos musées, vous savez, des pièces archéologiques du Louvre, on a tellement de cailloux, ou des croûtes des réserves du Centre Pompidou, sans parler de ce qui croupit au Fonds national d'art contemporain... pardon, Zoran, j'oubliais que vous étiez là.

— Je ne vous écoutais plus.

— Je ne sais pas qui m'a pris au mot et a fait venir cette table, à sa juste place, cette nuit. Il est évident que je suis le suspect idéal. On veut me nuire, en mettant en application mes idées. Voilà où j'en suis.

— Vous êtes certain... que c'est la même ?

— Facile de vérifier, regardez sous le meuble, les marques au fer du mobilier de la Couronne, absolument indiscutables, et surtout les traces de scie manuelle. Passez votre main sur le placage, il faudrait en décoller un fragment, mais au toucher, en le tapotant du bout des ongles, on sent qu'il est bien épais, le meuble est bon sans aucun doute. Il devrait y avoir une sorte de tirette secrète, enfin pas vraiment cachée, un encrier porte-plume dans le flanc du tiroir principal. Ici. »

Sur le côté droit du tiroir se trouve un anneau de bronze. Avec précaution, Bonlarron le tire à lui. Un autre tiroir, fin comme un plumier, se dégage.

Le cri qu'il poussa resta dans la mémoire de Pénélope, un cri rentré, de petit animal qu'on étrangle. Le conservateur tombe en arrière, s'évanouit, rattrapé au vol par son éminence grise.

Pénélope se penche, regarde.

Elle sent qu'il faut qu'elle joue à la grande fille devant les autres : un doigt coupé, noir, avec l'ongle jauni, qui ne saigne plus. La première chose qui lui vient en tête, pour se rassurer, est un exemple de grammaire latine, un souvenir de classe : *horribile visu*, horrible à voir. Deux mots, un membre arraché. Elle serre la bouche. Pense à des fleurs, au soleil. Surtout ne pas vomir. Un doigt qui a produit une dizaine de gouttes de sang. La planchette n'est pas exactement ajustée, le fond à claire-voie a laissé passer les gouttes. Autour, le bois, devenu marron foncé, a bu le reste. Le sang a fait ces trois petites taches au sol.

« Relevez M. Bonlarron, on va l'allonger sur la méridienne de la Reine, dit Pénélope à Jaret.

— Vous n'y pensez pas, si le bois craque, il s'en voudra toute sa vie. Je vais mettre un coussin par

terre, je vais chercher de l'eau, murmure l'éminence...

— Un doigt coupé, qui saigne... c'est possible ?
fait Zoran. Pénélope, toi qui as passé un brevet de
secourisme ?

— Si tu répètes ça, je te garrotte. Pour qu'un
doigt coupé saigne, il faut qu'il ait été sectionné
depuis quelques minutes.

— Ou que le malheureux ait été hémophile, ou
sous anticoagulants.

— La probabilité que ce soit un descendant de
la reine Victoria ou le tsarévitch Alexis vieux de
quatre-vingt-dix ans est assez faible, même en ces
lieux.

— Conclusion simple. Cela veut dire que ce
doigt venait d'être placé là quand Médard est
entré. L'assassin devait être à quelques pas de lui.
Un assassin qui avait prélevé le doigt sur une personne vivante ou sur un cadavre encore chaud...

— L'assassin ? Tu vas trop vite, Zoran. On n'a
pas de crime...

— Le cadavre de Latone ? »

À cet instant, une rumeur commence à enfler, des
bruits sur le parquet, des conversations proches.

Lundi, jour de fermeture au public, c'est anormal. Pénélope n'a pas le temps de s'en inquiéter.
Bonlarron revient à lui, bavant sur un coussin bleu
pâle :

« C'est d'un goût ! À un an, et des poussières,
mon vieux Jaret, de ma retraite ! C'est la table de

Waddesdon, je n'ai aucun doute, je vais aller chercher les photos dans mon bureau. Vous pensez que ça s'en ira facilement, cette tache sur le plancher ?

— M. Jaret pourra passer un coup de cirage, il adore ça ! dit Pénélope.

— Laissez-moi me relever tout seul, je ne suis pas encore impotent. Et ne vous moquez pas de Jaret, vous l'avez fait partir, c'est un brave type. Vous savez que le plancher du cabinet doré était doré à l'origine ou du moins couvert d'une cire orange très épaisse. Thierry Grangé cherche un mécène pour qu'il retrouve cette apparence, je ne suis pas encore convaincu...

— Un plancher doré ! Même au Liban, on n'ose plus ça !

— Zoran, restez à Beaubourg, ici on ne vous demande pas votre avis. Beaucoup de choses étaient dorées à Versailles, les huisseries des fenêtres de la galerie des Glaces, et du côté extérieur les bois étaient peints en jaune d'or. Le pot à fleurs géant et doré qui est installé devant votre façade, si je puis dire, il est d'origine ? C'est Jean-Pierre Raynaud, l'artiste qui vous a fait ça ? Je ne vais pas vous faire un cours.

— Voyez les regrets se peindre sur le visage de Pénélope.

— Zoran, votre prochaine exposition, c'est Giacometti ? Eh bien je n'en ai rien à battre de Giacometti ! Je ne vois pas pourquoi vous vous intéressez à mes commodes et à mes potiches, nom d'un chien ! Si je veux me disculper, je n'ai

pas le temps d'attendre la décision du président.
Après tout, Versailles n'a subi aucun dommage,
l'État n'a pas été lésé. En revanche, nous sommes
receleurs. Je dois appeler Waddesdon. »

Jaret, qui revenait avec un verre d'eau à la main,
se précipite pour emmener son patron, écume aux
lèvres, vers les bureaux. L'étrange vacarme grandit
depuis deux minutes, on entend des voix, des ordres
criés, incompréhensibles, puis le silence. Pénélope et
Zoran se retrouvent seuls devant ce tiroir ouvert,
où repose ce doigt que personne n'a osé toucher…

« Le pauvre homme.

— C'est comme cela que Marie-Antoinette
appelait Louis XVI.

— Tu sais ça, Zoran ? Tu parlais de l'homme
qui a perdu son doigt ou de mon chef ?

— Le doigt, qui te dit que c'est un doigt
d'homme ? On s'éjecte ?

— On va passer par les Grands Appartements.
Je vais avertir la police pour qu'ils viennent constater ce qui s'est passé. La porte dérobée ? »

Pénélope pousse un cri en ouvrant la porte de la
chambre de parade. Les lumières sont tropicales. La
reine Marie-Antoinette, un navire, toutes voiles
gonflées, piqué dans les cheveux, lui sourit. Un sourire qui se décompose. Pénélope se souvient de ces
deux Anglaises, Miss Moberly et Miss Jourdain,
qui ont raconté qu'elles avaient remonté le temps
au détour d'une allée de Trianon. Versailles est un

palais magique, une machine à spectres : les tables
volent, les Chinois payent, les fantômes bavardent.
Pas étonnant que les meubles d'époque ressuscitent.
De l'autre côté de la balustrade, une foule de courtisans et de dames en robes à paniers s'incline. Celle
qui est debout devant le grand lit la bouscule. C'est
bien elle, souveraine, riant jaune, en robe de mous-
seline blanche à volants retenus par des rubans
bleus.

8

Marie-Antoinette apparaît en personne et donne son avis

Château de Versailles, chambre de la Reine,
fin de la même matinée

« Quelle importunité, mon frère, dans ce pays-ci je dois me mettre toute nue devant mes femmes en attendant que la première dame me passe la chemise ! Elle me laisserait mourir de froid. Je ne leur cache rien de mon anatomie.

— C'est l'étiquette.

— Et ne me parlez plus de mes dépenses ! Ce palais, le grand roi Louis ne l'a-t-il pas fait bâtir pour montrer à tous qu'un monarque doit employer son bien avec largesse ? Lui aussi jouait à danser, à faire des fêtes, il menait gros jeu, tout comme moi. Le Roi sait bien que c'est ainsi que nous devons paraître, c'est pour cela qu'il me laisse faire et ne me critique point. C'est vous, mon frère, qui me voyez futile. Louis sait que je l'aide en tenant une part de son rôle tandis qu'il étudie et œuvre au bonheur de ses peuples.

— Mais, ma sœur... »

La porte s'est ouverte à cet instant précis.

« Pauvre cloche ! » dit à peu près la Reine en anglais, avec un fort accent texan qu'elle n'avait pas eu jusque-là.

Pénélope et Zoran se figent sous les spots.

« Coupez ! Qu'est-ce que c'est que cette bande d'idiots ?...

— Pénélope, tu savais qu'il y avait tournage ?

— C'est lundi ! Pardon, je ne pensais pas arriver en pleine scène. »

Celle qui dirige, casquette de base-ball sur la tête, c'est Nancy Regalado, la fille du John Regalado des films de cow-boys. Les acteurs sont américains, les techniciens français, les costumes cousus en Pologne. Singulière silhouette parmi les habits chamarrés, un laquais en noir n'a pas bougé. Il regarde les intrus sans ciller.

Zoran tente de plaisanter :

« Vous avez filmé, j'espère, le moment où nous avons déboulé...

— Tais-toi.

— Le spectateur, poursuit Zoran, a cru pendant une heure que l'action se passait sous Louis XVI. Une porte... comment dire, s'ouvre, il comprend qu'il est dans un film, que la Révolution a eu lieu, que la vie est un songe, qu'il vient de vivre la fin d'un rêve. Moderne. Vous tenez votre film, mesdames et messieurs ! Cette porte est la porte du temps. »

Marie-Antoinette et son frère Joseph reculent,

ulcérés. Même pas le droit de profiter de la pause pour fumer. Ils décident de partager un *diet Coke*.

« Je suis la conservatrice responsable des tissus, je dois contrôler que tout se passe bien. Vous avez interdiction de tourner dans le lit et sur le tapis.

— Vous savez combien on vous paye la journée de tournage ? demande, pleine de morgue, Nancy Regalado. Vous saccagez notre travail ! Les châteaux de la France ne peuvent plus être dirigés par des *curators*. Regardez ! Cette fille veut donner des conseils à Nancy Regalado ! Pour le lit de la Reine, on en a fait un autre avec des tissus de chez Prelle, beaucoup plus beau, avec les rubans en bleu au lieu de ce vert layette dégueulasse. On fera le montage. Tous en place, Joseph, la Reine, le gentilhomme en noir. On tourne. »

Bonlarron, prudent, a emprunté l'autre issue, celle qui conduit à un couloir, et ne s'est pas fait voir : rapatriement vers les bureaux. Pénélope et Zoran referment sans rien dire la porte du temps.

« Quand elle fera de bons films, la Regalado, elle aura sa rétrospective au Centre Pompidou. Ses dialogues sont nuls.

— Écoute, Zoran, tu es en nage, calme-toi, il faut que je retrouve mon président pour un rendez-vous important. Propose-moi dix artistes contemporains qu'on peut inviter ici, je défendrai ton projet… Attends, c'est Wandrille qui appelle… »

La sonnerie de Pénélope provoque des hurlements de rage de l'autre côté de la porte. Le rire de Zoran se déclenche en écho.

Wandrille arrivera plus tôt, pour le déjeuner. Seconde sonnerie : le plombier, qui doit passer chez elle pour l'évier qui fuit. Pitié !

M. Bonlarron s'est retiré dans son bureau, où l'attend Médard devant une bouteille de Lagavulin de seize ans d'âge. Il ne lui dit pas de sortir. Rouge écarlate, Bonlarron appelle son collègue du château de Waddesdon. La conversation commence dans un anglais de classe de troisième. Médard a bien envie de prendre le combiné et d'expliquer lui-même ce qu'il vient de vivre.

Il regarde en souriant Bonlarron à la peine. Jaret, deux pas derrière, le couve du regard. Le Britannique n'a pas l'air de comprendre, Bonlarron murmure :

« Vous êtes certain ? J'aimerais beaucoup que nous puissions faire une confrontation. D'abord en photo, ensuite peut-être en vrai. Ce que vous me dites, cher collègue, ne me rassure pas. C'est fascinant. »

9

Où l'on apprend que Versailles est encore en 110 volts

Château de Versailles,
bureau du président Vaucanson,
suite de la même matinée

La voiture qui se gare dans la cour d'honneur, comme si elle était chez elle, est la Jaguar verte et trop neuve de Deloncle. Il va voir le président de Versailles. Pénélope l'aperçoit de sa fenêtre. Elle doit oublier tout ce cauchemar, le doigt coupé, le cadavre dans le bassin, le meuble en trop, l'art contemporain, la Regalado, Wandrille qui débarque dans une heure, le plombier aussi fuyant que l'évier, qui vient de déclarer forfait – et se concentrer sur ce rendez-vous.

Convoquée dans le bureau du président, Pénélope entre en laissant passer le visiteur devant elle. Deloncle, elle le connaît un peu. Avec un groupe de conservateurs stagiaires de l'École nationale du patrimoine, ils avaient organisé un rendez-vous avec le puissant président de la société Patrimoine Plus. Il les avait invités tous les huit à déjeuner au Café

Marly. « Allez-y, avec une longue cuiller », leur avait conseillé la directrice des études. Deloncle gère deux musées parisiens, un château de la Loire, et non des moindres, Cérisoles, un complexe de villas et de musées sur la Côte d'Azur, l'immense domaine de Valpardi dans l'Essonne. À coups de mannequins en cire tartignolles, d'audioguides bêtas et de goûters costumés pour enfants, il a multiplié les entrées dans chacun de ces lieux par huit ou dix. On l'a vu dans tous les magazines, en blazer à boutons dorés et cravate Hermès à petits poneys, affichant son rêve : privatiser le château de Versailles.

« C'est notre ennemi, a dit Vaucanson vendredi à Pénélope. Pas "ennemi" au sens où vous, pauvres conservateurs, vous êtes tous ennemis les uns des autres, parce que l'un a monté une expo de tabatières, pardon de boîtes en or, ou de potiches chinoises que l'autre aurait voulu faire. Deloncle, c'est un tueur. Il aura notre peau. Je ne sais pas s'il voudra d'abord la mienne ou celle des braves savants de votre corporation. Il y a beaucoup d'argent en jeu. Vous allez voir comment je vais l'enfumer. Et vous défendre. »

Aloïs Vaucanson ne se tient jamais derrière son bureau, qui lui sert à entreposer des piles de livres anciens. Assis sur une chaise à côté, il en indique une autre à son interlocuteur. Pénélope avance une banquette en velours rouge bien élimée et sort son carnet de notes. Vaucanson attaque en piqué :

« J'ai tenu à vous voir, parce que le ministre de la Culture m'a transmis votre projet. Si je résume votre pensée, le patrimoine est la richesse de la France. Géré par des énarques comme moi et par des conservateurs du patrimoine comme Mlle Breuil, que je vous présente, historiens de l'art formés à la hâte au marketing et à la communication dans leur nouvelle école, l'ENP, c'est un gouffre. Géré par vous, des HEC capables de tout comprendre en ayant lu trois *Que sais-je ?*, le patrimoine doit servir de pétrole à la France. Et vous voici à Versailles ! Je caricature ? Car vous ne vous intéressez pas aux cas difficiles, aux châteaux perdus du Limousin, à l'architecture de Perret au Havre, il vous faut tout de suite le caviar : nous. Vous voulez qu'on fasse un musée de cire, comme à Cérisoles-sur-Loire ? J'y suis allé, j'ai vu…

— La presse a été très élogieuse, le public apprécie…

— Il est bien le seul. Votre discours a pu convaincre, naguère, quelques élus locaux aux abois, il ne passe plus.

— Ce que nous vous proposons, c'est simplement de nous confier la gérance de certains espaces…

— Ce n'est pas ce que dit cette note, que m'a transmise le conseiller pour les musées du cabinet du ministre…

— … de vous aider pour ce que vous ne savez pas faire. Un restaurant au Grand Commun, là où se trouvait le service de la Bouche du Roi sous l'Ancien Régime, pour les touristes, mais aussi pour le personnel...

— Une sandwicherie ? Les serveurs porteront des perruques ? Vous voulez un Parc Astérix, avec des attelages dans le parc ? Eurodisnailles ? J'ai d'autres idées pour le Grand Commun. Un centre de recherches historiques.

— Nos techniciens peuvent vous aider, le mois prochain, pour contrer le bug de l'an 2000, sauf si vous avez déjà tout prévu.

— Pardon ?

— Le bug informatique mondial. C'est dans un mois.

— Peur millénariste puérile. La seule chose qui risque de "beuguer" ici, c'est la pendule astronomique de Passemant.

— Celle devant laquelle Louis XVI avait veillé jusqu'à minuit pour voir s'écrire les chiffres de 1789 ?

— Beau sujet pour vos cires, pittoresque ! La première roue, celle des millénaires, n'a jamais tourné. C'est ma seule vraie inquiétude pour le mois prochain. Si elle consent à bouger, nous sommes tranquilles pour les huit mille prochaines années, et ce sera une bien bonne nouvelle. J'ai confiance.

— Très drôle. Vos postes Internet ?

— Il y a un accès au service de la communication. Ça suffit bien. Si ça boume, on réparera. Ça permettra d'en demander huit.

— La surveillance, les alarmes, les caméras vidéo ?

— Notre sécurité, ce sont les clefs et les serrures. Pas de caméras. On ne va pas visser dans les boiseries. Nous avons mis quelques pièces sous alarme, aux points nodaux du parcours, aucune raison que ça ne fonctionne plus le 31 décembre.

— L'installation électrique ?

— Trop cher pour vous. La mise aux normes, j'y travaille, c'est du lobbying auprès du ministre, pas besoin de vous. Cela consiste à faire fonctionner l'État. C'est mon métier.

— Toutes les installations à Versailles sont en 110.

— EDF fournit hélas désormais du 220, nous avons des transformateurs. Nous disposons d'importants stocks d'ampoules.

— J'imagine que vous ne "communiquez" pas beaucoup là-dessus…, ajoute Deloncle, qui fait partie de ceux qui miment les guillemets avec les doigts, ce qui agace Pénélope.

— Ça se sait là où il faut que ça se sache. La galerie des Glaces marche aux néons depuis la visite de John et Jackie Kennedy. Ils devaient venir pour déjeuner, ils sont venus dîner, on a vissé des tubes en une journée au-dessus des corniches. Depuis, ça claque de temps en temps, on n'y peut rien. Une fois par an, on monte en changer une quinzaine avec les grandes échelles. Vous voulez que je vous parle de la réfection des huisseries ? Vous connaissez le nombre des fenêtres ?

À votre avis, combien y a-t-il de petits carreaux à chacune, selon les étages ?

— Sous les toits, vous avez des fils électriques anciens ?

— Les attiques n'ont jamais été électrifiés, ni les greniers. Pas chauffés non plus, on les a fermés à la visite faute de personnel, on y entasse les vieux cadres. Vous avez d'autres questions ? Vous voyez que la gestion de Versailles aurait largement de quoi vous ruiner, monsieur Deloncle. Votre petite entreprise y périrait. Laissez-moi faire. »

Aloïs Vaucanson, conseiller d'État, se lève pour reconduire son visiteur. C'est à qui aura les plus jolis souliers, un concours d'étincelles, une compétition de glaçages, l'un noir, l'autre marron.

« Vous verrez, Pénélope, que cet idiot va alerter la presse, et j'aurai mon budget pour le plan Grand Versailles ! Ce petit ramenard va nous être bien utile...

— Il est dangereux. Il plaît.

— Sa femme est une Dreux-Soubise. Nom illustre. Il est reçu dans tous les châteaux. Ça n'ira pas plus loin.

— La pauvre. Elle lui choisit des cravates à poneys ?

— Rien ne vous échappe, nous allons nous entendre. Je m'en étais douté quand je vous ai recrutée, c'était ma crainte, vous n'avez aucun défaut. Ça sert, les défauts.

— On peut les dire en entretien.

— Ce qu'il faut, c'est leur montrer que nous savons être meilleurs qu'eux, sur leur terrain. Vos expositions intelligentes, les salles que vous allez retendre de tissus d'époque doivent nous faire gagner de l'argent... Vous avez croisé Nancy Regalado et son équipe, j'ai visé son scénario, rien de transcendant, elle a ajouté à l'histoire un valet en noir qui observe Marie-Antoinette de son arrivée en France jusqu'à l'échafaud. Lourd de symboles comme vous voyez, et neuf : c'est le peuple, c'est la mort, c'est son destin... ça nous rapporte, vous comprenez ! Moi, je n'aime que les livres. Je hais les vieilles pierres. Vous savez, quand on m'a nommé ici, je faisais campagne dans les antichambres pour devenir président de la Bibliothèque nationale de France, alors... Ne pas être exactement à sa place, c'est une arme... »

Il a pesé ces dernières phrases. Il n'a pas dit « L'État, c'est moi », pense Pénélope, mais je le répéterai comme s'il l'avait dit. Elle a eu le temps d'observer ces deux hommes : l'élégant, le prince, cela aurait pu être Deloncle, et Vaucanson l'homme d'affaires marchand de spectacles. Au fond qu'est-ce qui les différencie ? Une seconde, elle vacille. Pourquoi a-t-il tellement voulu qu'elle assiste à ce face-à-face ? Pour lui donner une leçon ? Les ordinateurs du service de Thierry Grangé sont-ils prêts à affronter l'an 2000 ? Vaucanson n'en a pas parlé. Les bureaux des architectes sont les seuls à être entièrement informatisés. Impossible qu'il n'y ait pas pensé.

« Et dans les dossiers embêtants, mademoiselle Breuil, il reste des merveilles que je n'ai pas vues ?

— Un Chinois milliardaire qui veut financer des projets culturels. Ici.

— En quoi est-ce grave ? On a toujours bien accueilli les mécènes à Versailles. Hier Rockefeller, demain les Chinois.

— On me dit que c'est un assassin. »

Au même instant, une sirène se fait entendre. Vaucanson se penche à la fenêtre, un froid vif envahit la pièce.

« Il va pleuvoir, je sens que le temps est chaque jour pire, c'est l'an 2000 qui détraque tout, à commencer par mes rotules. Deloncle a raison, je beugue des genoux...

— Vous n'allez pas vous aussi partir en cure à Dax ?

— Petite impertinente. Regardez en bas ! Une voiture de police qui fonce vers les jardins. Vous saviez ?

— Un cadavre à Latone.

— Vous auriez pu m'en dire un mot ! Vous me laissiez faire mon numéro devant ce crétin ! »

Aloïs Vaucanson, dos à la grande glace, éclate de rire.

10

Tout le monde n'a pas la chance d'avoir un père ministre des Finances et de l'Industrie

Château de Versailles, pavillon Dufour,
bureaux de la conservation,
lundi 22 novembre 1999, un peu avant midi

Wandrille veut avertir Pénélope avant que la nouvelle ne soit dans la presse : l'État, c'est lui. Tant pis s'il bouscule l'agenda des rendez-vous de la conservatrice. Il se gare sur la place d'Armes. Il jette un regard épris à sa MG « couleur coquelicot », comme l'a dit, avec poésie, le garagiste, monte à l'assaut du château, franchit la grille d'honneur en fredonnant « Ah, ça ira », passe à toute vitesse devant un cordon de police. L'accès des jardins vient d'être bloqué. Côté ville, les touristes commencent à refluer en maugréant, ceux qui ne savaient pas que le palais est fermé le lundi et comptaient voir les jardins.

Un groupe de troisième âge, en formation de tortue, bloque le centre de la cour, lançant des bordées d'insultes à l'accompagnateur incapable qui n'a pas vérifié les jours d'ouverture. Au seuil du pavillon Dufour, Pénélope tombe dans les bras de ce play-boy ébouriffé, veste sérieuse, mais sans cravate.

« Wandrille, tu as eu raison de venir plus tôt. Ta chronique, bouclée ?

— Oui, très provoc. Après le décryptage de la mode du vêtement pré-usé, l'aspirateur sans sac et la disparition des téléphones de voiture : sexe et écologie...

— Je vais te doucher à l'eau glacée, ça te fera du bien. Suis-moi dans les jardins, on vient de trouver un mort, le président ne veut pas y aller lui-même, mais il demande que je lui fasse un rapport dans un quart d'heure. Ça risque de ne pas être joli.

— Pénélope, je suis un homme, ne l'oublie pas. Ça ne te choque pas que la plus belle place de France soit un parking ? C'est pratique, mais tu imagines comme ça serait beau les trois avenues, la place d'Armes, la façade du château si ce n'était pas un tourniquet à autocars ? Un sujet pour ma chronique.

— Tu m'aides à creuser ? Un parking souterrain ? Tu sais, Louis XIV y avait pensé, il a fait construire les deux Écuries, la grande et la petite.

— Elles ont l'air d'avoir exactement la même taille.

— Tu as raison. C'est fou, je les vois tous les jours, je sais que celle de droite est la grande, ça ne m'avait jamais frappée.

— Tu as encore besoin de moi ! Tu voulais qu'on aille rendre visite à un cadavre ? »

Pénélope et Wandrille traversent le petit passage pavé de bois qui fait communiquer le côté de la ville et le côté du parc. Ce n'est pas le chemin le plus court, mais Wandrille voulait passer par là, un souvenir d'enfance. Les agents du domaine évacuent les promeneurs en contrôlant les identités, sous la pluie qui commence à tomber, c'est le drame. Pénélope montre son badge.

Au bassin de Latone, le spectacle est désolant. En plein été, les jours de grandes eaux, il projette ses arcs-en-ciel devant les nobles façades. Triomphal, il joue, quand on le regarde depuis la terrasse, avec la verdure et le ciel bleu, rayonne de toutes ses statues, ses grenouilles de pierre avec ses cascades ricochant sur les bergers effrayés par la toute-puissance d'Apollon petit enfant. C'est le plus beau souvenir que Wandrille avait emporté avec lui de sa première visite, en voyage avec sa classe de l'école des Francs-Bourgeois, quand il avait dix ans. Par ce froid, au milieu des arbres noirs, robinets fermés, le bassin se dresse comme une pièce montée à l'étalage depuis trop longtemps. Au sommet, la déesse Latone, défraîchie, tient dans ses bras son fils Apollon. Le dieu du Soleil et des Arts grelotte. Il manque un bras à un des personnages, un autre n'a plus de doigts, une des grenouilles a sauté, les petits lézards se lézardent sous le gel. N'importe quel mécène aurait le cœur navré.

« Péné, tu connais l'histoire de la princesse qui embrasse un crapaud et qui devient crapaude ?

— On continue d'écrire que c'est une image du jeune Louis XIV et de sa mère harcelés par les révoltés de la Fronde et qui les changent en batraciens, ça n'a aucun sens. Comme si le plus grand roi du monde avait envie de se rappeler ce mauvais souvenir tous les matins.

— Tu veux me faire une visite guidée ou tu t'intéresses un peu à ce qui se passe ? »

La police a mis des barrières de protection. On a sorti de l'eau une femme nue, dont le corps, couvert d'un drap, est posé sur un brancard.

Pénélope se présente. Un lieutenant de police, la trentaine, blondinet poupin peu loquace, livre quelques informations. La mort a eu lieu par strangulation, avant que le cadavre ne soit jeté dans le bassin. Impossible de savoir exactement vers quelle heure. Aucun élément ne permet l'identification. Il s'agit d'une femme jeune, de type asiatique. Le corps n'est pas gonflé, il n'a pas dû rester très longtemps dans l'eau. Le lieutenant fait l'important :

« Il y a autre chose. Vous allez peut-être nous aider à comprendre. On lui a fait des marques, des dessins, je ne sais pas si ça a un rapport avec Versailles. On l'a quand même retrouvée ici, au centre des jardins, dans le bassin le plus en vue. Ils auraient pu la cacher dans une fontaine à l'écart, ou dans les bois. Ceux qui ont fait ça ont voulu qu'on regarde.

— Des dessins ?

— Sur le ventre. Comme des graffitis. Des incisions au couteau. On ne sait pas si la victime a été violée, je vous informerai quand nous aurons le rapport du légiste.

— Rien ne vous y oblige.

— Nous avons toujours bien travaillé avec la conservation. M. Vaucanson m'a demandé de le tenir au courant, je crois que c'est indispensable à Versailles, le lieu est plutôt "spécial". Dans le cas présent, vous pouvez peut-être nous aider. C'est un maniaque qui a fait ça. Je peux vous demander de regarder ? Vous avez le courage ? »

La jeune femme a été retrouvée nue, avec un imperméable jeté sur ses épaules qui avait servi à emballer le corps. Le lieutenant, après avoir enfilé des gants en latex, écarte le drap que les infirmiers ont posé sur le brancard. Il se contente de dévoiler la zone du ventre, par pudeur et pour ménager Pénélope. Wandrille recule d'un pas. Des ouvertures rouges, faites peut-être au scalpel, dans les chairs, montrent un tracé barbare. Un des adjoints du lieutenant photographie.

« C'est le seul indice que nous ayons.

— Rien qui se rattache à Versailles, dit Pénélope. C'est plutôt une peinture préhistorique. »

Comme si on avait voulu tatouer sur la peau une sorte de personnage. Un homme stylisé. Il lève les bras vers le haut, comme deux rails parallèles, et ses jambes sont droites, côte à côte. Les plaies, restées sous l'eau, sont propres, le tracé se voit bien.

« Regardez le cadavre, il lui manque un doigt ! »

Le policier lance un regard à Wandrille, qui n'a pas à se mêler de l'enquête :

« Oui, on a relevé ça tout de suite, coupé sans doute au moment du meurtre, ou peu de temps avant. Le légiste nous dira. Un crime de cinglé. »

Dans les films, les policiers tiennent toujours ce genre de propos, avec une évidente gourmandise. Cette fois, Wandrille comprend ce que veut vraiment dire cette phrase. Il obéit à l'ordre général de circuler donné aux promeneurs, il en a vu bien assez.

« Tu crois que c'est le doigt du tiroir ? Tu n'as pas voulu lui dire que tu détenais le morceau manquant ? Pour qu'ils vérifient s'il s'adapte ? Ma petite Péné, tu ne changeras pas, tu veux percer le mystère toi-même...

— Il va falloir que j'y aille, pour faire ma note.

— Ça ne la ressuscitera pas. Pauvre Chinoise. Elle devait être assez mignonne.

— Regarde, on a ouvert une fenêtre de la galerie des Glaces. C'est le jeune homme en noir qui joue dans le prochain navet de la Regalado. Je te raconterai. Il ne dit pas un mot de tout le film, je comprends qu'il ait envie de prendre l'air. »

À peine entré dans le bureau de Pénélope, Wandrille, n'y tenant plus, ferme la porte, l'embrasse ; elle sourit :

« Tu veux jouer *Le Verrou* de Fragonard en tableau vivant ? Tu sais, le décor y est, mais ce n'est peut-être pas le moment ?

— Tu as du champagne au frais ? Rien ici ? C'est bien la peine d'avoir un bureau dans le château de Versailles ! Tu vas cesser de penser à tout cela, ferme les yeux, je passe ma main sur ton front, et voilà, oubliée la Chinoise atrocement torturée, le doigt en moins et les dessins au cutter. Réveillez-vous, je le veux ! Je vous aime. Écoutez-moi maintenant. »

Il lui révèle, d'un coup, son nouveau destin : l'annonce du prochain gouvernement est pour 20 heures, sur le perron de l'Élysée, le voici fils de ministre. Un joli cadeau de Noël avant l'heure.

« Il faisait de la politique, ton père ? Tu ne m'as jamais parlé de ça... »

Le Premier ministre a eu envie de « donner des gages à la société civile », comme le pressentait ce matin Nicolas Poincaré sur France Info, et c'est tombé sur lui, le plus incivil des grands patrons français. Il avait insulté à la télévision le PDG de Monotex – un voyou qui vient de déménager en une nuit ses équipements en Hongrie et de partir avec un pactole – et il est devenu depuis un mois le héros des chômeurs. Wandrille avait toujours cru que son père, dans le loft de la place des Vosges, votait à droite. Le voici ministre de gauche. Il l'était peut-être déjà, ou l'avait été. Que sait-on de la jeunesse de ses parents ?

« Il a été invité à un week-end de travail, très secret, dans l'endroit le mieux gardé de Versailles, la résidence des Premiers ministres, le pavillon de la Lanterne. La prochaine fois on demandera si on peut passer pour le café. Ton big boss sera fou de jalousie. Tu sais, Péné, je crois que je me sens de gauche maintenant, je n'hésite plus, je vais m'encarter.

— Par conviction, ou parce que tu veux couler ton père ? Par amour pour moi ?

— Papa est vraiment malin. Dès qu'il a appris la nouvelle, le finaud est allé s'acheter trois costumes anthracite tout faits au Bon Marché. Des trucs sans marques, du magasin. Tu te rends compte.

— Tu sais, pour mes collègues, un costume du Bon Marché c'est le nirvana ! On guette les soldes. Et regarde ma petite veste, avec le top assorti, tu aimes ? Monoprix !

— J'aurais pensé Yamamoto, bravo. Papa change de vie, il veut être élu député, on va le parachuter dans un bled qui vote socialiste depuis un siècle, tu l'imagines arrivant à l'Assemblée nationale sapé comme un milord, avec ses costards sur mesure de chez Cifonelli, la chaîne de montre, la pochette blanche pliée selon des règles connues de lui seul, c'est le scandale politico-financier garanti. Il vient de me refiler dix costumes, de purs chefs-d'œuvre. Il n'en veut plus. Je vais tout récupérer, et les godasses aussi, on a la même pointure. Regarde cette veste, un bijou, bien trop beau pour un ministre, j'ai mis un jean APC, pour le changement dans la continuité, tu crois que ça va ? Faut panacher.

— Elle rebique aux entournures, ta veste, c'est un désastre, regarde-toi ! Va faire un tour dans la galerie des Glaces. Tu n'as pas du tout la carrure de ton père !

— Sa brioche, que les Français vont découvrir ! Mais aussi son bras long. Apprenez, mademoiselle la conservatrice des textiles, qu'un costume sur mesure, même aux mesures de quelqu'un d'autre, a toujours l'air d'un costume sur mesure. C'est paradoxal, c'est anormal, c'est injuste, mais c'est ainsi. Je le prouve. Non ? »

Pénélope, pour éviter que des oreilles non averties entendent déblatérer Wandrille, vient de refermer son bureau. La porte s'ouvre une seconde plus tard.

C'est Bonlarron, rubicond, exultant :

« Waddesdon ne dépose pas plainte ! Il n'y a aucune raison. La table est toujours chez eux, dans la salle de la tour. Celle qui est ici doit être une copie. Je suis fasciné de penser que l'on peut faire de si bons équivalents. Je m'y suis trompé. Qui a pu payer aussi cher pour ça ? Je vais avertir M. Vaucanson. Vous lui en avez parlé ce matin ? »

La porte à peine refermée, Wandrille reprend, sans s'être intéressé une seconde à cette énigme mobilière :

« Tu crois qu'on me laissera utiliser l'héliport du ministère des Finances ? Si je veux t'emmener bruncher à Guernesey un dimanche matin, ça fâcherait beaucoup les contribuables ? Tu as entendu parler de la vedette sur la Seine, amarrée à Bercy ? Papa va la prendre pour aller à l'Élysée. On la gare sous le pont Alexandre-III. C'est d'un pratique !

— Assieds-toi, tu me donnes le mal de mer.

— Je sens qu'on ne va pas déménager. La maison de la place des Vosges est quand même plus sympa que l'appartement de fonction. Si tu voyais, c'est bas de plafond, c'est moderne, tout est dernier cri, les rideaux à vomir.

— Tu veux que j'intervienne ?

— Il y a des spots vissés partout, comme dans *James Bond*.

— Je vais te prêter le catalogue de tissus de la maison Prelle.

— Papa n'en peut déjà plus du chauffeur du gouvernement, un vieux à moustaches, avec des pompes tressées, qui sent l'après-rasage. Il n'ose pas lui dire. Il le fait rouler vitres ouvertes, il va se prendre une balle perdue, un contribuable excédé va le reconnaître, faire un carton et je serai orphelin.

— Tu hériteras. On se marie ?

— Et Manrique, le vieux chauffeur de papa, qui a tellement de style, on ne sait plus à quoi l'occuper. On ne peut pas le licencier. Papa ne peut pas commencer par faire un chômeur. Depuis hier, maman passe son temps à faire les courses avec lui, pour lui donner du travail, elle va dépenser tout le salaire de la famille. Tu sais, un salaire de ministre, c'est un vrai recul pour papa qui...

— Wandrille, si tu ne cesses pas, je veux dire tout de suite, nous nous séparons.

— Tu viens de me demander en mariage.

— Je vais surtout demander à mon père de photo-copier son dernier bulletin de salaire pour te l'en-voyer. Tu sais, il utilise la photocopieuse de la poste centrale, chez nous, à Villefranche-de-Rouergue. Je crois que je ne vais pas tenir.

— Tu perds ton humour. Papa va t'adorer, tu seras une vraie fille pour lui. Depuis le temps que je veux que vous vous rencontriez. »

11

La cantine des conservateurs

Ville de Versailles, quartier Notre-Dame,
lundi 22 novembre 1999, à l'heure du déjeuner

« On va à la Tégé, pour le déj ? demande Pénélope.

— Pardon ?

— La Trésorerie générale, explique Bonlarron à Wandrille, c'est le plus pratique, cela nous sert de cantine, derrière la Grande Écurie. Si vous préférez un sandwich, on peut aller chez Julien, rue de la Paroisse, je vais vous instruire, moi. C'est la meilleure boulangerie, tous les conservateurs y vont.

— Je préfère les aliments sans conservateurs. Wandrille, tu viens avec nous ?

— Si votre petit ami nous accompagne, nous ferions mieux peut-être d'aller au Café des Arts, rue d'Anjou, viandes sublimes, des bœufs dotés de mirobolantes généalogies, des traçabilités de duc et pair, des gigots de race, des barons d'agneau...

— Pourquoi ? À la Tégé, on empoisonne les voyageurs ?

— Ils ont été capables de nous servir de la pizza
à la patate et du flan aux coquillettes.

— On y va ! »

Wandrille et Pénélope entraînent Bonlarron pour
le réconforter, comme trois amis déjà. La Trésorerie générale est une erreur architecturale des
années 1970 à une minute du palais des rois. Une
« rampe d'accès » conduit à la cantine située en
sous-sol, le « restaurant », où déjeunent les conservateurs sans prétention et Bonlarron tous les jours,
qui a gagné là sa réputation de pingrerie. Les autres
vont sur la place d'Armes, à la Taverne strasbour-
geoise, se repaître de cassoulet, de bouillabaisse et
d'escalope normande, spécialités adoubées par la
gastronomie alsacienne. À la Tégé, pas de recette.

Les trois plateaux qui se suivent à la caisse pro-
mettent un vrai régal : riz aux moules, langue de
bœuf sauce madère aux carottes Vichy, hachis par-
mentier, yaourts bio pour tous.

« Qu'avez-vous pensé du Chinois ? demande
Pénélope à Bonlarron. Une chose m'inquiète…

— Son goût pour la langue de canard ?

— Son Versailles de Louis XIII. Quand on m'a
parlé de lui, j'avais imaginé un adorable vieillard francophile, qui, sous Mao, calligraphiait des
poèmes d'Eluard le soir à la bougie. Il m'a surprise. Vous voulez le fond de ma pensée ? Je n'imagine pas qu'il ait pu avoir son idée tout seul.

— Ensuite il fera reconstruire Port-Royal-des-
Champs…

— J'ai vu qu'il y avait un projet pour rattacher le musée du Jansénisme, le musée des Granges de Port-Royal, à Versailles.

— Ça pourrait faire, comment dire, un "complexe"… Si vous saviez ! »

Bonlarron grimace devant les carottes. Au moment où Wandrille allait l'interroger sur le jansénisme, il change de sujet :

« Vous vous habituez, ici, Pénélope ? On se fait à Versailles. Vous savez, la secrétaire du président m'a dit l'autre jour : "On ne peut plus sortir de Versailles quand on y habite." Marie-Agnès fait relier ses *Marie-Claire* chez des bonnes sœurs en Belgique. Elle a bien du mal à se mettre à l'ordinateur. Elle a toujours dans son tiroir un tricot et une bouteille d'Hepatoum…

— Pour les digestions du président ?

— Elle n'achète pas le journal. Elle a repéré qu'il était en pile gratuitement au parking souterrain devant Notre-Dame. Elle n'a pas de voiture, mais elle passe pour le journal… Elle m'a conseillé de faire tourner ma machine à laver la nuit pour faire des économies.

— Elle est logée dans le même immeuble que toi ! C'est donc ça que tu entendais couiner ! Tu ne m'as pas encore montré ton nouveau gîte d'étape.

— Wandrille, voyons ! Parle moins fort, l'ennemi guette nos confidences. »

À la table voisine, Chignon-Brioche grignote avec Gilet-Brodé, tous radars branchés. Bonlarron aussi les a vus :

« Simone Rapière ! Elle vient rarement, la vieille bourrique, c'est parce que la cantine se refuse à lui servir son Martini orange. Elle ne carbure qu'à ça. L'autre, c'est plutôt le vin rouge. Ici, ils se croient tous dans un conservatoire des arts et traditions aristocratiques. Le petit Augustin de Latouille est né à Versailles, paroisse Notre-Dame, il le rappelle plusieurs fois par jour. Paris est pour lui la nouvelle Babylone. Vous voulez entendre des bruits du quotidien échappés d'une autre époque ? Ici, c'est possible. Le crissement de la veste en velours, le vrombissement de la 103 Peugeot. On garde ici comme dans une réserve indienne ces instants qui disparaissent partout.

— C'est charmant, on dirait que ça vous agace.

— Tout le monde croit descendre des courtisans du Grand Roi. Surtout ceux dont les premiers ancêtres versaillais sont arrivés ici en garnison sous le Second Empire ou pour aller canonner du communard. Versailles contre Paris. Ils se sont sentis bien, ils sont restés. Ils ont acheté des tables de bridge. Ils vous expliqueront qu'ils sont installés depuis toujours et que le Roi est leur cousin.

— Ça promet, je vais rester sept ou huit ans dans cette ville délicieuse, à m'occuper de textiles qui n'existent pas.

— Vous plaisantez ! Je viens de vous en trouver !

— Des tissus anciens ? À Versailles ?

— Sept caisses de bois peintes en vert, jamais ouvertes, dans les réserves du musée des Carrosses et localisées le mois dernier par mes soins. Elles contiennent tous les parements qu'on a mis sur les chevaux lors du sacre de Charles X en 1825, des drapés fleurdelysés, des cocardes de bride ou de poitrail, blanches, des ornements de harnais et de grandes guides, cramoisis et souvent moisis, des plumets et des sabretaches.

— Un trésor, glisse Wandrille.

— Tout en fort piteux état, et il faudra que votre consœur du musée des Carrosses vous les laisse. C'est du tissu, c'est pour vous, mais ça va avec le carrosse, et elle l'a. Comme le musée des Carrosses dans les Écuries n'est ouvert qu'au week-end, elle a le temps, ça va saigner...

— Alors que moi, qui n'ai rien à faire... Vous avez raison, Versailles, c'est une question d'ambiance. Je vais lui laisser ses tapis de selle, sauf si vous me donnez l'ordre de me battre.

— Pas du tout, prenez le temps d'arriver, faites votre place parmi nous, Pénélope. Vous l'étranglerez bien assez tôt. Vous devez d'abord nous aider à restituer des tissus, pas forcément à l'échelle de ce qui a été fait pour la chambre de la Reine.

— "Restituer", remeubler, un peu comme ce qui vient de se passer cette nuit, à la sauvage, interrompt Wandrille... Racontez-moi. »

12

Le statut du commandeur

Ville de Versailles,
cantine de la Trésorerie générale,
suite du précédent

« La chambre de la Reine, c'est toute une histoire ! Une folie de Van der Kemp.

— Qui ?

— Gérald Van der Kemp a un statut particulier parmi tous ceux qui ont dirigé Versailles. Il a été conservateur dans cette maison de 1945 à 1980, un règne ! Ici, il a été un dieu, dans une époque qui avait pour héros Bocuse aux fourneaux, Cousteau sur mer, Tazieff devant les volcans, Bouglione pour le cirque, Jean-Pierre Rampal à la flûte traversière, Françoise Dolto pour les enfants... Lui incarnait Versailles, avec ses deux mètres de haut, sa cape noire jetée sur l'habit vert, ses baisemains d'une souplesse inégalée. Il roulait en vieille deux-chevaux, il était reçu partout. Il avait défié les Boches de la division Das Reich en défendant au péril de sa vie les tableaux du Louvre qui étaient cachés au château de Valençay, dont *La Joconde*, qu'il avait sans façons accrochée dans sa chambre. Sa femme, Américaine fort distinguée, recevait tout Paris, les mécènes, la mode, ce que l'on appelait la Café Society, si cela dit encore quelque chose à des gens de votre âge…

— C'était l'archéo-jet-set, approuve Wandrille.

— Ils recevaient dans l'aile des Ministres. Elle avait importé une famille de domestiques mexicains. Van der Kemp a défini une politique toujours suivie aujourd'hui.

— Pour les embrases de rideaux ? Écoute bien, Péné !

— Cela va vous faire comprendre ce que cette table volante a de scandaleux, si elle est fausse. Tout se résume à deux règles : on choisit de restituer, dans chaque pièce, l'état historique pour lequel on a le plus de documents et d'éléments mobiliers qui restent.

— D'où l'aspect actuel du château, Wandrille, qui peut te sembler incohérent, reprend Pénélope. On passe de la chambre du Roi, décor Louis XIV fin de règne, avec quand même une cheminée de plus, à une chambre de la Reine dans son état Marie-Antoinette d'octobre 1789.

— Et la seconde règle ? Continuez, nous ne vous interrompons plus.

— Éliminer les meubles qui ne se trouvaient pas à Versailles ou dans des châteaux royaux et surtout ne copier aucun des meubles qui en viennent, conservés à l'étranger. Les administrations, les ambassades, les musées français ont presque tous

dû restituer les pièces versaillaises qu'ils possédaient. Le président Giscard d'Estaing, alors
ministre des Finances, explique Bonlarron en inclinant légèrement la tête, a donné l'exemple en
renonçant à la pendule qui était dans son bureau.
Le Louvre a cédé à contre cœur le bureau à
cylindre de Louis XV, que nous avons remis à sa
place, dans le cabinet intérieur du Roi.

— Les conservateurs du Louvre se sont sentis
lésés ?

— Pire que ça ! C'est *La Joconde* du meuble, le
chef-d'œuvre d'Oeben et Riesener, les deux plus
grands artistes en ce domaine. Le bureau était à
Paris dans la galerie d'Apollon, avec le Régent et
les diamants de la Couronne. Durant des années,
nos collègues du Louvre ont laissé vide l'estrade
où il était installé, pour protester. Sont venues
ensuite dans notre bureau, aujourd'hui intégralement meublé, les encoignures signées Joubert,
le médaillier de Gaudreaux, en harmonie mer-
veilleuse avec les boiseries faites par Verbeckt ! De
grands maîtres dont les noms devraient être aussi
célèbres que ceux de Boucher et de Fragonard.

— Vous exagérez. Ce sont les "arts décoratifs",
comme on dit...

— Vous n'avez jamais regardé, Wandrille, ces
meubles du XVIIIe siècle. Ce sont des sculptures qui
vibrent, on voit la trace des coups de ciseau de
l'artiste qui les a façonnés. Ils sont uniques, émou-
vants. Un beau fauteuil, ça a du nerf, du mouvement. Quand les visiteurs passent devant sans

regarder, je les massacrerais ! Tous ces veaux qui
viennent voir "Versailles", qui ne comprennent
pas qu'ils sont dans un musée où il y a un chef-
d'œuvre à chaque pas. Nous sommes le premier
musée au monde pour les meubles de Riesener,
nous en avons presque vingt. Mais qui regarde
une table comme on regarde un tableau ? Pourtant, ils ont une âme, une personnalité, mes fauteuils. Elles vivent, mes commodes ! Elles nous
mettent directement en communication avec ces
artistes de la grande époque, le sommet de l'art
français…

— Et ces deux règles…

— Elles étaient faites, bien sûr, pour n'être pas
suivies. Regardez la chambre de la Reine.

— Je ferme les yeux. J'essaye d'imaginer. Mais
avant, je vais aller me chercher une autre assiette
de riz aux moules. Péné, tu en veux ? Je commande
déjà les cafés ?

— Wandrille, personne ne se ressert ici, écoutez-
moi. Les tentures des murs avaient commencé à être
retissées à Lyon avant l'arrivée de Van der Kemp,
d'après les cartons originaux. Il a installé une balustrade dorée qui est une réinvention pure…

— Ça, la dorure, moins on en a, plus…

— Wandrille !

— Il a ajouté des pliants qui datent de la reine
précédente, Marie Leszczynska. Le tapis aussi est
Louis XV. Surtout, pour le lit, on possédait des
descriptions et une petite peinture, on savait qu'il
y avait un coq doré dans le haut.

— Pour le réveil gaulois, fait Pénélope qui aime déchiffrer les symboles.

— C'est un artisan florentin qui a inventé le dessin du baldaquin, et on y croit. Vous savez ce qu'il a osé utiliser comme modèle ? La grille du coq du palais de l'Élysée, qui date du président Émile Loubet ! Une vraie farce. Les tissus, eux, sont parfaits, mais neufs, c'est votre domaine désormais, Pénélope.

— Dis quelque chose, Péné ! Ils peuvent tuer pour ça, ici ! Je veux tout savoir.

— La courtepointe est "bonne", c'est la seule pièce. Sa copie avait été commandée à Lyon, quand on l'a retrouvée aux États-Unis vendue par une famille princière de Prusse orientale. On a annulé la commande.

— Si le public savait !

— La seule autre chose vraiment d'origine, dans ce décor de film, c'est l'écran de cheminée, que personne ne regarde ! Van der Kemp a commis, pour le plaisir, pour le panache, beaucoup d'entorses à ses propres règles : les torchères de la galerie des Glaces, vous les avez regardées de près ?

— Des angelots qui portent des flambeaux, ça a grande allure…

— Ma pauvre, ils sont en résine moulée, le public les caresse, à certains endroits on voit le plastique. Il en restait six, il en a fait faire dix-huit de plus !

— Du plastoc doré à l'or fin, devant lequel défilent vos bataillons de touristes, bravo, fait Wandrille.

— Et les lustres ? demande Pénélope.

— *Tutto falso !* Pas un qui soit antérieur à 1950. Les Proctor Jones, couple de donateurs américains, ont même fait graver leur nom sur l'un d'eux !

— Le plafond de Le Brun, au moins...

— Arrête Péné, M. Bonlarron va nous dire que c'est le président Albert Lebrun qui l'a fait faire.

— La plus belle partie, du côté du salon de la Guerre, avec cet envol de draperies rouges et une superbe trompette dorée, vous irez voir, tous les visiteurs trouvent que c'est le meilleur de Charles Le Brun, c'est intégralement un repeint du XIXe siècle. Quand on devra restaurer tout cela, il faudra pratiquer la "retouche illusionniste" pour accorder les parties réellement XVIIe et les lacunes qui ont été bouchées, à diverses époques, dans des couleurs tantôt marronnasses, tantôt trop flamboyantes. Actuellement la crasse unifie tout... Le seul état historique restituable, c'est l'état Clemenceau, celui du traité de Versailles de 1919, on a même un film ! Le bureau généreusement attribué à Cressent était au centre, les flambeaux dataient de Louis-Philippe, on les a mis dans les salles Empire, c'est le seul moment de l'histoire de la galerie que l'on puisse intégralement retrouver, il va avoir cent ans et il a son intérêt, non ?

— Vous voulez miner la réconciliation franco-allemande ? Il n'y a donc de bon que le parquet ! Il est dans un tel état, on s'y enfonce.

— À cause des millions de touristes de ces dernières années, un beau parquet Versailles... qui date d'après-guerre ; il ne tiendra pas plus de dix ans, il va falloir un mécène généreux…

— Vous refaites tout en permanence !

— Wandrille, comme partout. Vous croyez que les pierres de Notre-Dame de Paris ou de la cathédrale de Strasbourg datent du Moyen Âge ? Dans la bibliothèque de Mme du Barry, vous avez vu les livres ? Ce sont des reliures made in Portugal, dues aux artisans de la fondation Espirito Santo, sur des planchettes de bois, pour suggérer l'effet d'ensemble…

— Péchés véniels. Ça n'explique pas ce qui vient de se passer. Cette table, c'est une vraie attaque contre cette politique ?

— Gérald Van der Kemp menait un combat, avec comme adversaire l'un des meilleurs historiens de Versailles, Pierre Verlet, le directeur du département des objets d'art du Louvre. Van der Kemp affirmait haut et fort, pour obtenir des legs, qu'il excluait par principe tout recours à la copie, toute "évocation". Verlet aurait voulu reconstituer, avec des ébénistes et des artisans, les intérieurs XVIIIᵉ, comme cela s'est beaucoup fait à l'étranger. Aucun visiteur de Versailles ne comprend que ce qu'il voit est le résultat d'une lutte fratricide, un concentré de haines et de règlements de comptes entre conservateurs, depuis cinquante ans !

— Depuis, conclut Pénélope, règnent la paix et l'harmonie. »

À la fin du déjeuner, Wandrille regarde Pénélope avec insistance. Elle comprend. Elle vient d'obser-

ver Bonlarron, la petite cuiller posée sur la sou-
coupe qu'il tient à la main, sa tasse de café. Il lui
manque un doigt, l'index droit – le même doigt
que celui du tiroir. Le même que celui du cadavre.

DEUXIÈME PARTIE

Le jardin des pêches tardives

« Il s'engendre aussi de certains vers entre l'écorce et le bois des arbres qui leur font grand tort. Quand on les remarque, il faut les suivre et découvrir leur trace avec la pointe de la serpette, jusqu'à ce qu'on les ait trouvés. »

Robert ARNAULD D'ANDILLY,
La Manière de cultiver les arbres fruitiers,
11 – Des maladies des arbres, 1652

1

Meuble et meurtre

Ville de Versailles, lundi 22 novembre 1999,
début de l'après-midi

Quand un cadavre vient d'être découvert dans
un bassin, il faut d'abord s'occuper des poissons.
Les fontainiers ont pris leurs épuisettes, des seaux
d'eau propre, et pêchent, pour les sauver, des
carpes historiques dont les grands-parents ont
sans doute été nourris à la croûte de pâté par
Robert de Montesquiou ou à la salade verte par
Anna de Noailles. Pas de poésie cette fois : la
police surveille l'exercice. Dans la vase du fond,
qu'on passe au tamis, les hommes en uniforme
cherchent des pièces à conviction.

Un meurtre sans mobile ? Un mobilier meurtri ?
Les deux mystères se brouillent dans l'esprit de
Pénélope au sortir de la cantine. Son téléphone
sonne, c'est le lieutenant qui dirige les opérations.
Il vient d'être averti par Vaucanson, pour la table
et pour son contenu. Il est furieux. Il aurait estimé
normal d'être informé, ce matin, par Pénélope. Elle
se crispe, fait un effort pour répondre avec calme.

Wandrille n'a pas l'air de voir à quel point elle est tendue, fatiguée… Une prise de fonction dans ce nid de frelons, au milieu de cette tourmente, avec pour seul soutien un petit compagnon uniquement occupé de ce qui lui arrive à lui, combien de jours encore va-t-elle tenir ? Sans avoir eu le temps de changer de coupe. Elle est passée, à côté de Notre-Dame, devant un panneau qui lui a fait peur : « espace coiffure » ! Son désarroi est extrême.

L'expertise du médecin légiste a été immédiate. Le doigt trouvé dans le tiroir de la table à écrire provient bien du cadavre repêché dans le bassin de Latone. Même type de peau que celui de l'autre main, même diamètre osseux, les déchirures des tissus correspondent. Pénélope ne demande pas de détails. Sous prétexte de marcher un peu, elle entraîne Wandrille vers les carrés des Halles de la place du Marché. Dix minutes de promenade avant de regagner les bureaux, a-t-elle expliqué aux autres. Bonlarron a rejoint Chignon-Brioche et Gilet-Brodé, ils sont remontés ensemble au château.

Le marché est composé de bâtiments harmonieux, un des cœurs de Versailles. Le poissonnier aligne des saumons de toutes provenances, la période des fêtes se prépare. Le boudin blanc truffé vient d'apparaître, couronné d'une médaille d'or au concours général de Dijon. Pénélope et Wandrille s'asseyent seuls en terrasse, pour le café, à côté de la pâtisserie Vicomte. Le rayon de soleil qui les a accueillis a duré huit minutes, le temps de demander l'addition et de se remettre en marche pour ne pas mourir de froid.

« Tu es certaine, Péné, que c'est ce doigt-là ?

— Aucun doute. Un mort au doigt coupé, un conservateur au doigt qui manque, et un doigt dans le tiroir d'une table – hasards ?

— Dans la même journée ? Heureusement qu'on ne nous a pas proposé des hot-dogs à la cantine. J'aurais soulevé le pain avant de croquer...

— Tu crois que nous avons affaire au Club des coupeurs de doigts, une secte, une société secrète, des envahisseurs venus d'une autre planète ?

— Ou du salon de Mars. Je lui trouve toutes les qualités, moi, à ton Bonlarron. J'ai peine à imaginer qu'il soit lié à cette histoire. Tu sais, les coïncidences, ça existe. Une tronçonneuse mal réglée quand il avait quatorze ans.

— Tu me donnes des frissons.

— Toi, si courageuse ? Allons ! Tu sais, je crois que tu découvres à peine ce qui t'attend. Je n'en reviens pas de ton château à double fond ! Personne ne croit Versailles aussi étrange. Tout ce qui est vrai a l'air faux, ce qui est faux semble vrai. Et ici, où arrive-t-on ? On dirait des traboules, comme à Lyon... »

Pénélope n'a pas encore eu le temps d'explorer ce dédale de ruelles qui s'appelle le quartier de la Geôle, promenade agréable pour s'évader après le déjeuner. Elle fait semblant de connaître, pour le faire découvrir à Wandrille. C'est le coin des antiquaires.

« On ne fera pas d'affaires ici. De toute façon avec mon salaire de conservateur… Je gagne moins qu'un lieutenant de police, après un concours autrement plus sélectif.

— Une gendarmette ! Un coup d'œil à la devanture, ça suffit ! Rien vu qui m'plût ! Piteux mobilier convenable, tables de nuit putrides, fauteuils médaillon faux Louis XVI déglingués finis au pipi de chat. Tiens, une table de bridge.

— Ici, ça m'a l'air mieux. Argenterie et bijoux, à Versailles on s'y connaît.

— Regarde cette vitrine. Ces pierres, tu sais ce que c'est ?

— Des bagues de fiançailles alignées…

— Un cimetière. Le cimetière des solitaires, Pénélope, des saphirs entourés de brillants, des émeraudes rectangulaires, des rubis pyramidaux. Sous chacune de ces dalles translucides, tu peux imaginer la douairière qui repose en paix.

— Arrête, tu me fais trembler. Quarante rombières de la paroisse Notre-Dame dans cinquante centimètres carrés…

— Imagine ensuite, pour chaque caillou, l'instant de bonheur pur qui y brille encore. Quand le jeune officier sorti de Saint-Cyr ou le prometteur agent d'assurances nanti d'un vieux nom sonnant et trébuchant avait tendu l'écrin à la vieille alors jeune. Peins-toi ensuite le désespoir des familles, les fauchmen de la génération d'après, qui ont fini par bazar-

der la bague de bonne-maman. On entre ? Tu en
veux une ? Papa m'a fait mon chèque.

— Tu es épouvantable. Tais-toi. »

Deux hommes, sous le portail, parlent à voix
basse, Pénélope et Wandrille sans y prendre garde
entrent dans la boutique. Un panneau indique
« mobilier ancien en dépôt à l'étage ». La brave
antiquaire, un peu maussade, d'un signe de tête
leur donne l'autorisation de monter. Au premier,
la fenêtre est ouverte, sans doute pour que les
odeurs de moisi ne perturbent pas trop les pulsions
d'achat. Wandrille met un doigt sur la bouche. Il
vient d'entendre un mot : « cadavre ». La conversation des deux hommes, en bas, est à peine assour-
die. Pénélope se penche. Difficile de les distinguer
dans l'ombre, ils sont tous deux vêtus de noir.

« Je crois qu'il va falloir tout arrêter. Tu as vu ce
qui se passe au château ?

— Ils ont trouvé un macchabée. Ils vont déterrer
les autres. S'ils viennent expertiser ta cave, c'en est fini
de notre petit commerce de reliques. J'avais encore
une dizaine d'amateurs. Tout le quartier, de Censier-
Daubenton à Port-Royal. Les noms habituels.

— Je peux compter sur toi ?

— J'abandonne. Y compris la cérémonie, même
si c'est prêt. Je crois qu'ils m'ont repéré. Il y en a qui
cherchent à me faire peur. Ce matin, si tu savais ce
que j'ai trouvé…

— Viens, on sera mieux un peu plus loin pour
discuter. Tu sais que l'accès au potager a été bouclé ?

Fouilles archéologiques. Mon vieux Médard, je crois que nous ne sommes qu'au début de l'histoire. »

Médard ! Il faut savoir avec qui il est. Pénélope dévale l'escalier, passe devant l'antiquaire sans rien dire, sort. Elle heurte une femme qu'elle n'avait pas vue. Le temps de s'excuser, les deux hommes ont disparu. Sont-ils entrés dans une autre boutique ? Ont-ils poussé une porte qui communique avec la ruelle voisine ? Toute cette zone est percée de passages, qui auraient pu rendre de grands services à l'époque de la Résistance.

Celle que Pénélope vient de bousculer la regarde, effarée :

« Je vous ai vue ce matin, vous travaillez au château. Mon nom est Barbara Grant, je suis celle qui a trouvé le cadavre. Je faisais mon jogging. »

Elle a troqué sa tenue de sport contre un tailleur pantalon impeccable, aux pieds, des Nike roses. Pénélope lui tend la main, balbutie de nouvelles excuses.

Wandrille bondit. Il vient de revoir, un instant, l'homme en noir. Toutes ces heures de sport vont enfin servir à quelque chose. En trois foulées, il est au fond de la petite cour, il tient son homme. Médard n'est plus là. L'autre s'est retourné en entendant battre la porte de la boutique et il a démarré en une seconde. Il tourne à gauche, Wandrille croit qu'il va le rejoindre. Il se sent déjà vainqueur, prêt à le prendre à la gorge.

Deux minutes plus tard, il revient :

« Bredouille, c'était bien lui. Il a filé. Je l'ai vu tourner le coin de la rue, évaporé !

— Il va falloir que je fasse un peu parler Médard.

— Il ne te dira rien, Péné, il a peut-être eu le temps de t'entrevoir. Tu veux le faire chanter ? Le menacer ? Tout dire à la police ?

— Rien du tout. Je vais le laisser venir. Faire comme si de rien n'était. S'il sait que je sais, il va commencer à s'inquiéter que je ne fasse rien et là... Mais j'oubliais de te présenter Mrs Grant...

— Bonjour, madame.

— Vous êtes sincèrement charmants, vous deux. Il faudra que vous veniez prendre le thé à la maison. J'habite à côté. Je me suis installée à Versailles depuis peu. J'espérais des circonstances moins dramatiques pour lier connaissance avec les conservateurs du château. J'aime Versailles ! Un cadavre dans un bassin ! Les vigiles sont si gentils, vous savez. Je vais aller prier à la cathédrale ce soir pour cette jeune femme morte ! On ne sait toujours pas qui elle était ? »

Pénélope, qui ne doit pas être plus en retard, prend congé. Il faudra qu'elle aille chez Barbara, qui a peut-être vu plus de choses qu'elle n'en a raconté. Les Américaines qui aiment Versailles, il ne faut jamais les négliger, on ne sait pas quel âge elles peuvent avoir ni quelle fortune elles peuvent donner. Pénélope laisse son portable à Barbara, promet de la revoir très vite. L'Américaine entre chez la marchande de bagues et d'argenterie, décidée à commémorer l'événement du matin.

« Wandrille, tu me raccompagnes jusqu'à la grille d'honneur ? De quoi parlaient-ils, Médard et son complice ? Ce macchabée…

— La pauvre Chinoise.

— Pas sûr… Quel rapport avec le potager ?

— Il y a un potager au château ?

— Pas loin d'ici, du côté de l'aile du Midi et de l'Orangerie, le potager du Roi, très réputé en ville. Vente de légumes garantis sans pesticides tous les jeudis. Versailles est à la pointe de la mode écolo-tradi. Pourquoi parlait-il de Censier-Daubenton et de Port-Royal ?

— Ce qui est certain, c'est que ton nouvel ami Médard, le plus fidèle des gardiens de Versailles, archidéfendu par notre M. Bonlarron, n'est pas bien net…

— Je dois remonter au bureau.

— Puisque je suis abandonné, je vais aller rendre visite à Léone. Elle m'a appelé tout à l'heure. Elle se plaint de ne pas m'avoir vu depuis des mois…

— Pardon ?

— Léone de Croixmarc, elle m'invite à visiter son château de Sourlaizeaux, un des plus beaux d'Île-de-France. Elle avait débarqué un matin à la rédaction avec un dossier et des photos, je m'étais tout de suite plutôt bien entendu avec elle. On s'est revus chez les Graindorge, ils connaissent tout le monde. Elle me fait rire. Tu sais, c'était le week-end dans la Sarthe, tu n'avais pas pu venir…

— Croix-Mare, ça se prononce comme ça ? Tu es sûr ? On a ici en réserve un portrait d'Adéhaume de Croixmarc, conseiller au Parlement de Paris, barbouillé sous Louis XV, inmontrable. Je croyais qu'il fallait croasser plus. Léone de Croix-Mare, un nom de cocotte !

— Imagine un vieux château de brique à coins de pierre aux vitraux peints de rougeâtres couleurs, grand genre, parc immense et miroir d'eau, à deux pas, sur la route de Chevreuse. En un bond de MG, j'y suis.

— Zoran m'a parlé d'elle plusieurs fois, une toquée d'art contemporain. Une grande bringue plutôt pas mal. Enfin, du chien. Et en plus, tout sourires, je vois le genre d'ici, arrogante, sympathique...

— Péné, c'est une amie ! »

2

Le goûter de Wandrille

Château de Sourlaizeaux
(à Magny-les-Hameaux, Yvelines),
fin d'après-midi du lundi 22 novembre 1999

La MG de Wandrille, dédaignant le parking des autocars, arrive en sautillant dans la cour d'honneur du château de Sourlaizeaux. Façade dépliable en trois pans, comme la carte de vœux la représentant à l'aquarelle qu'il a reçue l'an dernier. Deux sphinx de bronze encadrent l'entrée. Il a juste le temps de claquer la portière. Léone, fille sportive et bronzée, se jette dans ses bras. Il lève les yeux, repère tout de suite le détail *too much*, dont il se régale : le mât de bois doré installé au creux de l'escalier à double révolution :

« C'est votre drapeau personnel qui flotte dans l'azur ?

— Moque-toi des lubies de papa. C'est une principauté indépendante, Sourlaizeaux. Quand un membre de la famille y crèche, on pavoise.

— Et quand y a que l'chien, y a rien ? Tu supportes ?

— Tu veux la vérité ? De moins en moins. Les marquis de Croixmarc, papa, bon papa et tutti quanti, souffrent de ne pas être ducs et pairs.

— C'est sans doute un détail pour nous, mais pour vous...

— Le duc de Sabran fait flotter son drapeau sur le château d'Ansouis, le duc de Devonshire sur Chatsworth, le duc d'Uzès sur Uzès... »

Wandrille admire que Léone prononce bien Uzès pour la ville et Uzai pour le duc, particularité signalée dans Proust, toujours agréable à vérifier dans le monde réel. Wandrille a décidé il y a six mois de lire *À la recherche du temps perdu* du début à la fin, il progresse volume par volume avec détermination. Le voici en phase de travaux pratiques. Ils entrent. Il enchaîne :

« Tu sais que les colonnes d'Hercule du snobisme reculent à chaque fois que je te vois, Léone.

— Et c'est bon, hein ? Tu aimes ça ? »

Celui qui sourit de cette conversation, dans le vestibule, c'est le buste de marbre du marquis de Croixmarc qui seconda le Grand Condé à la victoire de Rocroi. Un test : le nom du sculpteur est Coysevox, qui se prononce « Quoi *the* veau ». Léone ne laisse pas à Wandrille, qui affecte de ne rien regarder, le temps d'échouer à cette épreuve, ni deux minutes pour admirer :

« Nous habitons une demeure entièrement classée, le bâtiment lui-même – c'est une maison de

Mansart –, le décor intérieur bien sûr, mais aussi les jardins. »

Sourire de Léone, imitant sa mère, dents en collier de perles. Elle vous parle et sa bouche ne semble pas bouger.

« On me répète ces salades depuis que je suis petite, on l'a même écrit sur le prospectus quand on a créé la Société des amis de Sourlaizeaux.

— Une société ?

— Tu devrais t'inscrire ! Pour le moment les amis de ce bazar, c'est un peu papa, maman, la bonne et moi. Tu sais ce qu'a fait ce fourbe de Zoran Métivier ? Ça m'a tellement fait rire. Papa l'a pris pour un courtisan, il l'a laissé renifler dans nos archives, la bombe ! La baraque n'est pas du tout Louis XIV, une cata !

— Mais quand vous l'avez fait construire, votre château, sous Louis XIV, il a bien été Louis XIV, non ? On vous l'a changé ?

— Pire. Tu ne sais rien. Figure-toi que c'est mon arrière-arrière-arrière-grand-père, c'est pas si vieux, le banquier Balder, qui a acheté Sourlaizeaux en 1860. Il était millionnaire. Il a fait appel à Destailleur, l'architecte de ses grands rivaux les Rothschild, pour l'agrandir. Il souffrait, au fond, de ne pas être Rothschild. Pas pour le flouze bien sûr, pour le goût, le style, tu vois...

— Que de frustrations dans cette famille ! »

Léone donne cent détails : toute sa famille croyait que Destailleur avait gardé la façade brique et pierre d'origine, fin Louis XIII, début Louis XIV, on voyait bien les briques industrielles sur les deux ailes qu'il avait ajoutées. Tout baignait. Zoran a trouvé une photo de 1860 : la façade est blanche, en pierre de taille, pas une brique, un machin genre Directoire, pas plus ancien que ça. Léone envoie une pichenette en direction d'une potiche. Une villa du Chesnay. La dégelée.

« Que s'est-il passé ? Qui a transformé une folie Directoire en château Louis XIV ?

— Destailleur, ce saligaud, a plaqué des briques anciennes sur le corps de logis central, et utilisé des briques industrielles pour ses adjonctions. Il a fait croire qu'il agrandissait alors qu'il inventait de toutes pièces.

— Le résultat a de la gueule.

— Tu parles. On se gargarise d'une crémerie bidonnée. Le pire, c'est qu'au début du règne de papa, nous avons fait retirer des toitures les grosses cheminées de Destailleur qui faisaient vraiment paquebot, pour construire de petites cheminées début Louis XIV délicieuses, des cerises sur le gâteau. Papa a financé ça avec l'héritage de bonne-maman qui lui avait laissé deux-trois brimborions. Sincèrement, ça a plu à tout le monde. On y a même tourné *Les Trois Mousquetaires*, avec Jean Marais. Et c'est cet "état", comme disent nos grands architectes des Bâtiments de France, du plus pur style papa, qui, de surcroît, a été classé comme "époque Louis XIV" par les Monuments historiques !

— J'aime tes "de surcroît".

— Tu y crois, toi ? Papa était fou la semaine dernière. Encore aujourd'hui, on ne sait pas où il est. Deux jours que maman et moi, on ne l'a pas vu. Il doit bouder en taillant des kilomètres de haies. Ou il erre en forêt pour faire des charrois de bois. Zoran lui a dit que Destailleur est le plus génial créateur du XIXe et que les grosses cheminées sont sa signature. Qu'il a fait un faux à partir d'un faux, mais que maintenant que c'est archiclassé, tout est devenu intouchable. Si on restaure dans dix ans, faudra qu'on le fasse en style néo-papa.

— Votre bicoque, c'est le couteau de Toto ! On a changé la lame, on a changé le manche…

— Mais tu sais, à Versailles aussi, tout est faux ! Leur escalier Gabriel, tu crois qu'ils l'ont construit quand ? En 1985, avec le fric des Français. Elle est belle, la République, ils avaient juste retrouvé les plans d'origine, ça n'avait jamais été bâti sous Louis XV. On n'avait pas besoin d'évacuer 25 000 touristes par jour ! L'escalier Gabriel, c'est la fin de la visite, l'éjection des groupes, le pot d'échappement de la grosse berline. La berline de la fuite à Varennes, qui n'était qu'un Versailles sur roulettes. Les blocs de pierre sont coupés à la scie, c'est mochetouille, c'est raide, c'est moderne. Tu regarderas les balustres ventrus de chaque côté des rampes, ils sont verticaux, posés sur de petits socles en marches d'escalier. Au XVIIe, en France, les balustres étaient toujours perpendiculaires à la pente, en biais, du plus modeste escalier de bois au

plus bel escalier de palais. C'est une erreur mons-
trueuse. J'adore ces détails d'architecture ! L'État
n'a pas de goût ! Les gogos visitent ça ! Versailles,
c'est le règne de l'authentoc. Une grosse bouse qui
pue le neuf. Alors qu'ici, au moins, la casemate
c'est de la vieille bouse, et confortable en plus. »

Depuis qu'elle est enfant elle a appris à ne
jamais utiliser le mot « château » pour parler de
l'endroit où elle habite. À douze ans, elle avait
déjà noté dans un carnet les possibilités de substi-
tution : la yourte, la quinta, le soyouz, la taule, la
datcha, elle s'en régalait. « Château » ne s'emploie
que pour ceux des autres, pour débiner, dans des
phrases de sa mère comme « Gabrielle s'est bien
calmée, ils ont acheté un château, d'ailleurs une
horreur, un vrai pensionnat. Ils pourront faire
noces et banquets si les affaires de Roger-Louis
tournent mal ». Quand sa mère parle sur ce ton,
Léone s'amuse et se fout de tout. Elle a fait l'école
du cirque. Ses parents avaient adoré l'idée. Pour
leur fille, une grande école ! Depuis un arrière-
grand-oncle sorti premier de Saumur, plus personne, de mémoire de Croixmarc, n'était arrivé à
entrer dans une grande école. Elle grimpe aux
arbres et fixe des arceaux et des trapèzes aux plus
fortes branches. Haute liane tout en jambes, coiffée l'hiver d'un chapeau emprunté tantôt à Mary
Poppins tantôt à l'ours Paddington, elle pratique
depuis l'enfance la langue de sa famille, l'accent
Croixmarc, célèbre entre tous, imité en riant par
tous ceux qui, au fond d'eux-mêmes, savent qu'ils

n'auront jamais cette allure, cette diction ni cette
distinction. Léone en profite. L'accent Croixmarc,
qui existait déjà au début du siècle, repose sur
l'accentuation de la dentale et sur le chuinté. La
dentale seule serait trop violente. Le chuinté vient
la tempérer. Le chuinté sur la dentale, c'est la guir-
lande de lierre sur la balustrade.

Léone est de tous les vernissages dans les galeries les plus introuvables du XIXe arrondissement,
dans les zones les plus hostiles à l'art contemporain – avec les abords du métro Passy, où elle
va quelquefois visiter sa tante Luce. Elle règne sur
un parc où triomphent bassins et jeux d'eau,
« mais aucune fleur ». Son père a offert au Louvre
un Canaletto et un Chardin. Elle était enfant, elle
n'a jamais regretté ces tableaux qui étaient l'héritage de sa grand-mère collectionneuse, Françoise
de Xaintrailles « qui était une très grande jârdi-
nière ». Elle avait conçu à Sourlaizeaux un invraisemblable parterre cubiste que Jean Cocteau, venu
deux fois en cure de désintoxication, avait qualifié
de « jardin à la Françoise », mot répété depuis à
tous les visiteurs.

Léone a créé un « rendez-vous » au nom absurde,
simple et très difficile à retenir, que tous les journaux ont repris, *Artistes de demain, jardins d'hier,
bateaux d'aujourd'hui* : deux jours qui réunissent
les aficionados des galeries, les fous de modélisme
naval venant tester leurs drôles de machines sur le
miroir d'eau et les mordus de foire aux plantules,

de roses anciennes et de « légumes disparus ». Dans la serre, des conférences sur « Matisse et les plantes vertes » par des historiens de l'art de la Sorbonne succèdent à des interventions du président de l'Association des croqueurs de pommes.

« Tu comprends, mes boutures, c'est le marché au *jaerling* du pauvre. Tu mises sur un brin d'herbe, ça fait rêver et c'est raisonnable. Dans mon cadre, je peux vendre tout au double. Si ça marche si bien, depuis deux ans, c'est parce que je mixe les publics. »

Elle fait un geste qui, derrière le zinc d'un café, pourrait vouloir dire : « Une orange pressée ? »

« On vient ici de Manhattan, de Miami, de Sarcelles et de Courcouronnes. Pour l'art contemporain, j'ai Zoran, pour les plantes c'est ma vieille mère, maman adore les bouquets, pour les petits bateaux, je me dépatouille.

— Tu organises des batailles navales ?

— Tu sais, le miroir d'eau de Sourlaizeaux, moins long que le Grand Canal de Versailles, mais beaucoup plus ancien, voit voguer des porte-avions et des lanceurs d'engins, je ne sais trop quoi, des *Nautilus*, la *Calypso*, je n'y connais rien… Tu peux vivre sans. »

Elle ajoute, gouailleuse :

« Mais quand tu t'y mets, les naumachies, c'est génial… Ils ont même joué à Pearl Harbor, tu imagines ? Et Zoran a piqué une tête ! Tu le connais ?

— C'est l'éternel soupirant de Pénélope. Je l'aime bien, il est assez débloquant.

— Tu ne penses pas qu'il te drague plutôt toi ?

— Tu plaisantes ! Il ne me parle que de son musée.

— Son expo *Dada* était démente. Il faut absolument que je vous cale un dîner. Je ferai tout aux herbes du jardin. Aboule ton calepin. »

Wandrille cherche à tuer le temps avant que l'annonce officielle ne soit faite, pour son père. Il hésite à en parler à Léone. Pénélope doit rester sa seule confidente. Et puis, c'est difficile d'interrompre ce spectacle vivant. Il se promène dans les pièces de réception de la vieille demeure. Il note qu'il y manque des massacres de cerfs et des hures de sanglier : à Sourlaizeaux, les marquis ne perdent pas leur temps à chasser, ils collectionnent et ils jardinent. La mère de Léone menace de servir le thé dans le salon des tapisseries.

« La seule chose vraiment belle à Sourlaizeaux, c'est la chapelle au fond du parc. On a le temps, avant que maman ait fait réchauffer ses *scones*. J'aime sortir à cinq heures. Une petite demi-heure dans la froidure ? Tu veux ? Tu as déjà vu un lieu de culte janséniste ? Tu sais ce que c'est ? Tu as déjà entendu parler du jansénisme ?

— Vous avez une église à vous, c'est rare !

— Enfin, Wandrille, toutes les maisons ont des chapelles !

— C'est ça, et des miroirs d'eau. Martienne ! La prochaine fois je t'enregistre.

— Avoue que ça te change de m'entendre. Tu es toujours avec ta petite historienne surdouée ? »

3

Comment Léone fait le catéchisme dans son tombeau

Même jour, vers 17 heures

La forêt de Sourlaizeaux en plein hiver menace ses visiteurs. Dans le froid, les branches se détachent, les racines barrent les chemins, les flaques deviennent des étangs et des marais en réduction. Un grand bassin octogonal, vidé, empeste à la ronde. À dix bonnes minutes de marche Léone et Wandrille se retrouvent devant une façade plus sinistre encore. Un cube de pierre avec deux colonnes qui en marquent l'entrée.

« Tu aimes ces bosquets, on croit qu'ils sont naturels, tout est venu en tractopelle ! C'est le land art de papa. C'est ce qu'il a construit, au long de sa vie, ces buissons, ces arbres. Au printemps, un vrai show ! Maman dit toujours qu'une maison sans jardin, c'est triste comme un jardin sans maison.

— Je n'ai ni maison ni jardin et tout va très bien. Elle est angoissante ta chapelle, si tu permets.

— On y mettra mon cercueil ! J'ai toujours la clef sur moi. »

Elle ouvre. L'intérieur est on ne peut plus austère. Pas de tableaux, pas de statues sur les côtés, des bancs, un tabernacle en bois ciré noir, de hautes fenêtres sans vitraux, du salpêtre et une bonne odeur de renfermé.

« Tu as vu le Christ en ivoire sur l'autel, ses bras levés, à la verticale ?

— Il lève les yeux au Ciel parce qu'il te voit.

— Il est grand, hein ? C'est le doigt de Dieu ! À genoux !

— Drôle de pose pour un crucifié.

— C'est ce qu'on a appelé, à la fin du XIXᵉ siècle, un Christ janséniste, tu sais, on les reconnaît tout de suite. En général ils sont beaucoup plus petits, taillés d'une seule pièce. Il paraît que c'est une légende, cette histoire des Christ aux bras dressés, mais aujourd'hui, peu importe, toutes les familles jansénistes ont le leur. »

Léone explique à Wandrille que l'abbaye de Port-Royal-des-Champs, foyer du culte janséniste sous Louis XIV, est à dix minutes à pied, à peine, à travers bois. Ces Christ sont vite devenus un signe de ralliement pour les fidèles, surtout après la destruction de l'abbaye par Louis XIV, quand il a fallu commencer la vie secrète…

« Les jansénistes, tu te souviens de tes cours de français de première, Pascal, Racine, ta Pénélope t'expliquera tout…

— Fais comme si je n'avais pas été en première.

— Tu veux un cours de caté ?

— Par toi ? J'écoute. »

Léone est rousse. Elle a dénoué ses cheveux, tout en parlant à Wandrille, au début de la promenade. Elle le fixe de ses yeux verts. La chapelle sert de caveau de famille, les noms des ancêtres gravés dans le marbre pavent le sol.

« Ne marche pas sur la plaque de bonne-maman Françoise ! Là ce sera papa, suffit de tirer sur les deux poignées de cuivre, on soulève la dalle et on descend, il y a un caveau avec des cases au sous-sol, le plus tard possible, maman sera à côté de lui, j'imagine et, avec eux, on trouvera bien encore une place pour bibiche. D'ici là, j'espère que j'aurai fait souche ! Ça déborde d'aïeux là-dedans ! Assieds-toi sur le banc du fond, je te raconte tout. Le jansénisme est un des courants de pensée les plus audacieux du XVIIᵉ siècle, ça va, tu suis ? Des hommes, et beaucoup de femmes, qui rêvent d'un retour aux premiers temps du christianisme... Ils veulent la morale en action, des principes, une vraie exigence. Ils savent que Dieu envoie sa grâce sur la tête des Justes, qui iront au Paradis.

— Et donc ils font tout pour être des Justes ?

— C'est là que ça devient difficile. Concentrez-vous, élève Wandrille. Ils pensent que Dieu seul distingue les Justes et les autres. Tout ce qu'on peut faire sur terre comme bonnes actions ne sert à rien si Dieu n'a pas décidé de vous envoyer la grâce. Mais si on est Juste, il faut se comporter en Juste, sinon...

— Les souffrances éternelles de l'Enfer.

— L'Enfer, pas besoin d'y croire pour y aller. Du coup, tu comprends, il faut se comporter comme si on était Juste et comme si Dieu existait. On n'a rien à perdre en faisant le bien, en aidant les autres, en…

— En préparant du thé pour les visiteurs. C'est le pari de Pascal.

— Tu vois, ça te revient ! »

Mgr Jansen était évêque d'Ypres, on peut voir sa tombe dans la cathédrale Saint-Martin. Léone y est allée, petite, avec ses parents. Il est mort après avoir publié un livre condamné par Rome, l'*Augustinus*. C'était le camarade d'université à Louvain de Jean Duvergier de Hauranne que l'on appelait aussi l'abbé de Saint-Cyran, un des grands hommes de l'abbaye de Port-Royal, avec Antoine Arnauld, qui correspondait avec Descartes, Leibnitz, Malebranche. Avec Pierre Nicole il a écrit un livre sur la logique dont Léone n'ose pas dire qu'elle l'a trouvé d'un ennui absolu. Elle passe ensuite à Blaise Pascal, dont la sœur Jacqueline était religieuse à Port-Royal, rappelle que Racine s'est formé aux lettres dans ces bois et ces chemins…

« Ralentis, je suis perdu ! Pas lu de Racine depuis cent ans !

— Jansen, qu'on appelle Jansenius pour faire chic, était janséniste sans le savoir. Il est mort en ignorant que les tempêtes se déchaîneraient à cause de lui et qu'on ferait de son nom un drapeau de la révolte. L'Église condamne les thèses que l'on prête à Jansenius. Les jansénistes, très malins, les condamnent à leur tour.

— Que disaient-elles, ces thèses ?

— C'est embrouillé comme tout, ils se sont étripés à ce sujet, je t'épargne... Le bras de fer avec l'Église officielle dure des années et les jansénistes, trop bien, trop intelligents, trop fiers, vont perdre et se faire persécuter. Un fourbe qui s'appelait Mgr de Péréfixe dira des sœurs jansénistes une phrase que j'aime depuis mon enfance : "Pieuses comme des anges, orgueilleuses comme des diables."

— Tout toi.

— Les jansénistes sont un groupe de penseurs qui forcent le respect, ils mènent une vie de réparation et de préparation pour le Jugement dernier.

— Les trompettes de la mort, le septième sceau.

— Blaise Pascal invente la première machine à calculer, et un puits à mécanisme extraordinaire dans le jardin du monastère.

— Explique-moi, Léone : en quoi cette petite communauté dans son abbaye gêne-t-elle le Roi ?

— Ils sont pile ici, à Port-Royal-des-Champs, en lisière de Versailles. Suffit de traverser trois petits bois et on passe de l'un à l'autre. On quitte le Tapis vert si artificiel et si plat pour arriver dans une vallée bénie, la Terre promise, le pays choisi par le Ciel. Ils attirent les foules. Les esprits les plus brillants. La cousine de Louis XIV, la duchesse de Longueville, s'installe à proximité. Ils construisent une école, installent des livres, des cellules, défrichent et récoltent. Ils cultivent les belles lettres, les sciences, les arts, le beau style, l'art de penser, les poires et les pêches... Port-Royal, c'est le contraire de Versailles, avec ses courtisans incultes qui perdent des fortunes au jeu et passent leur vie à cancaner.

— Donc une menace. Combien de divisions ?

— Imagine que les meilleurs esprits d'une époque se retirent du monde, décident de vivre en communauté et s'installent pour lire, réfléchir, écrire et prier à quelques lieues du château le plus clinquant, le plus coûteux, le plus tape-à-l'œil... Ils sont brillants, intelligents, non violents, ils pratiquent le jardinage et la culture des arbres fruitiers comme une philosophie, traduisent la Bible, les auteurs grecs et latins, se lancent dans des travaux de mathématiques... Ils s'habillent en noir, se marient entre eux, gagnent vite des amis à Paris et aussi à la cour où l'obligation de dépense et de faste fait grincer des dents. Plutôt que de se ruiner à Versailles, les grands seigneurs trouvent assez beau d'aller faire leur salut éternel à Port-Royal !

— Les snobs !

— Si tu veux. Ils ne disent rien. Ils inventent avant tout le monde une forme de résistance passive, bref, tu vois, très moderne.

— Gandhi ! Avec son rouet.

— Ils font peur : ils pensent. Le Roi comprend qu'il ne pourra jamais se les allier. Il décide une mesure radicale. Les religieuses et les religieux sont dispersés. Port-Royal rasé.

— Vous êtes jansénistes, encore aujourd'hui ? Le jansénisme a survécu à ça ?

— Oui. Je me sens janséniste. Tu sais, je n'en parle à personne d'habitude. Nous nous cachons depuis toujours, nous avons nos prêtres, nos écoles, nos cours de catéchisme. À Paris, il y a un vrai village janséniste un peu secret, du côté de la rue Saint-Jacques et du RER Port-Royal...

— Ah tiens ? Pourquoi ce nom à Paris ?

— Parce qu'il y avait Port-Royal de Paris, avec sa bibliothèque, sorte d'abbaye sœur de Port-Royal-des-Champs. C'est devenu l'hôpital Cochin, tu connais, la maternité Baudelocque-Port-Royal ? Dans la famille de papa, c'est un peu particulier. Nous sommes devenus jansénistes au XVIIIᵉ siècle, après la destruction de l'abbaye. Nous avons eu un ancêtre présent au cloître Saint-Médard.

— C'est une bataille ?

— C'est un haut lieu mystique, au cœur de Paris, où il y a eu des miracles vers 1730. Une belle église, qui existe encore, intacte. Nous en prenons soin. La famille a une maison à côté, rue du Puits-de-l'Ermite. La politique et la religion étaient indissociables à cette époque. Paris bouillonnait en secret avant 1789. Beaucoup de parlementaires, qui s'opposaient à Louis XV, ont soutenu le peuple qui se rassemblait là-bas, dont mon ancêtre.

— Il était dans le peuple ?

— Tu penses ! Il était conseiller au Parlement de Paris, robe rouge, perruque et falbalas. Ça explique pourquoi l'aïeul banquier du XIXᵉ siècle, dont la fille venait d'épouser un Croixmarc de chez Croixmarc, descendant de cet illustre magistrat du temps de Louis XV, a voulu acheter ici, voisiner avec Port-

Royal-des-Champs. C'est sans doute la vraie raison, que n'a pas devinée Zoran, pour laquelle il a
voulu déguiser son acquisition en boîte à joujoux
du XVIIe. Le potala devait avoir l'air de dater de la
grande époque, d'être contemporain de Port-Royal.

— Je ne comprends pas. Les jansénistes n'ont pas
tous été persécutés et exterminés par Louis XIV ?
C'est ce que tu viens de dire... »

Léone commence alors un grand récit en cinéma-
scope. Port-Royal a été vidé et détruit intégralement en 1709 et 1710. Cette destruction a été
la résurrection du jansénisme. Louis XIV a fait
abattre tous les bâtiments. Pire, on a profané le
cimetière. Le Roi a seulement fait sauver les tombes
de Pascal et de Racine, parce qu'il savait que
c'étaient les grands hommes de son règne et que la
postérité le jugerait. On a transféré leurs restes à
Paris, dans l'église Saint-Étienne-du-Mont. Le jansénisme, au XVIIIe siècle, a eu besoin de se cacher. Il
a changé d'apparence. Les habits noirs avec les
grands cols amidonnés des portraits des solitaires
les auraient fait repérer. Pour être actifs, puissants,
au milieu de la foule, ils ont dû se dissimuler. En se
montrant le plus possible. Le jansénisme, pour
s'infiltrer, a pris un masque somptueux. Mgr de
Caylus, évêque d'Auxerre, crypto-janséniste, roulait dans un carrosse doré tiré par huit chevaux,
portait des dentelles, une améthyste au doigt et des
croix incrustées d'émeraudes. Les jansénistes ont
occupé de hautes charges à la cour, ils se sont pro-
tégés.

« Ils se sont vengés ?

— Oui, Wandrille, trois fois, figure-toi. Le jour où le peuple de Paris a pris la Bastille, le jour de 1793 où la tête de Louis XVI a roulé sur l'échafaud, le jour où l'abbaye de Saint-Denis a été saccagée et où les tombeaux des rois de France ont été ouverts. Un, deux, trois.

— Vous n'étiez peut-être pas la seule cause de ce phénomène ?

— Qu'en sais-tu ? Que sais-tu de l'importance véritable du jansénisme ? Nous haïssons Versailles, nous n'avons pas fini de le saccager, tu vas voir. On va le faire nôtre ! Les jansénistes sont encore intouchables aujourd'hui. Regarde, moi, je suis danseuse de corde, tu crois qu'on penserait que je suis avant tout une petite chrétienne de Port-Royal ? »

Joignant le geste à la parole, Léone saisit les arceaux qui pendaient à un des chênes de la clairière. Tête en bas, jambes ouvertes, grand écart. Elle rit :

« Mon corps est tout entier offert au Dieu clément. »

Wandrille lui tend la main, dompteur de cirque aidant une écuyère à descendre de son cheval. Léone, en pleine forêt, s'incline devant un public imaginaire. Au fond de la clairière l'édifice semble la maquette d'un bâtiment plus grand. À mi-chemin entre le caveau de famille et l'église de village.

Léone se penche vers Wandrille, et devant cette chapelle champêtre où, petite fille, elle avait rêvé

de se marier, où elle imagine maintenant de faire
intervenir un artiste contemporain conceptuel
connu d'elle seule et de quelques collectionneurs
de Shanghai, avec naturel, elle l'embrasse.

4

Nécessité absolue de service et tire-bouchon

Ville de Versailles,
début de soirée du lendemain,
mardi 23 novembre 1999, vers 19 heures

C'est noble et grand, Versailles à 19 heures, tout est éteint, tout est fermé. Un crime a été commis, personne n'en a parlé. Le silence de la soupe qui fume pourrait faire peur à quelques esprits fragiles habitués aux villes bruyantes et à la sécurité que procurent les boulevards noirs de monde et les embouteillages tardifs. Le calme de Versailles est presque une menace pour les âmes errantes. Le promeneur, épié, sait qu'il faut rentrer vite. Les conducteurs des voitures ralentissent pour le dévisager.

Pénélope marche lentement. Les écuries de la Reine, devant lesquelles elle passe, sont devenues la cour d'appel, et devaient être mieux tenues quand elles servaient d'écurie. L'herbe pousse dans la cour, les pavés disjoints éclatent sous les roues des camionnettes de police. Pénélope, emmitouflée

dans son vieux manteau bleu, rentre chez elle. Elle
attend le retour de Wandrille, sa première visite
plutôt, car il n'a jamais vu sa nouvelle Ithaque. Il
devait venir la veille, mais son père tenait au dîner
de famille, il s'est décommandé.

Elle tient de plus en plus à lui. Il l'amuse. Il est
tellement à l'opposé de ses collègues, de ses amies.
Il a su l'attendre pendant ces deux ans passés à
Bayeux dans son premier poste, lui rester fidèle.
Elle a bien résisté, de son côté, aux tentations boca-
gères. Maintenant qu'elle est à Versailles, rien ne
devrait plus les menacer. Pénélope se sent fatiguée
et heureuse. En plus, il se passe des choses étranges.

Ce matin, la table a été discrètement évacuée
hors des Petits Appartements, qui ont ouvert à la
visite. Le président Vaucanson a obtenu qu'on ne
mette pas les scellés sur la porte du Cabinet doré.
Sous les yeux de Pénélope, le lieutenant a saisi
l'intruse par son plateau. Nouvelle surprise, les
pieds sont tombés d'un coup, l'entretoise a glissé.
La table avait en réalité été assemblée en pièces
détachées, que rien ne fixait l'ensemble. Un mystère de plus. Le révélateur d'empreintes digitales,
passé à la bombe jusqu'à l'intérieur des tiroirs,
n'a rien révélé. Ce genre de pièce, à l'évidence, ne
se manipule qu'avec des gants. Les appartements
de la Reine ont été inspectés et photographiés.
La police a ensuite entendu Médard, Farid et
Edmond, elle a enregistré les dépositions des gardiens qui ont fermé la veille les grilles du parc.

Pénélope s'assied à sa table de travail. Elle tente de se concentrer, en attendant Wandrille, sur la fiche descriptive d'un meuble estampillé Georges Jacob recouvert d'un tissu brodé par Madame Élisabeth, la sœur de Louis XVI, conservé au Petit Trianon. Un des très rares morceaux de textile d'époque dans les collections de Versailles. Sa nomination est vraiment absurde. Elle est spécialiste des tissus, mais il s'agit de tissus coptes. Ce qu'elle connaît, c'est l'Égypte tardive ! Un conservateur du patrimoine doit être polyvalent : on a commencé par la nommer à Bayeux, c'était bien du tissu, mais la broderie, que tout le monde voulait à toute force appeler la Tapisserie, datait du XIe siècle. La direction des Musées de France semble avoir voulu la récompenser. La directrice elle-même, divinité d'ordinaire assez lointaine, l'a appelée. Pénélope a osé demander le département des antiquités égyptiennes du Louvre. Un seul poste s'ouvrait : « Aimeriez-vous Versailles ? » On lui appliquait la règle générale des nominations dans l'administration française : surtout jamais selon ses vœux, surtout jamais selon ses compétences.

Face à cette situation si classique, Pénélope a senti qu'il fallait dire oui tout de suite. Sa « charge » officielle, conservatrice responsable des tissus, ne veut pas dire grand-chose. Les velours d'Utrecht, frappés et râpés, du temps de Louis-Philippe, sont ce que les réserves ont de plus antique à offrir. Avec des kilomètres de tapis roulés dans les attiques, arrivés là sans qu'on sache bien de quand ils datent, souvent de la Troisième République qui aimait recevoir au palais. Tous les tissus qui ornent les murs, les tentures de la chambre du Roi, ce brocart cramoisi filé, frisé et lamé d'or, celles de la chambre de la Reine, avec leurs bouquets de fleurs sur fond blanc, le tissu bleu damassé orné d'ananas qui couvre la table de la salle du Conseil, inspiré d'un portrait en tapisserie du roi Louis XV, sont tous des restitutions du XXe siècle. Leurs dates, Pénélope les a apprises : elle les cite à ses amis pour leur dire qu'elle s'occupe en fait d'art contemporain. Le lampas de la chambre de la Reine a été mis sur les métiers de la Croix-Rousse en 1946, il ne fut achevé qu'en 1976. Les tentures de la chambre royale, commencées en 1957, ne furent posées qu'en 1980, comme pour préparer le grand sommet européen qui se tiendrait deux ans plus tard. « De toute façon, conservateur à Versailles, c'est de la déco », lui a dit Wandrille.

L'hôtel de la marquise de Pompadour, rue des Réservoirs, où Pénélope a fait livrer le lit, la table et les quatre chaises, avec les vingt cartons de livres qui constituent tout son bien, et douze sacs-poubelle remplis de pulls et de chaussures, sert à loger les conservateurs aussi bien que les gardiens et quelques pompiers. Les Prussiens y ont tenu garnison. En 1870, Versailles a été ville allemande pendant un an. Puis c'est devenu un hôtel. Proust y a habité longtemps, sans sortir de sa chambre. Ensuite le château a acheté le tout sans jamais y

faire de travaux. C'est une semi-ruine historique
de très bonne tenue. Le problème dans cet appartement de cinq pièces aux riches proportions,
c'est la cuisine. Elle est immense. Les plaques
chauffantes et le micro-ondes qui suivent Pénélope
depuis son premier studio d'étudiante ont l'air
d'une intervention d'art contemporain minimaliste
dans un squat berlinois.

Pénélope a, pour la première fois de sa vie, un
appartement d'adulte. Il va falloir qu'elle s'habitue,
cesse de jouer à la dînette et commence à recevoir,
à meubler, à décorer. Versailles possède cent vingt
logements de fonction, qui bien sûr ne se libèrent
jamais. Elle a de la chance. On lui a attribué celui-
ci, proche du château pour « nécessité absolue de
service », un des avantages du poste. Les tuyaux en
plomb sont tous à changer, les peintures à refaire,
les plafonds à consolider. Mais bon, les boiseries
sont élégantes, et ça durera bien encore trois ans.
Elle avait rêvé d'une petite maison dans le parc,
cachée entre les arbres, comme celle du jardinier-
chef, joliment baptisée la « maison de Molière », ou
le beau pavillon dit « des Jambettes » près d'une
des grilles. L'hiver, ces cubes de brique et de pierre
sont d'une humidité absolue. Tout le monde lui a
déconseillé.

Chignon-Brioche, qui habite l'étage du dessous,
a pris un air pincé :

« Vous verrez, ma petite, c'est très pittoresque,
vous aurez à supporter le curry de l'Indien, l'évier
qui gargouille et le chauffage au charbon, un rêve

de jeune fille. Comme voisins quelques conservateurs qui ne sont plus en poste et qui habitent
toujours là parce que ça ne coûte rien, comme le
petit Brochet, qui a été nommé au Fonds national
d'art contemporain, je me demande bien ce qu'il y
connaît. »

Pénélope avait répondu qu'elle aimait le curry et
la cuisine indienne, mais Chignon-Brioche ne s'était
pas tue. La vie à l'hôtel des Réservoirs promettait
d'être assez cocasse. Chignon a proposé à Pénélope,
en remplissant deux verres de Martini, de l'aider,
au début, de lui prêter quelques vieux meubles et
des gravures dont elle s'est lassée pour donner
meilleure allure à son installation : « Un bon gros
quartier d'orange non traitée dans un verre de
Rosso, c'est la vie. »

À vrai dire, avec quelques livres, sa chaîne, ses
disques de cantates de Bach et de vieux tangos, il ne
lui manque rien. Un canapé Ikea donnera une touche
gustavienne à l'ensemble, ce sera parfait. Elle a
remercié Chignon-Brioche et accepté l'idée de faire
un peu les brocantes avec Simone Rapière – son vrai
nom est écrit, en belles anglaises, sur sa porte, pour
qu'on s'en souvienne avant de sonner et de faire une
gaffe horrible – afin de trouver quatre ou cinq vieux
fauteuils. Elle n'a pas coupé au très attendu « avec
toutes ces chambres, vous allez avoir vite envie
d'enfants ». Adélaïde, une des meilleures amies de
Pénélope, conservatrice elle aussi, avait répondu à
une bécasse qui lui disait qu'elle ne s'était pas sentie
vraiment femme avant d'avoir donné la vie, que pour

sa part elle s'était « sentie femme » le jour où elle avait eu une femme de ménage. Cette réponse spontanée était devenue proverbiale dans leur petit groupe d'amis. Pénélope, diplomate, l'avait épargnée, pour cette fois, à Simone Rapière – dont les enfants, depuis longtemps, avaient fui au loin.

Pénélope regarde les ombres sur le mur. Une image lui revient, ce corps nu, sorti du bassin, avec ces traces de torture, ce doigt qui ne saignait plus dans son petit cercueil de bois précieux. Un bruit familier brise le début du cauchemar. Le téléphone vient d'être rétabli, avec un nouveau numéro. Personne ne le connaît, qui peut bien appeler ? À cette heure-là ?

Elle reconnaît tout de suite cette voix lente : M. Lu. Pourquoi appelle-t-il chez elle, le soir ? Si c'était au moins pour lui faire livrer deux portions de dindonneau aux cinq parfums.

« Mademoiselle Breuil, j'aimerais parler avec vous de mon Versailles idéal. Je vais avoir besoin, sur place, d'une conservatrice française qui surveillera le chantier, organisera les visites, me conseillera pour l'intérieur. Je sais que vous êtes la spécialiste des tissus. J'ai vu aussi, hier, que vous êtes la plus jeune. Je veux faire travailler des jeunes. Je vous propose un travail de cinq ans. Vous vivrez à Shanghai. Je vous offre quatre fois votre salaire ici.

— Je suis très touchée. Je ne savais pas que vous parliez si bien français, mieux que votre interprète. Je ne peux pas vous répondre maintenant. »

Pénélope entend la MG arriver devant l'hôtel de Mme de Pompadour. Elle raccroche avec un ton de voix enjoué. Une seconde plus tard, elle ouvre la porte.

« Je te préviens, on n'a pas d'eau dans la cuisine, pas de four, pas de…

— Je vois, et tu étais déjà en plein travail, rien ne change. J'ai vu une pizzeria à côté, tu veux que j'aille chercher le dîner ? »

Wandrille passe aussi à l'épicerie, achète une bouteille et un tire-bouchon. Un des points forts de Versailles, c'est qu'on y trouve, à l'épicerie de nuit, de très bonnes années de grands crus. Pénélope a mis une sorte de couvert.

« Regarde ce qu'ils vendent encore ici ! C'est le modèle dit général de Gaulle, papa en faisait toujours la démonstration. On tire sur le bouchon, il lève les bras et on crie : je vous ai compris ! Tu aimes le Leoville-Las Cases sur la pizza Margarita ?

— C'est fou, Wandrille, on vient de deux milieux différents, on a les mêmes souvenirs d'enfance.

— Regarde bien maintenant. Ce tire-bouchon. Ça ne te rappelle rien ?

— Ménerbes.

— Ménerbes ?

— Le musée du Tire-bouchon de Ménerbes. Avec Léopoldine, on en parlait souvent : finir conservateur à Ménerbes. Tu veux que ça me rappelle quoi ?

— Le graffiti sur le ventre de la pauvre Chinoise… Regarde ce tire-bouchon de tous tes yeux, regarde !

— Au secours ! Wandrille, tu sais ce que c'est ?

— Je viens de comprendre. Un homme aux bras levés. C'est un Christ janséniste.

— Ça peut être aussi une foule d'autres choses…

— Sauf que le cadavre, Péné, on l'a trouvé ici, à Versailles, en plein centre de l'axe royal…

— Les jansénistes n'ont jamais assassiné personne. Ils n'existent plus depuis des siècles.

— Je propose que nous laissions cette hypothèse de côté pour l'instant.

— Sers-moi un verre. Tu ne me racontes rien des Croixmarc ? Ta visite d'hier ? Leurs fabuleuses pièces d'eau ? »

Wandrille détourne la conversation à la rame. Pénélope lui raconte son entrevue dans le bureau de Vaucanson.

Wandrille, pour désamorcer un sujet qu'il sent explosif, préfère revenir de lui-même à son goûter de Sourlaizeaux – n'en rien dire serait suspect :

« C'est drôle, Péné, que tu me parles de Deloncle et de Patrimoine Plus. Léone et sa mère m'ont beaucoup raconté d'histoires à ce propos, à l'heure du thé. Tu sais qu'il est venu les voir, qu'il leur a proposé un plan pour rendre leur domaine rentable. Un vrai marlou. Elles le détestent. Il a essayé de les rouler. La vieille marquise avait failli céder à ses avances, mais Léone a relevé le défi. Grâce à l'art contemporain, et à toute une série d'actions en faveur des Bidochons de la région, concours de modèles réduits, festival de fleurs, conférences du guide suprême de l'Association des protecteurs de la tomate, elle a réussi cette année à faire des bénéfices...

— Tu ne parles plus que de cette Léone, elle t'en a fait, à toi, des avances ? Maintenant que tu es le fils du ministre des Finances, elle voit dans tes yeux le chiffre de l'ISF de son père ? Non ? Moi, on vient de me proposer un plan de cinq ans pour faire fortune en Chine, j'ai bien envie de dire oui !

— Léone ne savait rien. Je ne lui ai rien dit. La nouvelle a été annoncée au 20 heures, j'étais déjà parti ; à propos, tu veux bien qu'on allume la télévision ? Papa est l'invité du journal.

— Je crois que je vais te laisser rentrer à Paris, tu arriveras juste à temps, tu dois avoir envie de trier tes nouveaux costumes. Tu découvriras les autres pièces de mes appartements un autre jour. Tu verras, c'est fastueux. »

5

L'escalier de Louis XIII

Château de Versailles,
soirée du 23 novembre 1999, vers 21 heures

Wandrille a laissé Pénélope clamer qu'elle le mettait à la porte et il est resté. Il a sorti la télévision d'un carton, l'a branchée, a orienté l'antenne. Il a commencé à trier les disques. Il a passé sous l'eau chaude la vaisselle que Pénélope n'avait pas eu le temps de déballer. Il a collé au mur de la chambre une carte postale de la Tapisserie de Bayeux.

Le portrait du père de Wandrille a duré moins de trente secondes au journal télévisé, faute d'avoir pu trouver des images de ce grand patron très discret. Invité sur le plateau, il s'est montré optimiste, jovial, chaleureux, tout le contraire d'un ministre des Finances.

« Bon, maintenant que la succession de Colbert est assurée, Péné, tu ne veux pas qu'on sorte ? Tu sais, j'aimerais une visite nocturne de ton palais. Tu peux m'offrir ça pour notre première soirée versaillaise ?

— Bien sûr ! Tu aimerais que je te pardonne ta visite à cette pimbêche ? Tu voudrais voir quoi ?

— Ces Petits Appartements de la Reine où cette table au doigt coupé est apparue, je ne comprends pas bien… »

Personne dans les rues, la nuit est tombée. Wandrille et Pénélope ne croisent qu'une silhouette, une femme d'une cinquantaine d'années qui marche en se hâtant vers Notre-Dame.

« Oh, regarde, Péné, une bonne sœur en civil !

— Tu l'as reconnue comment ?

— Ben, elle était en civil. »

Pénélope montre son badge au vigile qui somnole déjà dans la guérite d'accueil. La place d'Armes est déserte, deux ou trois camping-cars veillent encore. La nuit, l'ombre du Roi sur son cheval est superbe, au milieu de la cour aux pavés gris. C'est Farid qui ouvre la porte du poste de garde, surpris d'être dérangé à cette heure :

« Bonjour, mademoiselle. Je remplace Médard. Chaque année il prend un congé le soir du 23 novembre et la journée du 24, c'est l'anniversaire de quelqu'un de sa famille, je ne sais plus qui. Je vais vous accompagner, mademoiselle Breuil.

— Inutile, nous sommes deux, ne vous dérangez pas.

— Wandrille, c'est la règle, explique Pénélope, dans les musées, de jour comme de nuit, quand on ouvre une salle, il faut un membre du personnel de surveillance, même si c'est pour le président, ou un conservateur.

— Vous avez bien raison de surveiller. Je n'osais pas vous le dire, mais Pénélope est un peu klepto.

— Farid, nous montons dans les appartements de la Reine. On va prendre les lampes portables. J'ai besoin des deux clefs. »

Le trio emprunte l'escalier Gabriel – Wandrille regarde les balustres restitués de manière fautive, Léone n'a rien inventé –, traverse le salon d'Hercule et les Grands Appartements. Wandrille, journaliste dans l'âme, pose une question tous les deux mètres.

« Tentant de venir en patins à roulettes. Vous devez en faire des kilomètres tous les jours. Je vais te résoudre ce problème des tables, tu vas voir, fais-moi confiance. Pouvait-il y avoir, à l'origine, deux tables jumelles ?

— L'inventaire des collections de la Couronne signale qu'on en a livré une seule.

— Une autre, que le menuisier aurait faite pour lui, afin de conserver ce chef-d'œuvre pour convaincre les clients qui visiteraient son *show room* ?

— Impensable, on en aurait eu trace beaucoup plus tôt, elle serait réapparue.

— Et si celle de Waddesdon était fausse, depuis longtemps, depuis cette vente du XIXᵉ siècle où elle est ressortie pour la première fois, et que la nôtre était la vraie ?

— Aucune preuve de ça !

— Si c'est un faux récent, si l'excellent copiste qui l'a fabriquée existe, il a fallu qu'il travaille en Angleterre, devant l'original, avec peut-être la complicité des conservateurs d'outre-Manche...

— Ce qui explique pourquoi, pour faciliter le transport, on aurait laissé celle-ci en pièces détachées faciles à assembler.

— Comment comparer les deux tables ? Faire venir celle qui est en Angleterre ?

— Impossible, ils n'ont rien demandé, ils vont craindre qu'on la garde ! À la rigueur il faudrait organiser une exposition, un ou deux ans de travail !

— Vous êtes rapides dans ce métier. Faire venir la table de Versailles en Angleterre, c'est plus simple ?

— À peine, il faut une caisse de protection faite par la maison Chenue, spécialiste en la matière, il faut surtout un budget de convoiement que nous ne pouvons pas débloquer.

— Ton budget, tu sais, je m'en occupe demain.

— Tu crois que c'est si simple, ton père va t'envoyer te moucher !

— À voir. J'ai mon idée. La question à résoudre d'abord c'est : comment cette merveille d'ébénisterie a-t-elle été introduite dans la pièce ? »

Dans les Petits Appartements, l'expertise des issues est plus radicale que celle à laquelle la police s'est livrée ce matin.

« Toutes les portes étaient fermées ?

— Oui, Rouletabille.

— Je comprends bien que toutes les issues aboutissent au poste de garde et aux ouvertures sur la cour d'honneur, toutes surveillées, mais tu oublies une possibilité.

— Dis.

— Si personne n'a pu faire monter cette table, peut-être a-t-on pu la faire descendre. Tu veux que nous empruntions un de ces escaliers ? La police y est allée ?

— Non, les portes étaient toutes fermées à clef. Médard ne fait pas de ronde à l'étage du dessus. La police n'a inspecté que ce qui était ouvert.

— Des nuls. Si nous avons affaire à des gens qui ont les clefs ? Tu sais où ça mène, ces escaliers ?

— L'étage supérieur, les pièces les plus émouvantes de Versailles. Tu veux voir ? »

Au-dessus des salons qui se trouvent derrière la chambre de parade de Marie-Antoinette, le dédale des cabinets et des chambres n'a jamais été restauré. Les murs sont jaunes et sales, à la clarté de la lampe, tout prend un air étrange. Seuls quelques groupes privilégiés viennent ici. À l'époque, aucun courtisan n'y entrait. Le comte d'Hézecques a été très surpris de découvrir que ces pièces existaient quand il a dû fermer le château après la fuite de la famille royale. Depuis des années qu'il vivait à Versailles, dans le premier cercle, il ne savait même pas que Marie-Antoinette bénéficiait à l'étage d'un gentil appartement bourgeois, bas de plafond et commode, où elle pouvait mener une vie presque normale. On y a exposé quelques tableaux, et des objets qui évoquent sa vie.

Wandrille braque sa torche sur un objet brillant.

« Mon Dieu, c'est ça qu'il faut voler ! Le collier de la Reine !

— C'est une imitation, en saphirs blancs, quand même, une idée d'Alain Decaux figure-toi, portée par Michèle Morgan dans un film de Jean Delannoy, on lui a fait une vitrine dans cette petite pièce. Je trouve que c'est injuste, ce collier n'a jamais figuré dans les appartements de Marie-Antoinette. Le mettre ici, c'est comme si elle en était la recéleuse !

— Cette pauvre Reine, qui n'a jamais porté un collier de sa vie !

— Bon, en tout cas, les trois escaliers de service qui montent ici ferment tous les trois à clef, impossible de les ouvrir. Farid, vous confirmez ?

— Oui, mais il reste l'escalier du placard. Celui qui communique avec le couloir qui va vers l'Œil-de-Bœuf. Vous connaissez ? »

Pénélope n'ose pas dire non. Farid redescend, pour leur ouvrir la voie. Ils repassent devant la « porte secrète » et se retrouvent dans le long corridor peint en blanc, sans aucun décor, qui relie les appartements de la Reine et le vestibule officiel de la chambre de Louis XIV. Juste avant d'arriver à la porte qui fait communiquer ce couloir avec les Grands Appartements de parade, sur la gauche, se trouve une porte. Farid l'ouvre, avec un sourire fin.

L'escalier qui se cache derrière la boiserie ne ressemble à aucun des petits escaliers de Versailles.
C'est une vis de pierre très étroite, en colimaçon.

« Vous voulez qu'on monte, mademoiselle
Breuil ? On ne le contrôle jamais lors des rondes
celui-là, il ne sert à personne. Je ne sais pas trop
dans quoi il donne.

— Mon Dieu, je vois où nous sommes ! Voici ce
qu'il faudrait montrer à M. Lu ! Tu sais ce que c'est,
Wandrille ?

— Un donjon du Moyen Âge ? Ce que j'ai vu de
plus beau ici jusqu'à présent.

— Cet escalier, que je n'avais jamais vu, mais qui
est mentionné dans les livres, est le seul témoignage qui
reste du premier château de Versailles de Louis XIII,
le seul aménagement intérieur datant du Versailles
d'avant Versailles, qui a survécu par miracle. Tu peux
imaginer les valets de Louis XIII allant porter son bou-
geoir au cardinal ! Émouvant, non ?

— Voilà, on arrive au premier palier, ça donne
où ? Péné, pousse la porte.

— On retrouve les Petits Appartements de la
Reine, c'est une des pièces que l'on vient de voir.
Mais ça monte encore plus haut. Ça se rétrécit
encore, on dirait. Pense à ce que ces marches ont
de vénérable !

— Tu connais *L'Étroit Mousquetaire*, un film
de Max Linder ? Je l'ai, te le prêterai.

— Je commence à me dire que si notre table était
en morceaux à assembler, c'était pour qu'elle puisse
passer par là… »

Ils parviennent, essoufflés, au dernier étage, devant une porte fermée, mais pas à clef, avec des planches clouées.

« Il monte jusqu'en haut, ton escalier Louis XIII, Péné ?

— Oui !

— Et il était déjà aussi haut, le château, sous Louis XIII, il avait trois étages ?

— Tu as raison. C'est impossible. Cet escalier doit dater de…

— Tu vois, Péné, faut pas croire tout ce qu'il y a dans les livres. Bon, et derrière ces planches, il y a une porte, et derrière la porte…

— Tu crois qu'on doit l'enfoncer ?

— Tu es conservatrice à Versailles, je te rappelle, tu veux que j'enfonce une porte ? Tu imagines qu'après avoir descendu le meuble, ils ont fait tout un vacarme pour reclouer les traverses qui barrent l'accès. Invraisemblable.

— C'est peut-être que ces traverses ne ferment rien. Tire dessus délicatement, pour voir. »

Wandrille et Farid saisissent une des planches. Ils font basculer doucement l'ensemble vers eux. Le panneau de lattes suit, il n'est pas fixé au mur. Cette issue a été condamnée en apparence, avec de grosses barres de bois clouées bien en évidence, pour décourager toute intrusion. En réalité, l'ouverture est très facile. Pénélope braque sa torche vers l'intérieur.

Une pièce rectangulaire s'ouvre devant eux. Un réchaud, un paquet de corn-flakes... Et même une brique de lait.

« Regarde la date de péremption. 2 janvier 2000, l'occupation ne date pas de Louis XIII. Cette pièce est habitée ou l'a été tout dernièrement. Deux duvets, des oreillers, des boîtes de raviolis. Tu crois que c'est Mazarin qui se planque ? Ils se sont bien installés. Une bouilloire, des sachets de thé ! C'est à cause de ce genre de camping sauvage que le château peut flamber en dix minutes...

— Ne dis pas de choses comme ça, Wandrille, c'est vrai. Si c'était l'équipe de la Regalado qui entrepose ses provisions pour ne pas avoir à tout remonter chaque lundi ?

— C'est trop mal rangé pour une équipe de tournage américaine. Ils n'auraient pas laissé du lait ouvert. Et derrière cette porte, on continue la visite ?

— Des squatteurs à Versailles, il ne faut surtout pas que la presse le sache !

— De mieux en mieux, regarde, Wandrille, c'est un foyer d'artisans du meuble ! Entre, viens voir. Le devant d'une commode, et là, deux chaises en morceaux. Et ça, je crois que ce sont les côtés de la commode. Et contre le mur, on a tous les bois pour fabriquer les tiroirs.

— Pour vous, madame, faites votre meuble de provenance royale vous-même. Tu as vu l'établi, tous ces outils ?

— Dans cette boîte, ces ornements en bronze, c'est incroyable.

— Un garde-meuble secret ? Et la porte du fond de cette deuxième pièce, Péné, elle donne sur quoi ? Tu ouvres ?

— Non, cette fois c'est fermé. Ma clef ne fonctionne pas. Farid, il y a quoi de l'autre côté ?

— Normalement, si j'ai bien le plan en tête, c'est une sortie vers les toits, qui communique avec un des escaliers de service qu'on a vus tout à l'heure. De l'autre côté de l'escalier, il y a des pièces de débarras, mais qu'on connaît bien. C'est dingue cette chambre oubliée.

— J'espère qu'ils n'y stockent pas des cadavres prêts à être débités à la scie. Tu vois, c'est ici qu'elle était ta table. Elle n'est pas arrivée à Versailles. Elle s'y trouvait déjà. Home made.

— Je crois que je ne dirai rien, pour le moment, à mon conservateur… Farid, je peux avoir confiance en vous ? Je voudrais parler de cela au président Vaucanson d'abord. Vous me promettez de ne rien raconter à personne, même à Médard et à Edmond ?

— Réfléchis, Péné. Ils ne vont peut-être pas tarder à regagner leur nid. Ceux qui travaillent là n'ont pas fini, ils ne sont pas loin. On les attend pour leur faire la surprise ? Farid, j'imagine que vous êtes comme moi, vous n'avez pas d'arme sous votre veste. C'est un tort. »

6

Les raviolis du cardinal

Château de Versailles,
soirée du 23 novembre 1999, 22 heures

« On ne reste pas. Ce n'est pas prudent. Mieux vaut repartir sur la pointe des pieds, revenir demain, en ayant bloqué toutes les issues, les toits, les sorties du rez-de-chaussée.

— Pénélope prend l'affaire en main ! Je te retrouve ! Évacuation de la zone. Farid, on peut mobiliser combien de vigiles demain soir ?

— Cinq ou six, mais il faudra en aviser la surveillance. Si vous ne voulez pas mettre la direction au courant... »

À cet instant, la porte du fond, celle qui donne sur les toits, commence à bouger. La poignée de cuivre tourne avec lenteur.

Il va falloir les affronter. Pénélope se concentre sur une idée simple : elle est conservateur au château, c'est elle qui détient une parcelle de l'autorité de l'État sur ce lieu. Elle va rester calme, et parler. Elle se tourne vers Wandrille et Farid, pour leur faire signe de ne pas bouger.

« On était sortis fumer sur les terrasses. On ferme à clef à cause du vent. Ne vous dérangez pas pour nous. On savait bien que ça finirait par se découvrir, c'est pas plus mal. »

Deux étudiants souriants et chevelus viennent d'entrer, pas gênés de voir que leurs raviolis ont été inspectés.

« On est en fin d'études à l'École Boulle. Moi c'est Jacques, lui c'est Martial. Et vous, vous bossez au château ?

— Je suis conservateur ici. J'attends que vous nous expliquiez ce que vous faites.

— Pas compliqué. On travaille pour les Ingelfingen. J'imagine que ça ne vous dit rien. »

Le garçon a parlé avec une ingénuité totale, comme s'il n'avait rien à cacher.

« Je connais ce nom, dit Wandrille.

— Nous formons un groupe de combat, depuis cinq ans. Nous intervenons dans les Monuments historiques. On en a un peu parlé dans la presse quand l'administrateur du Panthéon a porté plainte parce qu'on lui avait réparé son horloge.

— De quoi s'agit-il ? demande Pénélope.

— L'horloge du Panthéon est un chef-d'œuvre, une horloge intérieure, invisible, d'une précision absolue. Personne ne s'en occupait, continue Martial, elle faisait pitié. Notre chef a lancé une de ses plus belles opérations pour la sauver. Notre groupe a fait restaurer l'horloge par le meilleur de tous, un type de chez Breguet, il y a passé un bon mois. On avait emprunté une clef, on l'a copiée, il a pu venir toutes les nuits, sans effraction. Du beau travail. On n'a rien touché, rien abîmé. On a amélioré un patrimoine de l'État dont l'État ne s'occupe pas, et sans que ça coûte un centime. Joli, non ? Une fois l'horloge réparée, il a quand même fallu aller dire à l'administrateur qu'elle marchait très bien et qu'il n'avait qu'à la faire remonter de temps en temps. C'est là que cette andouille a voulu porter plainte et que ça a alerté *Le Monde* et *Le Figaro*.

— Je me souviens de cette histoire, j'avais même trouvé que ça aurait été un bon sujet pour ma chronique, si les deux journaux ne l'avaient pas sorti en même temps. Vous avez d'autres faits d'armes à votre actif ?

— Oui, beaucoup, qui ne seront jamais révélés. Certains ne sont même pas remarqués. On a redoré un balcon du Louvre, une nuit de travail, personne ne l'a vu, personne n'en a parlé, mais c'est quand même bien plus beau quand on passe devant le jardin de l'Infante. Nous deux, on intervient juste ici, on ne sait pas tout. Le chef révélera ce que les membres du groupe ont fait quand il le jugera bon. On verra que nous avons accompli un boulot énorme pour le patrimoine. »

Celui qui s'appelle Jacques enchaîne :

« On se fait parfois des projos dans l'ancienne salle de la Cinémathèque française, sous le palais de Chaillot. Tout le monde croit qu'elle est désaffectée, on a la clef, on a fait réparer les machines. C'est sur invitation, on prévient la veille, mais la

programmation est géniale, en ce moment, si vous
aimez Buñuel… »

Pénélope ne sait pas si elle doit s'énerver :

« Vous êtes capables de copier ces meubles du
XVIIIe siècle ? Ça représente des mois de travail !

— On ne fait que les assembler. Ils étaient là.
Des copies, sans aucun doute, mais excellentes.
Ça, c'est la réplique d'une des commodes qui est à
Buckingham. On l'a trouvée dans cette pièce, prête
à monter. Mais pleine de poussière, il a fallu la
remettre d'aplomb, redorer un peu les bronzes,
vérifier que l'assemblage est possible, le bois a
joué, avec la chaleur sous les combles. Dans les
copies de meubles anciens, ce sont toujours les
bronzes qui trahissent. Pas les ciselures, la dorure.
Donner l'équivalent d'une dorure du XVIIIe, c'est le
sommet de l'art. Après la petite table d'hier, cette
commode sera notre cadeau de Noël, on doit la
remettre de nuit dans un salon, ni vu ni connu, le
24 décembre. À priori on sera prêts.

— Et votre chef, il sera là ?

— Il est inquiet. Il comptait entrer en contact
avec le château. Parce que ce qui est arrivé hier,
on n'y est pour rien.

— Précisez.

— Les gardiens sont au courant, et les guides
aussi. On a nos amis en bas. Des gens ont tué une
Chinoise, ils ont mis son doigt dans un tiroir de
notre table, pour nous faire accuser. Elle était
magnifique cette table, un plaisir de travailler à
des meubles comme ça, c'est de la bijouterie. Ce

soir le chef est venu. Il voulait notre accord pour aller tout raconter à la police. Et puis il a eu un coup de fil, il est parti.

— Vous savez où il est allé ?

— Oui, il a eu besoin du plan du château, celui qu'on a là, le plus précis, avec les chemins dans les bois. Il a filé dans le parc. Il nous a pris la lampe de Martial, il est allé à cet endroit, souligné à l'encre, ça s'appelle le pavillon de l'ancienne herboristerie, pas tout près.

— Pourquoi n'a-t-il pas emporté le plan ?

— Regardez. C'est très facile à trouver une fois qu'on a vu où ça se trouve, à partir du Grand Canal. On a compris qu'il se passait quelque chose de pas net là-bas, cette nuit. »

7

Le pavillon du fond du parc

Parc de Versailles, nuit du 23 novembre 1999,
pavillon de l'ancienne herboristerie,
entre 23 heures et minuit

Entre les arbres, Pénélope s'est souvenue que le Petit Chaperon rouge datait à peu près de cette époque. Charles Perrault, comme son frère Claude, l'architecte de la colonnade du Louvre, avait grandi dans le jansénisme le plus ardent. La maison dans les bois, les yeux qui brillent dans la forêt. Versailles n'est pas un château sur une place, au bout d'une avenue, dans une ville. Versailles, c'est une lumière au loin, au fond de la forêt, on y arrive par des chemins obscurs et la dernière maison que l'on croise, au moment où l'on se croit sauvée quand on est une petite fille sage, il faut bien réfléchir avant de frapper à la porte, c'est peut-être la cabane où attend le loup.

Le parc recèle des dizaines de maisonnettes en style brique et pierre, construites à toutes les époques, souvent sans étage, où logent des employés du château. Les touristes toquent à leurs carreaux à

longueur d'année, les locataires n'en peuvent plus !
L'hiver est plus calme. Certains de ces pavillons restent inoccupés, parce que le toit doit être refait ou
qu'ils sont trop isolés au fond des bois. C'est le cas
de ce petit cube qui, sur les plans du XVIIIe siècle,
s'appelle l'« ancienne herboristerie ».

Farid a pris une des voitures électriques des jardiniers. Il s'est garé un peu loin, pour que le bruit n'attire
pas l'attention. Wandrille et Pénélope, ensemble, arrivent, lampes torches éteintes, s'approchent de la
fenêtre. Ils ont juste assez de place pour regarder à
l'intérieur. Tout est éclairé à la bougie.

Ce qui se passe dans ce salon carré lambrissé de
gris ressemble à une mise en scène de théâtre. Des
hommes de tous âges, une dizaine, et cinq ou six
femmes, se sont groupés en cercle. Certains sont de
dos, contre la fenêtre, et empêchent de bien voir. Au
centre de cette pièce sans meuble, une jeune femme
d'une vingtaine d'années vient de se dévêtir jusqu'à
la taille. Elle s'agenouille, comme pour prier.

Pénélope, quand elle repensera à cette scène, sera
certaine d'une chose : il y avait un chat gris. Avec
une petite tache blanche à l'oreille, très mignon.
Wandrille, lui, ne l'a pas vu. Un des hommes du
premier rang, sans crier gare, fait un pas en
avant. Il tient une épée. Il la braque contre le torse
de la femme. Elle parle, mais il est impossible
d'entendre ses paroles. Pénélope ne peut s'empêcher
d'écouter tous ces bruits étranges que font, la nuit,
les animaux dans la forêt.

Un des hommes, en jean noir et chemise noire, s'avance. Il a une voix de chantre qui s'entend même de l'autre côté de la fenêtre.

Pénélope n'a eu aucune peine à retrouver, dans le *Lagarde et Michard* du XVIIe siècle datant de la classe de première de sa mère, le texte qu'il a lu à voix haute :

> « Mémorial *de Blaise Pascal.*
>
> « *L'an de grâce 1654, lundi, 23 novembre, jour de saint Clément,*
> *Depuis environ dix heures et demie du soir jusques environ minuit et demie,*
> *FEU.*
> *Dieu d'Abraham, Dieu d'Isaac, Dieu de Jacob*
> *non des philosophes et des savants.*
> *Certitude. Certitude. Sentiment. Joie. Paix.*
> *Père juste, le monde ne t'a point connu, mais je t'ai connu.*
> *Joie, joie, joie, pleurs de joie.*
> *Dereliquerunt me fontem aquae vivae*
> *Ils m'ont abandonné, moi la fontaine d'eau vive.* »

Wandrille et Pénélope reconnaissent vite Médard et, à ses côtés, un autre homme en noir, peut-être celui du quartier des antiquaires. Pénélope revoit le cadavre du bassin de Latone. Est-ce ainsi que la petite Chinoise a été torturée puis tuée ? Wandrille, au même instant, ne peut s'empêcher de penser à toutes les séries américaines qu'il regardait quand il tenait sa chronique télé : un meurtre horrible, avec des traces sur le corps laissées par un pervers, n'est jamais isolé. Les héros, dans les épisodes qui suivent, découvrent un ou deux cadavres de plus, portant les mêmes mutilations. Sauf si lui, Wandrille, saute par la fenêtre dans la pièce, seul contre tous, et sauve la jeune femme, là, maintenant.

« Le chef des Ingelfingen, tu crois qu'il est parmi eux ? Wandrille, tu m'écoutes ?

— Impossible à savoir. On aurait dû les obliger à venir avec nous, les deux zigotos, Jacques et Martial. L'homme la menace de son épée. Péné, on a un avantage : ils sont en pleine lumière. On intervient ?

— Pas encore. L'épée se courbe, la femme ne saigne pas. Regarde son visage ! Elle est en extase... Qu'est-ce que c'est que ces timbrés ? Elle se met à trembler comme si elle recevait des décharges électriques.

— Farid, vous saviez que Médard pratiquait ce genre de jeux de société ? Ils rangent leurs épées, un homme lui tend une tunique blanche, comme si c'était fini...

— Médard parle beaucoup, mais ne dit rien, répond Farid. Surtout que... la petite à poil, je la connais. Elle vient l'attendre de temps en temps. C'est Esther. C'est sa fille. »

Rester serait dangereux. Ultime coup d'œil avant de filer vers la voiturette de l'autre côté de la rangée d'arbres, les participants ne vont pas tarder à sortir. Au dernier rang, parmi les femmes en pleurs, un visage frappe Pénélope : Barbara Grant, terrifiée.

8

Au lieu-dit de l'« étang puant »

Ville de Versailles, potager du Roi,
matin du mercredi 24 novembre 1999

« Le matin, voyez-vous, Pénélope, je fais toujours mon jeu du carnet. Vous voulez que je vous
initie ? Il vous faut *Le Figaro*, page du "Carnet du
jour", qui s'appelait jadis le "Carnet mondain".
J'ai établi un barème, on épluche les faire-part, on
coche : nom que vous connaissez ou que vous pouvez situer dans la comédie sociale, 1 point, nom
porté par une personne que vous connaissez de
loin, 2 points, une personne que vous connaissez
bien, 3 points, ami proche, 4 points, tout événement, fiançailles, mariage, enterrement dont vous
êtes déjà averti, auquel vous êtes invité, 5 points,
etc. Le barème monte assez haut : quand l'événement concerne ma propre famille, le décès de ma
tante Bonlarron le mois dernier, ou qu'il vous met
en cause, votre propre mariage, par exemple, c'est
8 ou 10 points, et le maximum de points, c'est le
jackpot, mais on ne le touche jamais. C'est quand
le journal annonce que vous êtes mort.

— Intéressant.

— Vous savez que Dollie de Rothschild, qui habitait d'ailleurs Waddesdon, est celle qui a dit qu'un individu vraiment décent ne doit laisser paraître son nom dans le journal qu'à deux occasions, sa naissance et sa mort. Chaque jour, je note mon total. Quand ça baisse trop, c'est signe qu'il faut recommencer à sortir, répondre favorablement aux invitations à dîner, aller aux vernissages, repasser des pochettes blanches, m'obliger à renouer un peu avec ma femme, voir le monde...

— Rude.

— C'est le métier, ma pauvre petite.

— Vous avez des listes de vieilles dames dont vous surveillez les fauteuils ?

— Bien sûr, regardez dans le cabinet des Jeux, les chaises rentrent une par une, de temps en temps. J'ai l'habitude de le dire, tout se retrouve ! Les étés de canicule sont providentiels, les douairières clapotent en série, je passe alors l'automne à Drouot, chez Christie's et chez Sotheby's. Je reporte sur du papier millimétré mon chiffre du jour au jeu du carnet. J'ai vingt-cinq ans de courbes dans ce classeur. Il faudra les informatiser : un jour où je ne saurai pas quoi faire faire à un stagiaire de l'École du Louvre. Toute ma vie mondaine est là, Pénélope ! Vous ne jetterez pas mes classeurs quand je serai parti à la retraite, je veux les léguer au château... »

Si Pénélope reste trop dans le bureau de son supérieur, elle va totalement perdre son temps.

Au téléphone, Vaucanson. Elle hésite un instant : demander tout de suite une entrevue au président ? Elle n'a pas dormi de la nuit. Wandrille est resté chez elle. Il n'a pas dormi non plus, sauf qu'il lui a demandé l'autorisation de faire une petite sieste ce matin, et de la rejoindre ensuite. Ce qu'ils ont vu et appris est trop grave. Un rituel fou, qui n'a rien à voir avec le jansénisme de Pascal et de Racine. La réunion d'un club d'illuminés, une secte ?

Au poste de garde, Médard n'était pas là. Farid a dit bonjour à Pénélope, de loin, sans croiser son regard.

Vaucanson a une voix étrange. Elle sait que son devoir est de lui raconter tout ce qui se passe à Versailles, et vite.

Il ne lui laisse pas le temps de placer un mot :

« On a une émeute de Versaillais chic au potager. Il ne manquait plus que ça. J'ai eu la police dans mon bureau dès 8 heures du matin avec cette affaire de Chinoise estropiée, je n'en peux plus. Vous savez que ça ne dépend pas de moi, le potager, c'est une enclave qui échappe même à notre jardinier-chef, qui méprise d'ailleurs la légumerie, il lui faut du parterre d'ornement !

— Et des nœuds papillon.

— C'est à l'école d'horticulture de Versailles de gérer son fumier, je ne veux pas que ça me retombe dessus. J'aimerais quand même bien que vous alliez voir. Ce qu'on me dit est effarant : il paraît que les salades poussent sur un charnier. »

En franchissant les portes du potager, Pénélope se souvient que, petite fille, elle regardait tous les documentaires animaliers. Les fourmis avaient construit là un immense palais d'hiver. Elle s'imaginait parmi elles, perdue dans d'insondables galeries et, de là, regardant le monde. Comment ces fourmis de décembre ont-elles pris le sac de leur monument, ces bottes, ces pelles, ces hommes qui se sont mis à tout retourner alors que c'est la saison où les géants sont calmes. Mottes chavirées, chaos de salles et de corridors : les fourmis sur la crête d'une montagne qui n'existait pas la veille regardent sans doute et écoutent.

Quand Pénélope a dit à Bonlarron où Vaucanson l'envoyait, et pourquoi, il a pris son manteau de pluie et il est parti avec elle. Pendant le court trajet, il s'est tu.

À côté de la pièce d'eau des Suisses, le potager du Roi est un enclos, un autre monde, entre la ville et le palais. Une forteresse de légumes élevée contre le château. Pénélope trouve la cathédrale Saint-Louis, vue sous cet angle, aussi majestueuse qu'un chef-d'œuvre médiéval. Ce grand carré clos de murs est plus étendu qu'elle ne l'imaginait. En haut de la terrasse, s'élève une statue qui rend hommage au fondateur des lieux, une branche en bronze entre les doigts.

Devant le socle, un petit panneau plastifié, que Pénélope survole en diagonale pour ne pas avoir l'air trop ignorante, explique ce que disent les livres d'histoire. C'est là qu'entre 1678 et 1683, Jean-

Baptiste de La Quintinie créa un potager qui a fait l'admiration de l'Europe. Grâce à l'orientation des plates-bandes, le choix des espèces, la table du souverain avait des fruits tout au long de l'année. Un miracle, dans un endroit, en bordure de marais, que les vieilles cartes désignaient comme le lieu-dit de « l'étang puant ».

L'école d'horticulture vient de lancer un programme d'études pour mieux connaître son histoire. Le plan de La Quintinie existe, avec les noms de tous les carrés. Sur de petites pancartes en bois, ils ont été retranscrits il y a longtemps déjà, au moment d'une première tentative de restitution. À l'endroit où un groupe d'hommes semble les attendre. Pénélope déchiffre le panneau, à moitié effacé, autour duquel ils se sont assemblés : « Le jardin des pêches tardives ». Des fouilles, à la mi-novembre, avaient commencé, sans doute un peu tard, mais les crédits n'avaient pas pu être débloqués pour l'été. Elles doivent être achevées pour les semis de printemps.

Les fouilles archéologiques viennent d'être interrompues. En catastrophe.

Le jardinier-chef attend devant la porte fermée. Il porte cette fois un nœud papillon vert avec des canards rouges, le bon genre de 1985. Il accueille Pénélope et son chef, que Wandrille, un peu hébété, vient de rejoindre, sans un sourire. Un autre groupe s'est formé sur le trottoir d'en face, bien visible à travers la grille, sur la place Saint-Louis.

Ce ne sont pas des badauds. Ils ne disent rien, ne menacent pas, ils observent.

La porte de la petite maison qui sert d'entrée à l'enclos, où se vendent confitures et jus de poire, s'ouvre pour laisser entrer les émissaires du château. En reconnaissant le jardinier-chef, son collègue de l'école d'horticulture ne sourit pas non plus. Bonlarron cherche à se montrer badin :

« Alors, qu'avez-vous exhumé dans les choux ? Un masque rouillé, datant de Louis XIV et qui a tout l'air d'être en fer ?

— On a trouvé un cimetière.

— Sous les légumes du Roi ?

— Assez profond pour que les outils des jardiniers ne puissent pas les atteindre, mais au-dessus de la couche de tourbe. Ici, on arrive vite dans le marécageux quand on creuse trop. Des os, des crânes, par dizaines... une petite centaine de corps, peut-être, tout en désordre en plus, des fagots de tibias... Et j'ai l'impression qu'on avait commencé à creuser là un peu avant nous... »

Bonlarron regarde le jardinier, très Hamlet, se pencher sur la fosse qui vient d'être creusée. Le conservateur sort un livre carré de la poche de sa veste en tweed :

« Je pensais que ça vous intéresserait. C'est une réédition que vient de lancer, fort à propos, pour une fois, l'odieuse Réunion des musées nationaux. Un petit livre qui parle beaucoup de la culture des poires. Devinez qui a écrit ça, dans ce traité de jardinage, regardez, j'ai corné la page : *"Aussi en même temps que j'eus fait un peu de réflexion sur ce que les arbres désirent d'eux-mêmes pour bien réussir, il me semblait, lorsque je les voyais ainsi estropiés, qu'ils gémissaient sous la tyrannie de leurs maîtres, et qu'ils se plaignaient à moi de leur cruauté. Je trouvais qu'il était impossible de tirer la satisfaction qu'on doit attendre d'un arbre par la beauté et l'abondance de ses fruits, en le contraignant ainsi contre son naturel"* ? On croirait que c'est un pamphlet d'avant la Révolution écrit pour passer la censure et déguisé en traité de botanique. Cela date de Louis XIV. C'est de Robert Arnauld d'Andilly, maître jardinier et fin politique. Celui que l'on appelait aussi "le Grand Arnauld", le plus célèbre des jansénistes. Wandrille, si je vous ennuie, dites-le. Enfin, mettez la main devant votre bouche ! La Quintinie connaissait bien Arnauld. Il lui devait tout. Le jardinier du potager avait même cultivé ici la Blanche d'Andilly, une variété de pêches mise au point à Port-Royal, en hommage à celui qu'il considérait comme le père de tous les amateurs de fruits. J'ai d'autres choses à vous dire. Allez, laissons les jardiniers se disputer avec les archéologues. Ils sont entre pousse-brouettes, qu'ils se débrouillent. Sortons d'ici. »

Dehors, une quinzaine de personnes viennent de grossir encore les rangs de ceux qui se tiennent sur le parvis de la cathédrale. Des familles, avec des landaus, des louveteaux et des louvettes. Une perfection de cohérence stylistique. Tous sont debout devant la porte. En silence. Un homme en caban, la cinquantaine, cheveux coupés en brosse, sort du groupe. Il affiche sur l'entrée du potager un simple papier blanc. Ils se reculent. Ils ne parlent pas.

« Oh, je vois bien ce que c'est. Encore un commando des ultracatholiques de Versailles. Pénélope, ne vous frappez pas, nous les connaissons bien…

— Vous êtes sûr ?

— Ils protestent même quand on organise une exposition de tapisseries des Gobelins dans la chapelle du château ou qu'on y joue de la musique qui n'est pas spécifiquement religieuse, même si c'est du Marc-Antoine Charpentier. Ils ont inventé le serre-tête mental, en velours frappé. Ils nous guettent, ils jubilent dès que nous leur fournissons la moindre occasion de montrer qu'ils existent. Vous avez vu qu'il a cousu de vieux boutons de vénerie sur son caban, quel chic ! »

En s'approchant, Pénélope se rend compte qu'ils prient à voix basse. Elle regarde l'affiche :

> « *Cet enclos est une nécropole. Le travail des archéologues qui vient de commencer ici profane la sépulture de chrétiens. Nous nous insurgeons contre ce scandale. Nous en appelons aux autorités pour que cesse immédiatement ce travail de destruction.*
>
> *Qu'ils reposent en paix.*
>
> *Un groupe de croyants, attachés à la mémoire des lieux et des hommes.* »

Bonlarron se penche vers Pénélope et, sur le ton de la confidence, explique qu'il se doutait depuis longtemps de ce qui vient d'être découvert. La Quintinie était janséniste et ne le cachait pas. C'était le meilleur disciple d'Arnauld d'Andilly, le virtuose des espaliers et des terrasses. Quand il est mort, en 1688, tout le monde avait espoir que le Roi trouverait un moyen de se concilier ces messieurs de Port-Royal. Après lui, tous les jardiniers qui ont travaillé au potager du Roi étaient aussi des jansénistes. Ils étaient en apparence dévoués au Roi mais suivaient la foi des solitaires. Face à eux, le clan des disciples de Le Nôtre qui œuvraient dans le parc étaient moins intéressés par les nouvelles espèces, les croisements et les boutures... D'un côté, des architectes dessinateurs de lignes et de perspectives axiales, passionnés de statues et de bassins, de l'autre, les amoureux des plantes, constructeurs de murets et de petits enclos. Le parcours symbolique du soleil de bosquet en bosquet contre la vraie chaleur du vrai soleil sur les pierres. Deux sectes qui ne se parlaient pas.

Encore aujourd'hui, ajoute en souriant Bonlarron, ceux qui sont employés au potager ne fraient guère avec les jardiniers du parc. On savait à la cour que les fruitiers étaient jansénistes, mais on n'en soufflait mot : leur science des arbres était si grande. Il n'est pas difficile d'imaginer ce qui s'est passé. Quand le cimetière de Port-Royal a été profané par les dragons du Roi, de pieuses mains ont recueilli les ossements. On a fait courir bien des bruits, on a dit que le cimetière de Port-Royal avait été transporté en Normandie, à Juaye-Mondaye, abbaye restée janséniste sans faire de tapage.

« Je connais, dit Pénélope, c'est très beau, juste à côté de Bayeux.

— On va aller boire un whisky pour se réchauffer. Wandrille, vous nous accompagnez ? La réalité est bien pire. Ou plus belle. Leurs morts, les jansénistes ont eu le culot de les ensevelir ici, de nuit, dans le secret le plus absolu. Ce jardin des pêches tardives, petit sur le plan de l'époque, ressemble à s'y méprendre au cimetière de Port-Royal. Il en a les dimensions. Le potager défie la grande masse de pierres du château. Il abrite, comme un reliquaire de feuillages, le cimetière des solitaires.

— Jolie expression, dit Wandrille, les yeux rivés sur les mains de Pénélope.

— Ils ont voulu que le Roi, jusqu'à son dernier jour, pendant les cinq années qu'il a encore vécu, se repaisse des saints martyrs ; ils lui ont fait brouter son crime par la racine. »

9

Dans les bagages d'un
sommet monétaire européen

Se retrouver dans les bagages d'un sommet européen, pour une conservatrice du patrimoine, c'est inédit. Gare du Nord, l'Eurostar n'a pas été pavoisé comme Wandrille l'avait imaginé. Pénélope, prise par le temps, a osé se faire un chignon. Elle jouit de la situation. Wandrille a magnifiquement joué. Il a demandé à son père une autorisation spéciale.

La caisse de protection livrée par la maison Chenue, au centre des bagages qui vont aller dans le wagon de tête, avec les trépieds des caméras, le rideau bleu roulé qui servira de fond pour la déclaration officielle et les cartons contenant les dossiers de presse, intrigue beaucoup. Les journalistes entourent quelques conseillers incapables de les renseigner.

La ménagerie ministérielle fait peine à voir : le pauvre « plume du ministre », un grand binoclard échevelé, le pauvre conseiller pour les médias, qui n'en peut déjà plus de ce ministre qui se charge lui-même de sa communication et a fait un tabac dès son premier JT, les pauvres conseillers techniques qui pensent en savoir plus que les grands directeurs de Bercy, les pauvres grands directeurs qui se sentent dépossédés par les conseillers, les deux ou trois femmes, habillées en costumes à rayures genre Saint Laurent, qui n'osent même plus se dire, les pauvres, qu'elles devraient être un peu plus nombreuses. Telles sont les Finances de la France quand elles sont en déplacement.

Le jeune conseiller pour les médias, plus souriant que les autres, complet croisé et mocassins à pampilles Alden, cravate jaune sur chemise bleue, montre Cartier, chevalière usée et boutons de manchette en passementerie, se présente à Pénélope : Jean de Saint-Méloir. Venu du Quai d'Orsay, il sait comment on transforme en salon n'importe quelle gare. Il avance sa valise à roulettes pour Pénélope. Elle s'assied.

« Mon Dieu, votre nom, dans mon agenda ! J'ai oublié de la recevoir ! Qui êtes-vous par rapport à Thérèse de Saint-Méloir ? Le cercle légitimiste des Yvelines ?

— Son petit frère. Vous êtes Mlle Breuil, je vous ai vue sur la liste des invités du ministre. Elle vous a attendue deux heures. Vous avez eu raison. Sœurette est une plaie. Je lui ai dit ce que nous préparions. Elle est ravie à l'idée de payer bientôt en euros, la nouvelle monnaie plaît aux monarchistes, c'est déjà ça ! Ensuite, on convaincra les 99 % de Français qui restent.

— La fin du franc germinal, cette diabolique invention révolutionnaire ?

— Chaque pays aura sa face nationale sur les pièces. On pourra payer son café avec le profil de Juan Carlos, une jolie manœuvre pour avoir à nouveau un Bourbon sur les monnaies en France, Thérèse exulte, depuis qu'elle s'est pliée en deux devant lui aux corridas de Bayonne, elle l'appelle Juanito. À Versailles, c'est un lobby important, les monarchistes ? »

Brouhaha, flashes, la caisse est abandonnée à la seule garde de Pénélope. Le ministre arrive, fonce vers elle :

« Allez, j'avoue tout ! Ce meuble introduit à Versailles, de nuit, cette table qui ressemble à s'y méprendre à une autre table, le jour même de ma nomination à Bercy ! Admirez les subterfuges que j'ai dû déployer pour faire enfin la connaissance de la petite chérie de mon fils ! Soyez la bienvenue, Pénélope. Quatre ans au moins que Wandrille vous cache !

— Bonjour, monsieur le ministre.

— Appelez-moi Georges. Mesdames et messieurs les journalistes, tout ce que je viens de dire, bien entendu, c'est off, archi-off ! Mlle Breuil est une jeune conservatrice qui nous accompagnera, elle mène une négociation très délicate pour le compte de nos musées. Tout peut échouer.

Je vous serais vraiment reconnaissant de ne rien laisser fuiter. J'insiste. »

Puis, élevant la voix, le ministre ajoute, devant l'intéressé impassible :

« Nous avons la chance d'avoir parmi nous M. Bonlarron, admirable savant, conservateur général du patrimoine, qui supervise l'opération. Je vous avoue que j'aurais aimé, dans une autre vie, être un homme comme lui. Conservateur à Versailles, quand j'avais dix-sept ans, me paraissait le plus beau métier du monde. Puis Sciences-Po et l'univers de l'entreprise m'ont détourné de cette voie. Je veux toujours associer la culture, les musées, la création contemporaine aux actions que je mènerai comme ministre des Finances et de l'Industrie. C'est capital, pour la France, car c'est le capital de la France. »

Les journalistes, en cadence, notaient à la volée ces phrases du nouvel aigle de Bercy. Un tabac.

Wandrille, Pénélope et Bonlarron se sont repliés dans un compartiment de seconde. Jean de Saint-Méloir s'assied avec eux. Ils regardent les terrils par la fenêtre.

« Vous savez, Wandrille, la meilleure preuve que c'est une mauvaise idée, ces copies, on va l'avoir la semaine prochaine. Faire une copie coûte une fortune. En vente, ensuite, ça ne vaut plus rien. J'ai repéré à la salle des ventes de Versailles, aux Chevau-Légers, une imitation excellente d'un beau bureau plat portant l'estampille de François

Gaspard Teuné, né en 1726 et mort Dieu sait quand, commandé par un frère de Louis XVI, le comte d'Artois futur Charles X, pour sa bibliothèque au château. C'est une copie faite pour Sir Richard Wallace, celui qui était tellement francophile qu'il a légué ses sublimes collections de meubles et de tableaux à Londres, et à Paris les fontaines Wallace, avec nos regrets éternels.

— Et pas ce bureau ?

— À la Wallace Collection on expose beaucoup de meubles de Versailles, tous authentiques. Comme la table qui va être vendue bientôt était faite pour aller avec une paire d'encoignures que la Wallace possède, et que c'était une copie, on a dû s'en débarrasser quand la collection londonienne est devenue un musée. Ce meuble revient à la surface aujourd'hui. Regardez l'estimation du catalogue : c'est accessible. Ce bureau fait parfaitement illusion. Il ne devrait pas dépasser l'estimation haute.

— Achetez pour Versailles !

— Pas de faux à Versailles ! Je sais où se trouve l'original du meuble. Mon collègue de la Wallace n'en a pas la moindre idée. Il sera en vente dans une dizaine d'années, vous verrez. Je guette. Celui-ci, achetez-le-vous, je suis sûr que vous pouvez vous l'offrir, mettez dans le coup Mme votre mère. C'est le cadeau idéal pour saluer une nomination ministérielle. Ce bureau à Bercy, ce sera magnifique, mais attention, pas de téléphone dessus et pas de fauteuil moderne en cuir noir, je vous en conjure !

Mais votre père est un homme élégant, il a des costumes impeccables.

— Pas comme ceux de Wandrille, qui flottent un peu, vous ne trouvez pas ? »

Pénélope profite de ce que Bonlarron a entrepris Wandrille pour rire avec Jean de Saint-Méloir, qui a été en poste à Pékin jusqu'à l'année précédente. Elle commence à le cuisiner. Il lui répond avec franchise :

« Si je connais M. Lu ! Et comment, c'est un de nos interlocuteurs au Quai !

— Vous l'avez rencontré ?

— Jamais, je passe toujours par des intermédiaires. Vous avez eu de la chance, si je puis dire, de le voir. Il faut Versailles pour qu'il se déplace en personne ! À Pékin, on évitait ses restaurants, tout est aussi sain là-dedans que le contenu d'une gourde de cycliste du Tour de France. Je ne sais pas à quoi il ressemble, on a vu peu de photos de lui, mais c'est aujourd'hui un des plus riches, un de ceux qui vont compter dans les années à venir.

— D'où sort-il ?

— Il a commencé sa carrière en tuant sa professeur d'histoire à coups de balai planté de clous, avec son petit frère, quand il avait dix ans. Cela lui a permis de s'intégrer ensuite sans difficulté dans l'aristocratie des gardes rouges. Dans les années 1980, il a fait partie du petit nombre qui a eu le droit d'aller faire ses études à l'étranger. Lui, ça a été la Sorbonne. Il est aujourd'hui au cœur d'un réseau de connaissances, ce qui permet de bien vivre à Shanghai. On appelle cela un *guanxi*, *network* si vous voulez un équivalent... Il a développé sa chaîne de restaurants dans les galeries marchandes des supermarchés... Je suis vraiment surpris qu'un homme comme ça s'intéresse à Versailles, lui, son idéal architectural, c'est plutôt le *shopping mall*. »

Une voix annonce que le train se prépare à entrer sous le tunnel. Le téléphone de Wandrille sonne. Il l'éteint sans répondre et le met dans sa poche. Le numéro qui vient de s'afficher est celui de Léone de Croixmarc.

10

Un château de la Loire dans le Buckinghamshire

Waddesdon Manor, Royaume-Uni,
1er décembre 1999, en début d'après-midi

Waddesdon se trouve à deux heures de Londres. L'ambassade de France a prêté un break et un chauffeur. La caisse est transportée avec les honneurs dus aux musées nationaux.

À l'entrée du domaine, le drapeau flotte. Wandrille sourit, baye aux corneilles. Il pense à Léone, à Sourlaizeaux, à Coysevox, à Rocroi. Pas pu trouver trois minutes seul pour écouter son message. Pourvu qu'après ce baiser dans les bois, elle ne soit pas tombée amoureuse, pense-t-il avec satisfaction.

L'homme qui les attend est un des conservateurs, que Bonlarron semble connaître et qui parle, heureusement, un excellent français.

« Ici, l'architecte, c'est Hippolyte Alexandre Destailleur, le grand, celui qui a refait Vaux-le-Vicomte de fond en comble et créé le mausolée de Napoléon III et Eugénie à Farnborough. Waddesdon est sans doute ce qu'il a construit de mieux.

— Je vois, fait Pénélope tandis que Wandrille baisse les yeux, il a voulu imiter les châteaux français, on n'y croit pas un instant. Bâtir un château de la Loire dans le Buckinghamshire en 1870, c'était osé. »

Le conservateur britannique, en remontant la grande allée, s'offre le plaisir sadique de leur redire que tout, à l'intérieur, est authentiquement français, et du plus pur XVIIIe. Tandis que le baron Haussmann, pour percer ses avenues, faisait jeter à bas des dizaines d'hôtels particuliers parisiens, les Anglais achetaient des boiseries sublimes à l'encan. Ici, aucune « reproduction » : la salle de billard vient d'un château des Montmorency, la petite salle à manger et le boudoir de l'hôtel du maréchal de Richelieu, le salon gris, c'est l'ancien hôtel de Lauzun découpé en morceaux, la chambre de la tour où se trouve la fameuse table vient d'une villa de Beaujon, le fermier général. Pour les meubles, la collection comprend aussi bien le bureau à cylindre de Beaumarchais décoré de marqueteries en trompe l'œil représentant des pamphlets, qu'une commode de Riesener faite pour Madame Élisabeth sœur de Louis XVI, des porcelaines de Sèvres, la fameuse boîte à priser en or de Mme de Pompadour avec le couvercle qui représente un épagneul jouant avec un caniche…

« Sommes impatients, grommelle Wandrille.

— Venez, le temps que l'on fasse monter votre caisse dans la tour, je vous montre. Mr. Bonlarron, vous connaissez tout cela par cœur.

— Mais j'aime voir comment vous vous en occupez. Je ne sais pas si le climat d'ici convient à ces bois anciens.

— N'ayez crainte, ils sont chez nous pour mille ans. Waddesdon, c'est la vitrine de notre National Trust : les demeures sont restaurées et entretenues, et nous maintenons en place les familles de châtelains, ils sont les meilleurs des conservateurs. En France, tout aurait été partagé dix fois, vendu, revendu, imposé… Le Royaume-Uni soigne son patrimoine. »

Les deux tables sont enfin l'une en face de l'autre dans la lumière tamisée de la Tower Room. La table française a été remontée comme un jeu de construction par Pénélope et Bonlarron. Les dimensions sont exactement les mêmes, les détails des ciselures des bronzes, jusqu'aux tenons et mortaises de l'assemblage du tiroir qui sont calqués au millimètre sur l'original. Bonlarron prend des photos. L'Anglais n'en revient pas. Une telle similitude relève du clonage. Wandrille se demande si ce rituel ne va pas faire apparaître un autre cadavre, un autre doigt. Il regarde Bonlarron, avant de lancer :

« À quoi voit-on qu'un meuble comme ça est vraiment ancien ? Moi, je n'aime plus que l'art roman : des coffres, des coffres et encore des coffres.

— C'est une table plaquée. Quand on décolle le placage, apparaît ce qu'on appelle le contreparement, l'envers, si vous voulez. Aujourd'hui, on le tranche avec une grande lame, pour le dérouler.

Au XVIIIe siècle, c'était toujours fait à la scie. On doit voir les traces : des rayures de même largeur qui correspondent à ce qu'on appelle le pas de la scie... Je suis trop technique ?

— Ces scies aiguisées, ça donne des frissons... Qu'est-ce qui empêche aujourd'hui, avec des outils anciens...

— Rien, sauf le temps qu'il faut y passer, donc le prix. Dans les années 1950, on trouvait encore de petits artisans qui pouvaient faire des copies, ou des faux. Vous savez que les meubles d'André Charles Boulle vont toujours par paire, avec les marqueteries en symétrique. Il était encore possible, pour un prix faramineux, de reconstituer une grande armoire après la dernière guerre. Hubert de Givenchy avait fait faire ça, pour donner un pendant à sa fameuse armoire dite au char d'Apollon. Aujourd'hui, j'en doute. Je suis très surpris de ce que nous venons de voir.

— Si la copie avait été faite pendant les ventes de la République pour être cédée aux Anglais ?

— Romanesque, mais ces ventes ont été organisées à la hâte, et les meubles de Marie-Antoinette ne faisaient pas encore l'objet d'un tel fétichisme.

— Vous êtes aveugles ! Le décor de fleurs est différent. Il suffit de jeter un regard aux deux plateaux avant de commencer la moindre mesure !

— Wandrille, vous avez raison ! dit Bonlarron. La table de Waddesdon montre des roses, un décor classique, très Marie-Antoinette, sur celle que je n'ose appeler la nôtre, il y a au bas du bouquet, voyons, de quoi s'agit-il ? Pénélope ?

— Je n'y connais pas grand-chose, il faudrait consulter un de vos jardiniers, je pense à des hortensias. C'est une variante.

— Pourquoi s'amuser à faire une copie aussi parfaite pour changer un des motifs de la marqueterie ? On va tout relever, tout photographier. Cher collègue, nous vous tiendrons informé de ce que nous trouverons. »

Dans la voiture vers Londres, Bonlarron explique :
« L'hortensia n'existait pas au XVIIIe siècle. S'il était découvert, comme en attestent quelques herbiers anciens, on n'en avait pas encore répandu la culture. Je vais demander à notre jardinier de nous éclairer, c'est un élément qui nous permet de dater avec précision la fabrication de ce meuble.

— Vous avez pu dater le bois ?

— Non, Wandrille, je parle le langage des fleurs. Je vois déjà l'article que je vais écrire. Vous en aurez la primeur, mais je ne veux rien vous dire avant d'avoir fait quelques vérifications aux Archives nationales.

— Cela ne résout pas l'énigme de l'irruption de cette table à Versailles.

— Et cela n'élimine pas non plus celui qui tue.

— Vous avez raison, Pénélope, nous nous agitons autour d'un meuble, il y a d'abord un crime. Heureusement que nous n'en avons pas parlé à Waddesdon. Ni à la presse. La police de Versailles a verrouillé le dossier. Wandrille, vous avez tout raconté à votre père ?

— Oui, c'était plus simple, il a consulté le ministère de l'Intérieur pour vérifier que nous avions le droit de faire traverser la Manche à cette pièce à conviction. Il m'a conseillé de communiquer les résultats de l'enquête historique aux policiers chargés de l'enquête sur le meurtre, on ne sait jamais. Vous leur parlerez du langage des fleurs.

— Évidemment, c'est ce que je ferai demain matin. Pénélope, vous vous êtes endormie ? La pauvre est épuisée. Wandrille, je parle trop. »

Wandrille achète du whisky dans une boutique de la gare de Waterloo. Bonlarron, qui l'accompagne, hésite, compare les prix, prend une bouteille pour lui et une autre, d'une autre marque, sans doute pour son inusable M. Jaret.

Pendant qu'il est à la caisse, Wandrille souffle à Pénélope, chignon haut :

« Il est en confiance. Il a eu une grande conversation avec mon père, comme s'ils étaient de vieux amis. Papa lui a parlé de la Légion d'honneur. Il faut qu'on lui fasse raconter comment il a perdu son doigt. »

11

Un déjeuner à La Flottille

Parc de Versailles,
jeudi 2 décembre 1999, 13 heures

Pour déjeuner, en été, La Flottille, salon de thé
ouvrant sur le Grand Canal, est idéal. Par grand
froid, ce vestige du Versailles 1900 évoque, selon
un Bonlarron de très bonne humeur, la place Saint-
Marc et le café Florian, quand la Sérénissime est
un peu vide, juste avant le Carnaval. Un peu plus
loin, en bordure du Tapis vert, se trouve d'ailleurs
« la petite Venise », les logements des gondoliers
envoyés par le doge à Louis XIV – qui ressemblent
plutôt à une cour de ferme de la Beauce dans un
film des années 1950.

Dans la grande salle de La Flottille, une quinzaine de clients, pour la plupart des touristes étrangers, regardent le paysage par les fenêtres comme
s'ils étaient en vaporetto. Menu du jour : poulet
aux citrons confits et babas au limoncello.

« Pénélope, je veux vous remercier pour cette
excursion britannique, ça m'a rendu ma jeunesse !
Ces meubles, il faut qu'ils nous les rendent. Ça va

durer encore longtemps, vous pensez ? Dans cent
ans, ces commodes, ces fauteuils, ces tables seront
toujours là-bas, et nous continuerons de montrer
les emplacements vides ? À l'heure de la construction européenne, il faut conclure des accords.

— Pour que l'Italie demande au Louvre son
Giotto et les *Noces de Cana* de Véronèse ? Et la
Grèce, les frises du Parthénon au British Museum ?

— Quand je les revois, nos meubles, chez eux,
j'ai beau le savoir, les avoir en photo dans mes
fiches, en avoir parlé dans mes articles et dans mes
livres, à chaque fois, cela me fait mal. »

Bonlarron a certes l'air préoccupé, mais Pénélope
sent que c'est pour autre chose. Elle le laisse réciter
sa complainte et déplier sa serviette. Elle ne lui
demandera rien sur les hortensias, dont il a sans
doute grande envie de lui parler de manière exhaus-
tive.

« C'est le jour des bonapartistes ! Quarante bottes
de grenadiers dans la salle du Sacre, ça ne va pas
arranger nos parquets, Pénélope. Vous avez rencontré leur meneuse, ce matin, Sidonie Coignet, qui
commémore chaque année l'anniversaire d'Aus-
terlitz et du Couronnement ? Elle vient avec ses gro-
gnards, le public aime ça !

— C'est pittoresque…, répond Pénélope, bien
décidée à ne rien révéler à Bonlarron de l'entrepôt
de meubles caché dans les combles.

— Vous commencez à comprendre Versailles ?
Vous saisissez que vous vous étiez trompée sur toute
la ligne. Vous vous disiez : la capitale de la province,

une ville convenable, familles nombreuses, officiers un peu radins, cheveux courts idées courtes, on nourrit tout le monde avec des œufs et des Knacki Herta, on confond familles nombreuses et grandes familles.

— Je n'avais pas vraiment de tels clichés en tête. J'avoue que dans mon esprit, avant de venir, Versailles, c'était le château. »

Bonlarron se lance alors dans un vaste tableau de Versailles, fruit de nombreuses années d'observation. Cette ville, selon lui, à cause de cette moitié du territoire inaccessible occupée par le monument, est déséquilibrée, elle attire une foule incroyable d'excentriques. La ville ne vient jamais au château, les gens du château connaissent mal la ville, mais dans l'entre-deux se développe une faune extraordinaire. Tous les projets les plus farfelus finissent par atterrir dans cette cité tellement comme il faut – et n'étonnent jamais personne.

« Farid est un musulman passionné par les salles des Croisades, il vous récitera les noms de tous les chevaliers qui ont leurs armoiries peintes sur les murs, tous les Hélie de la Cropte et compagnie, vous trouvez ça normal ? La baronne Coignet avec sa troupe de bonnets à poils et de shakos est une illuminée exceptionnelle, qui vient de se marier avec un Japonais qui semble s'en arranger. Mlle de Saint-Méloir nourrit à longueur d'année une vingtaine de clochards qui sont comme une troupe à sa solde, personne ne le sait sauf moi qui la croise tous les jours avec ses gamelles et ses bouteilles d'eau minérale de Chateldon, car elle ne lésine pas. Médard, que vous prenez pour le plus paisible des gardiens, disparaît des jours entiers Dieu sait où. Il habite en HLM à Saint-Quentin, gagne un maigre salaire et achète des éditions originales chez mon libraire qui me le raconte. Les jardiniers pensent qu'ils ont inventé de nouvelles fleurs et veulent les offrir à Marie-Antoinette. Il y a un jeune homme qui ne vit que pour essayer de photographier les filles de Louis XV et qui croit qu'elles se baignent en chemise au bassin du Dragon. La plupart des Américaines qui s'installent veulent se marier ici, souvent aux environs de soixante-dix ans, elles vont draguer à la piscine de Satory, c'est un spectacle ! La chair est triste, hélas !

— C'est assez gai, plutôt ! Je me souviens que lorsque nous animions, très sérieusement, avec Wandrille, un club de voyance et divination, pendant que j'étais à Bayeux, Marie-Antoinette se manifestait très souvent. Elle nous aimait bien.

— Et toutes ces femmes qui viennent se déshabiller au fond du parc, se promener nues sous leurs manteaux de fourrure, elles ne se comptent plus. Nous avons ici l'exhibitionnisme le plus raffiné du monde. N'importe quel jardinier a dix histoires à raconter sur telle célébrissime actrice qu'il a croisée un jour dans des postures peu vraisemblables, montrant tout à des groupes de Coréens incapables de la reconnaître.

— Je veux des noms !

— Ici, personne ne s'étonne de rien. Depuis la Révolution, il règne à Versailles une liberté extrême, parfois violente. La mécanique d'Ancien Régime s'est emballée, elle est devenue folle, comme un automate qui n'obéit plus. Cela se sait très peu. Les clichés et les stéréotypes nous protègent. Si les amis de Van der Kemp se sont sentis si bien ici, c'est pour cela : à Versailles, les fêtes les plus extravagantes sont possibles, les amusements les plus dangereux…

— C'est vrai qu'il transformait le château en hôtel ? Que certains mécènes avaient le droit de passer quelques nuits dans les appartements ?

— On l'a dit. Je ne l'ai pas vu.

— Et ce que vous avez vécu de plus incroyable ?

— Vécu ? Comme vous y allez ! Peut-être le "grand divertissement" qu'avait donné ici Marie-Hélène de Rothschild, comme si elle était chez elle. Une autre soirée aussi… Ce n'était pas au château. Je ne sais pas si je peux le raconter. J'étais jeune ! Ce que nous avons vu ces derniers temps au potager n'est pas mal. C'est tout de même une très étrange découverte historique, comme ça, sans crier gare, un matin, une chose prodigieuse si l'on y réfléchit. Un des défis les plus fous qui ait été lancé au monarque le plus absolu, sous son nez ! Moi, ça me plaît assez. »

Son doigt coupé ? Pénélope était prête à oser la question. À cet instant, enveloppé dans un dufflecoat rouge, Wandrille arrive, embrasse Pénélope, salue Bonlarron, appelle le garçon.

12

Comment une table du XVIIIe siècle peut ne pas dater du XVIIIe siècle

Parc de Versailles, La Flottille,
suite du précédent

À une table voisine, Pénélope reconnaît, en jean noir et col roulé noir, celui qui joue le valet dans le film de la Regalado. Il aurait dû garder sa perruque et son costume. Il n'a pas trop l'air d'écouter les conversations, seul avec un livre dont Pénélope ne parvient pas à lire le titre. Elle espère simplement que ce sont les *Mémoires* de Barbara, qui viennent de sortir en poche, et pas les *Pensées* de Pascal.

Bonlarron, heureux de se sentir entre amis, commence pour Pénélope et Wandrille l'histoire de cette petite table telle qu'il la reconstitue désormais. Pour comprendre, il faut se reporter vingt-cinq ou trente ans en arrière. À l'époque de la rivalité de ces deux illustres conservateurs, Pierre Verlet et Gérald Van der Kemp, la guerre entre celui qui voulait faire copier les meubles pour les avoir à Versailles, et celui qui ne voulait pas. En réalité, certains meubles avaient été copiés déjà, pour essayer, entre le Second Empire et les années 1930, quand les artisans étaient encore nombreux et ne coûtaient pas cher... En quelques années, on avait refait plusieurs commodes, des fauteuils, des pliants... Puis, dès le début du règne de Van der Kemp, tout ces essais ont disparu. Verlet aimait le monde des ébénistes et menuisiers, les artisans, les techniques, il s'intéressait aux créateurs de son époque, les Arbus, les Leleu... Il pensait qu'il fallait donner du travail à tous ceux qui transmettent ces métiers. Si la Révolution n'avait pas eu lieu, si les Bourbons régnaient encore, les Grands Appartements de Versailles seraient meublés par Charlotte Perriand ou par Emilio Terry. Verlet avait décidé, au Mobilier national, qu'on cesserait de prêter des bureaux estampillés à tous ces ministres pour la plupart incapables de les apprécier, mais plutôt des créations, ou alors des copies à l'identique des pièces historiques. Son objectif, il ne le cachait pas, c'était Versailles. Ces tentatives de remeublement par des copies à l'identique n'ont pas eu lieu, Bonlarron avoue qu'il ne sait pas pourquoi, sans paraître le regretter. Surtout, il prétend qu'il ignore si ces quelques essais de faux meubles avaient été conservés – jusqu'à la semaine dernière.

« Van der Kemp et sa femme ont attiré ici des cohortes mondaines, des donateurs extraordinaires qu'ils savaient recevoir et charmer, les Rothschild, les Patiño, Arturo Lopez, Alexis de Rédé, Barbara Hutton, le commandant Paul-Louis Weiller, le comte du Boisrouvray et sa fille Albina, César de Haucke, Rush Kress, Jacqueline Mikhaïloff, le fils d'Archibald Olson Barnabooth, comment s'appelait-il déjà ?... Ils donnaient des fêtes extraordinaires, le baron de Rédé prêtait son argenterie, que personne ne songeait à faire assurer, Van der Kemp allait lui-même cueillir les fleurs, et la cuisine des Mexicains était imbouffable, tout le monde en riait ! Vous imaginez comme les conservateurs de base tordaient le nez et le haïssaient. Il ne les invitait jamais. »

Pierre Verlet, au Louvre, n'était pas un conservateur de base : c'était, au dire de Bonlarron, le plus savant, un prince lui aussi, dans sa tour d'ivoire, le vrai spécialiste du mobilier versaillais. Il a déclenché polémique sur polémique à chacune des actions de Van der Kemp. Il n'a jamais réussi à le faire tomber. Van der Kemp avait des appuis politiques, des alliés étrangers. C'est Giscard qui a eu sa peau, il ne supportait pas ses grands airs. Le lendemain de sa retraite, la demande de restitution de l'appartement de fonction arrivait, et Van der Kemp est allé restaurer la maison de Monet à Giverny.

« Vous êtes arrivé au milieu de ce champ de bataille ?

— J'en ai été la victime au début, Pénélope, il fallait choisir son camp. J'ai opté pour Van der Kemp, afin de rester ici et aussi par goût de la vérité. Je suis viscéralement contre l'idée de copies, ce qui est faux me fait horreur. C'est mentir au public, c'est contraire à notre morale. C'est renier les bases de notre métier. Mais au Louvre, les disciples de Verlet continuaient à m'en vouloir.

— Aujourd'hui, on vous en veut ? Ici ?

— On ne m'a pas donné les moyens de continuer ce que Gérald Van der Kemp avait commencé. À la conservation, je suis très isolé. La Rapière, une vipère, ce pauvre Augustin... Je compte sur vous, chère Pénélope.

— Elle adore mettre des rideaux partout, ne vous inquiétez pas. Elle a un goût fou.

— Vous savez pourquoi je n'ai jamais publié le catalogue raisonné des meubles de Versailles ? Parce qu'on ne m'a jamais donné d'appartement de fonction au château ! J'aurais pu rester après l'heure, travailler sans relâche. Le bel appartement de l'aile des Ministres, c'est le petit Augustin qui l'a eu, pour pouvoir faire ses "expositions" ! Quand je vois ce freluquet, pourquoi ne pas le dire, il me vient des pulsions de meurtre. Je vais prendre ma retraite, s'il y a bien une chose dont je suis fier, c'est de n'avoir jamais, dans toute ma carrière, organisé une seule de leurs maudites "expositions" ! Je travaille, moi, je traite les dossiers, je fais mes fiches, j'ai aussi quelques relations que je n'affiche pas. Je ne passe pas ma vie à recevoir le Grand Turc et la reine de Suède, mondanités absurdes qui ne servent pas à enrichir le château ! Vous avez vu *Topkapi à Versailles*, cet été, vous trouvez que c'est normal, ça ? C'était pour flatter la Turquie ! Vous savez qu'ils vont finir par monter *Les Pharaons à Versailles*, succès

garanti ! On va engranger des entrées ! On va
dégager des bénéfices ! On va finir par être ren-
tables ! Ce gros mollasson de Paul Daret ne voit
rien, ne comprend rien, surtout ne fait rien, personne ne sait jamais où il barbotte, ni lui ni sa
femme savante, une chimiste ! Il ne laissera pas
son nom à l'histoire, si ce n'est à celle des cures
thermales, et Aloïs Vaucanson, ce président qui n'y
connaît rien, et que seuls connaissent les énarques
de sa promotion, non plus ! »

Pénélope se dit que Bonlarron est essoufflé, pas
du tout, il enchaîne :

« Van der Kemp a formé un disciple, moi : j'ai
poursuivi son œuvre, j'ai retrouvé des meubles
authentiques. En assez bon nombre. Pour les
copies, car j'en ai fait faire, je me suis limité à des
objets manufacturés, des espagnolettes de fenêtre,
des entrées de serrure, quelques banquettes pour
des raisons de symétrie, de la menuiserie, rien
d'autre… J'ai été plus puriste que mon maître. J'ai
appliqué ses règles de la manière la plus austère qui
soit, à la lettre. En réalité, si vers 1920 on avait
copié les commodes de Buckingham et les meubles
de Waddesdon, aujourd'hui, on les aurait, des cartels signaleraient qu'ils ne sont pas d'époque.

— On en serait là.

— Exactement, Pénélope. Est-ce que ça serait si
mal ? Elles seraient dépourvues de cette fameuse
"aura" de l'original, mais elles auraient déjà une
certaine patine, non ? J'ai l'impression que c'est ce
qu'on a cherché à me prouver l'autre nuit.

— Et Pierre Verlet, lui aussi, avait des disciples ? demande Wandrille.

— Un, surtout. Constamment, je l'ai trouvé sur mon chemin.

— Qui était-il ?

— Je ne veux pas vous le dire. Il a été mon cauchemar, c'est oublié. Quand il a compris qu'il ne serait jamais conservateur à Versailles, que c'était moi qui étais nommé et que je lui ferais barrage, il a fini par jeter l'éponge. Il a commencé une tout autre carrière.

— S'il avait voulu se venger de vous ?

— Aujourd'hui ? Impossible, je suis un moucheron à côté de lui. Je vous jure qu'il n'est pas suspect dans cette affaire, il ne peut pas l'être.

— Vous avez dit son nom à la police, au moins, fait Pénélope, si vous ne voulez pas nous le dire à nous ?

— Bien sûr que non, vous êtes folle ! »

À cet instant, alors qu'elle s'apprêtait à dire que rien n'obligeait à accompagner cette sorte de putsch mobilier d'une mise en scène macabre avec cadavre et doigt coupé, Pénélope est à nouveau interrompue dans son élan. Le lieutenant de police appelle puisqu'il a ordre d'informer le château, ce qu'il fait de bonne grâce car Pénélope, qui ne lui lâche rien, est avec lui on ne peut plus charmeuse. Le pauvre policier, ça le change : enfin quelqu'un à Versailles qui ne le méprise pas.

L'identité de la victime vient d'être établie. Il s'agit d'une Chinoise des environs de Shanghai, étudiante en langues étrangères appliquées, arrivée à Paris voici deux ans. On a retrouvé sa logeuse, dans le XIIIᵉ. Cherry Deng était une jeune fille sans histoire ni mauvaises fréquentations. Rien qui permette de faire progresser l'enquête.

« Une malheureuse qui devait passer par là. Elle avait vingt et un ans. Vous pensez que la police dispose de tous les éléments ?

— Je ne suis pas encore allé leur raconter notre équipée en Angleterre, dit Bonlarron. Je voulais le faire ce matin, j'ai été harcelé d'importuns, plus la guérilla bonapartiste, je vais tout faire cet après-midi. Vous voulez venir avec moi, Pénélope ?

— Non, vous me direz ce qu'ils en pensent. Vous croyez qu'on peut tuer pour un meuble ?

— Pas jusqu'au meurtre…

— J'espère pour moi, ajoute Wandrille à voix basse. Vous pensez qu'ils se rendront compte, un jour, à Waddesdon, que j'ai fait l'échange des tiroirs ?

— Wandrille !

— Ne me remerciez pas, monsieur Bonlarron ! Si j'ai été malhonnête, c'est pour rendre un tiroir à la France. »

13

Sur les toits

Château de Versailles,
soir du jeudi 2 décembre 1999

Derrière la porte suspendue dans les airs à côté d'une cheminée, un ciel de plomb, un sol de plomb. Les toits gris se marquent de taches sombres. En deux minutes ce sont des torrents et des cascades. L'orage vient d'éclater sur les toits de Versailles.

Pénélope a trouvé un message manuscrit d'une écriture régulière et inconnue sur son bureau, avec une heure de rendez-vous, entre chien et loup. Tout l'après-midi, elle a été incapable de se concentrer. Elle a dévoré des livres à la documentation de la conservation, sur les jansénistes, les ébénistes, cherchant les points communs entre ces deux milieux. En vain.

Wandrille n'a pas voulu la laisser y aller seule.

La chapelle royale ressemble à l'arche de Noé échouée sur le mont Ararat. Pénélope cherche le nom de l'actrice qui, en justaucorps noir, court sur les gouttières dans *La Main au collet* d'Hitchcock. Tout le monde a retenu Grace Kelly, mais l'autre, la fille qui défie Cary Grant, « le chat » ?

« Il ne fait pas encore tout à fait nuit. Il est pénible, le chef des Ingelfingen, pourquoi nous a-t-il donné rendez-vous ici ?

— Ne glisse pas. Regarde, on voit le potager. Je me sens un peu prince consort avec toi dans ton château, pas désagréable. »

Vue d'en haut, cette zone est étrange. L'Orangerie, les deux grands escaliers monumentaux de chaque côté, la pièce d'eau des Suisses, donnent presque l'impression d'un vaste ensemble inachevé, destiné à accompagner une construction qui manquerait. Wandrille trouve cette vue du parc un peu… incohérente. Il se fait la réflexion, sans oser en parler à Pénélope, que l'œil adopte toujours, naturellement, le grand axe de Le Nôtre. Dès qu'on bouge, tout se brouille, les lignes vacillent.

« Péné, regarde à dix mètres, derrière le paratonnerre, ce monsieur en blouson qui semble te faire signe. Il a un parapluie, si on allait le voir ? Surtout ne tombe pas, marche droit, ne regarde pas en bas… »

Le garçon qui les attend accoudé contre un monumental trophée de pierre est à peine plus âgé que les étudiants de l'École Boulle. Il abrite Pénélope et Wandrille :

« Nous avons besoin de vous. Je suis prêt, dans la mesure du possible, à répondre à vos questions…

— Vous avez toutes les clefs ?

— Presque. Cela fait un an que nous les faisons copier au fur et à mesure, cela n'est pas très difficile. Vos trois compères du poste de garde les confient même aux étudiants avancés de l'École du Louvre qui font des conférences. Prendre une empreinte de chaque clef avant de la rendre est un jeu d'enfant. Notre chef détient même la petite clef qui permet de passer, de jour comme de nuit, des jardins du pavillon de la Lanterne, avec la piscine et le tennis du Premier ministre, au grand parc. Cette porte, c'est du réel. De l'autre côté, il y a les vrais flics, les flingues. On n'aurait jamais dû aller fureter par là. Nous avions des projets pour la Lanterne. Tout ça va nous perdre. On commence à avoir vraiment peur. Vous avez d'autres questions ?

— Seulement d'ordre botanique, à propos des fleurs d'hortensia et de la culture des poires en espaliers.

— Wandrille, je t'en prie ! Je préfère vous écouter d'abord.

— C'est un appel au secours que je suis chargé de transmettre de la part de notre chef. On va nous accuser de crimes que nous n'avons pas commis. Nous devons vous dire pourquoi nous sommes là. Surtout, ce que nous avons vu. Notre chef voulait venir lui-même, il n'a pas pu. Bientôt, vous saurez qui il est.

— S'il n'a pas voulu venir ce soir, est-ce parce que, peut-être, je le connais déjà ? »

Wandrille se dit que Pénélope est forte. L'autre se tait. Puis reprend, sans baisser la voix :

« Versailles échappe pour beaucoup à ceux qui s'imaginent en avoir la garde. Surtout quand la ville dort. On célèbre des rites étranges. On passe les grilles, la nuit. Vous savez qu'un des barreaux carrés de la grille du côté du bassin de Neptune se dévisse. Le sixième en partant du mur, du côté droit. On entre comme on veut.

— Les assassins…

— Nous ne voulons pas qu'on nous confonde avec ces gens-là. Nous ne sommes pas des criminels. Nous n'avons rien à voir avec ceux qui ont torturé et tué cette Chinoise. Nous ne savons pas qui cherche à nous impliquer là-dedans. Si nous nous livrons à la police, tout va nous accuser. »

Il se tait un instant avant d'ajouter :

« Vous devez garder le secret sur l'existence de notre groupe. Mademoiselle Breuil, vous devez nous protéger. »

TROISIÈME PARTIE

Les convulsionnaires

« Elle marchait, Léone, entre les feux éteints. »

Jean COCTEAU, *Léone*, 1948

1

Dernier tour de manivelle

Château de Versailles, Opéra royal,
lundi 6 décembre 1999, 16 heures

The End. Générique. Dans les loges et les bal-
cons de bois doré, les comédiens, les techniciens et
les maquilleuses ont fait des élégances. Au centre,
à la place du Roi, Nancy Regalado et Aloïs Vaucanson donnent le signal. Sur scène, les acteurs,
la « conseillère historique », les cameramen ont
mélangé jeans et perruques. Au parterre, celle qui
jouait Mme de Lamballe fait passer des plateaux
de macarons. C'est Bonlarron, aux anges, qui
débouche les bouteilles. Jaret lui passe les flûtes
vides. Pour la musique, Nancy Regalado a choisi,
avec l'ingénieur du son, du rock et du Gluck, en
alternance. Elle a invité quelques stars qui passaient par Paris. Tout le monde du château s'émer-
veille. Les restauratrices de tableaux osent aborder
Ornella Muti, un des fontainiers propose à Tom
Cruise qui tourne en ce moment à la tour Eiffel de
le guider dans les conduits souterrains de Latone,

la pieuvre de tuyaux d'époque qui continue à produire les grandes eaux.

La Regalado, mouche au front, se lève pour
accueillir dans la loge royale un bon garçon qui
rêve de jouer le Roi-Soleil et que Pénélope reconnaît
tout de suite : Leonardo DiCaprio, arrivé la veille de
Pompéi et d'Herculanum, avec sa mère. Pour le
mariage du Dauphin et de la Dauphine, Louis XV
avait bien fait les choses ; les girandoles et les
appliques sont toutes posées devant les glaces pour
démultiplier l'éclat des lumières. Les teintes de bleu
et les différents ors ont été reconstitués pour que,
dans la grande corbeille, la reine Elizabeth et le
président René Coty puissent entendre le deuxième
acte des *Indes galantes* de Rameau.

Thierry Grangé, en blouson noir, entreprend
d'expliquer à Wandrille que c'est lors de cette restitution, menée à l'économie, que le mécanisme de
cette salle a été condamné : le parterre pouvait se
soulever et arriver au niveau de la scène pour former une pièce ovale digne d'accueillir bals et banquets. S'il était possible de trouver un mécène qui
financerait les travaux… Grangé rêve, on le comprend, se dit Wandrille, si vraiment comme le prétend Pénélope l'architecte touche à chaque fois dix
pour cent. C'est ici qu'en 1789, lors d'une fête
délirante et très arrosée, un régiment cria « Vive la
Reine » et piétina la cocarde tricolore. Pénélope,
qui n'écoute pas, cherche des yeux le jeune figurant en noir. Elle le trouve. Il est en rouge. Celle
qui est en train de le baratiner n'est autre que

Simone Rapière, épanouie, sur scène, en plein numéro histrioniste. Elle prépare des Dry Martini au shaker. Médard boit à côté d'eux, chantonne du bout des lèvres un air d'*Armide*, qui swingue. Gilet-Brodé lui parle gentiment. Entre eux, une jeune fille en pull blanc sourit sans rien dire. Pénélope la reconnaît. Impossible qu'un visage exprime moins de choses. Elle n'a pas l'air malheureuse, elle regarde les loges, éblouie : pour l'occasion, Médard a osé venir avec sa fille.

Le dernier jour du tournage d'un film, c'est toujours une fête. Vaucanson a été généreux, il a prêté l'Opéra royal à l'équipe pour une soirée « dernier tour de manivelle » à condition qu'elle commence à 15 heures et se termine à 18, pour ne pas contrarier les syndicats. Mais à l'Opéra, lieu d'artifices, une fête l'après-midi a parfaitement l'air d'une soirée. Chignon-Brioche continue de se dandiner devant le chef opérateur, vieillard langoureux en chapeau de paille. Vanessa et Marie-Agnès trinquent, union sacrée bien rare entre les deux secrétaires. La Regalado descendue de son Olympe les embrasse, rit aux anges. Ce soir elle regardera les rushes tournés hier au Petit Trianon, les dernières prises du film.

Pénélope se faufile entre les fauteuils. Elle se demande ce qu'elle doit dire. Elle pourrait profiter de ce moment pour parler au président Vaucanson qui, très royal, a quitté la loge royale pour aller serrer les mains des éclairagistes, des accessoiristes et de Tom Cruise. Au moment où Péné se décide à foncer vers lui, Bonlarron l'intercepte, se précipite sur elle, lui tend une coupe :

« Ma petite Pénélope, quel chic ! Et pas un photographe, personne n'était au courant, ça s'est décidé impromptu. L'Opéra rempli pour une fête, c'est beau, non ? Après ces derniers jours…

— Je suis de votre avis, ça fait du bien. Ce genre de surboum, ça arrive souvent ?

— Mais jamais ! Vaucanson est génial, une fiesta, c'est ma jeunesse qui recommence, nos mécènes qui vont revenir. Asseyons-nous, je suis épuisé. Vous savez, j'étais de la fameuse fête costumée "Venez dans la tenue que vous portiez quand vous avez reçu cette invitation", je peux en parler.

— Et vous étiez ?

— En pyjama de chez Old England, rassurez-vous, que j'ai toujours d'ailleurs. J'avais lancé par la suite "Venez avec votre mère", un succès inouï. L'extravagance n'existe plus. Aujourd'hui, dans votre génération, tout le monde est tellement sérieux ! »

Assis au centre d'une petite cour, le conservateur poursuit :

« Le film sera nul, mais la fête est bien. Ce n'est pas tous les jours le *Molière* d'Ariane Mnouchkine ici ! C'était autre chose !

— Regardez, ça danse sur scène !

— Une équipe de cinéma, en général, ça saccage tout et ça fait un chèque, pour la plus grande joie de nos architectes…

— Pas la Regalado, elle est folle de patrimoine,

assène Pénélope qui, depuis une heure, réussit à éviter le regard de la réalisatrice, qui l'a sans doute oubliée.

— Oh, là-bas, c'est David Charvet, dit Vanessa qui s'est approchée du groupe.

— L'héritier des chemises ? demande, ingénu, Bonlarron.

— On voit bien que vous n'avez pas la télévision, répond Pénélope. Et là, c'est Juliette Vernochet !

— De la famille du commissaire-priseur ?

— Rien à voir.

— Je ne connais plus personne ! Pénélope, vous m'impressionnez. La moindre casse, si ça se sait, conclut le conservateur, avec une distribution, que dis-je, un casting pareil, dès le lendemain Vaucanson est dans *Le Canard* ! »

Rire unique : Zoran Métivier.

« On vous a invité, vous ? C'est heureux pour mes blagues !

— Non, c'est-à-dire, on m'a dit, au pavillon Dufour, que je pouvais trouver Pénélope à l'Opéra. C'est top ici, cher maître. C'est les Oscars ? Péné, je viens d'avoir un coup de fil de Léone de Croixmarc. Elle m'invite à dîner avec Wandrille dans son pénitencier, j'imagine que t'en es ? Faut qu'on lui réponde pour la date.

— M'a pas dit.

— Je venais t'apporter la liste des artistes contemporains que tu m'as demandée. C'est un avant-projet, juste des pistes, tu vois, je te... C'est du Laurent-Perrier millésimé ?

— Écoute, Zoran, je n'ai vraiment pas le temps. Malgré les apparences, je bosse. Donne-moi ta liste, je vais la regarder, mais je ne peux absolument pas en parler maintenant.

— Je n'insiste pas, je disparais. Passais juste par là. Te laisse avec Wandrille. C'est lui avec la blonde, là-bas, dans la loge du fond, genre fille de l'Est ? »

2

La salle du jansénisme

Château de Versailles,
après-midi du lundi 6 décembre 1999

Vingt minutes plus tard, Wandrille, qui n'a pas eu le temps de dire adieu à la jeune habilleuse polonaise avec laquelle il avait engagé conversation, retrouve Pénélope, qui a tout observé et que cela fait rire, dans le bureau du pavillon Dufour. Il ne lui a pas parlé de cette invitation à dîner chez Léone. Elle n'a pas signalé la visite rapide de Zoran. Wandrille prend un air grave et la pose qu'il affectionne en ce moment, l'historien au travail penché sur les livres :

« Tu as vu, je n'ai bu qu'une coupe, et pas touché aux Martini de la carabosse. Tu sais, si on veut comprendre ce qui se passe, ce n'est pas forcément à Versailles qu'il faut chercher.

— Tu ne crois pas que l'assassin de la Chinoise est en ce moment à l'Opéra royal ?

— Il ne pourra pas décrocher le lustre : il n'y en a pas. Je pense que le puzzle est en train de se reconstituer sous nos yeux et qu'il ne nous manque qu'un ou deux détails, comme la symbolique des hortensias et celle des doigts coupés.

— Explique.

— J'aimerais comprendre l'histoire du jansé-nisme, c'est la clef, ces deux vagues successives…

— Deux, au minimum.

— Si on allait voir Port-Royal-des-Champs ?

— On peut commencer ici.

— À Versailles, il y a du jansénisme ? Je croyais que c'était antinomique ?

— Pas si simple. Versailles, c'est Louis XIV. Que serait le siècle de Louis XIV sans Pascal, sans Racine, sans Arnauld et Nicole ? Sans cette "sympa-thisante" de Port-Royal qu'était Mme de Sévigné ? Toujours le Grand Siècle ? Il faut montrer aussi le jansénisme à Versailles. C'est une des salles tou-jours fermées au public, dans le circuit du musée historique installé sous Louis-Philippe.

— Louis-Philippe s'intéressait au jansénisme ?

— Pas sûr, même s'il avait Guizot comme ministre, bel exemple d'habit noir, un protestant que le jansénisme n'aurait pas désavoué. Non, cette salle a été aménagée dans le parcours au XXe siècle. Le musée d'histoire de France inventé ici par le roi-citoyen, c'était surtout les grandes batailles, les connétables et les maréchaux. On avait un peu oublié dans le panorama les intel-lectuels, les religieux, les artistes. Les conservateurs du début du XXe siècle ont voulu compléter. Avant les campagnes de remeublement, c'était même leur principale préoccupation. Aujourd'hui c'est

oublié ! Cette partie du musée est endormie. Tu
veux venir voir ? »

Sur les murs tendus de soie bleue s'alignent
de graves portraits, quelques vues cavalières de
l'abbaye, des aquarelles un peu naïves qui ressemblent à des ex-voto populaires. La salle de
Port-Royal, perdue au cœur de Versailles, n'est
pas interdite aux visiteurs, mais comme il n'y a pas
assez de surveillants, elle reste toujours fermée.
Pour réunir une telle collection de tableautins,
de souvenirs, bondieuseries et compagnie, se dit
Wandrille, il a fallu des années de travail qu'on
n'a pas mises à profit pour s'occuper des commodes et des rideaux...

« Pendant ce temps, l'Opéra se mitait !

— Je suis allée voir les dossiers d'œuvres hier
soir, les fiches qui correspondent à tous ces documents port-royalistes. Figure-toi que tout a été
acheté d'un coup entre les deux guerres.

— Une collection toute faite ?

— Qui passait en vente. C'est un conservateur,
André Pératé, qui a demandé un crédit spécial. Ça a
coûté une fortune, visiblement il y avait du monde
sur le coup, prêt à faire flamber les enchères. Ce fut
le plus gros achat effectué pour Versailles dans
l'entre-deux-guerres.

— Ton Pératé était janséniste ?

— Pas impossible. Il a peu fait parler de lui,
c'était un disciple du premier sauveur de Versailles,
Pierre de Nolhac. Pératé était un normalien nourri

au latin et au grec qui s'était trouvé un job pour ne
pas mourir de faim. Il aimait Pascal et Racine. Tu
sais, beaucoup d'intellectuels ont flirté avec le jansénisme à cette époque. On n'admirait pas tant que
ça Louis XIV. François Mauriac a écrit un livre sur
Racine très janséniste. Montherlant a fait de Port-
Royal le titre d'une de ses pièces de théâtre. Ensuite
il y a eu Julien Green...

— Pitié, Péné, pas de cours de littérature ! Tout
ce qui concerne Port-Royal à Versailles est ici ?

— Pour le château, oui, mais il y a aussi beaucoup de documents sur le jansénisme au musée
Lambinet.

— Ah oui, ton concurrent municipal. On
regarde d'abord ce qu'il y a ici, puis on y va. Ça
m'intéresse, moi, cette abbaye, ça fait du bien dans
cet océan de dorures, de bonheurs-du-jour et de
cartels... Faut absolument qu'on visite les ruines
dans la semaine. C'est ouvert au public ?

— La République en a même fait un musée
national, tu te rends compte. C'est surtout symbolique.

— Si tout est ratiboisé depuis Louis XIV !

— Dans l'histoire des musées et des monuments
en France, c'est important, on le citait dans mon
cours de l'École du Louvre.

— Retiens-toi. Résume.

— Rien, je me tais. Simplement dès le lendemain
de la destruction, ou presque, c'est le seul endroit
pour lequel on imprime de petits guides du visiteur :
ici se trouvait le déambulatoire, là le réfectoire,

la bibliothèque. Quasiment le premier monument historique ouvert à la visite comme si c'était un musée...

— Tout ça virtuel puisque les dragons du Roi n'avaient rien laissé.

— Même plus de cimetière. C'était un mémorial vide, un antimusée.

— Un rêve de conservateur ! »

Pénélope sait qu'à Port-Royal, ses collègues ont bien travaillé. On y voit un des plus grands chefs-d'œuvre de Philippe de Champaigne et une foule de tableaux intéressants, un verger qui est un vrai musée de la poire, qui passionnera Wandrille. Certains bâtiments appartiennent à l'Association des amis de Port-Royal. On y voit même un tableau montrant la profanation des tombeaux des rois à la basilique Saint-Denis en 1793, scène qui selon l'histoire officielle n'a aucun rapport avec le jansénisme. Pénélope y est allée lors de ses tournées de musées, pour préparer le concours, avec son amie Léopoldine, dans la vieille 4L de sa mère.

« Regarde ces petits tableaux, ça évoque très bien l'atmosphère : les bosquets ronds, les enclos, l'abbaye.

— Tu ne trouves pas que ça ressemble à Versailles ?

— En rien.

— Cette clairière, avec les religieuses, vous n'avez pas un bosquet ici avec une colonnade ?

— Oui, construction de Mansart, rien à voir.

— Et une orangerie.

— Aucun rapport.

— Ça n'est tout de même pas moi qui ai dit que le jardin des pêches tardives ressemblait au cimetière de Port-Royal.

— Le potager, ça n'est pas le château, même si Mansart et La Quintinie s'entendaient comme larrons en foire. Autres idées ? Autres pistes ?

— Ce musée Lambinet, c'est loin, on va voir ?

— Dix minutes à pied. Ils sont ouverts le lundi.

— Je vois, pour drainer ceux qui se sont cassé le nez chez Louis XIV. Tu les appelles ?

— Je paye l'entrée, hors de question de se signaler au conservateur. Il prépare sa grande expo sur les éventails de la Montespan à Carmen, l'événement de janvier, je ne veux pas le déconcentrer.

— J'aime bien quand tu fais ta star incognito. »

3

Le cabinet des glaces mouvantes

Petit Trianon, matinée du 6 octobre 1789

La Reine s'accorda une heure de repos. La vue du parc de Trianon s'effaçait de ses yeux, le temple de l'Amour à travers la croisée avait déjà été englouti par la marée montante de cette boiserie qui glissait entre ses rails. À côté de sa chambre, elle avait fait aménager ce cabinet à surprise, dont les fenêtres pouvaient être masquées par de grandes glaces. Les plus purs miroirs que pouvaient fabriquer les manufactures royales montaient du sol quand elle en donnait l'ordre. Les verres coulissaient entre les montants de bois. La semaine passée, ils étaient tombés d'un coup sec, avec un grand vacarme, mais par bonheur aucun n'avait été brisé. Elle savait bien tout ce qu'on pouvait dire sur ce boudoir, les pires calomnies, qu'elle y recevait ses amants et que ses favorites y donnaient, comme un spectacle, une sarabande de débauche – à la vérité, elle y menait une vie de nonne. Dans le grand salon, au premier étage, elle avait même voulu faire enlever les grandes peintures qui avaient été placées là au temps de Mme de Pompadour, parce que les nudités la choquaient.

Dans son particulier, elle faisait ce qu'elle voulait, la cour n'avait rien à en dire, ni les libelles imprimés à Paris, ces calomnies que nul ne parvenait plus à lui cacher. Le cabinet des glaces mouvantes lui permettait seulement de se retrouver avec elle-même. Elle avait reçu ce matin les hommages de la Cour, elle voulait que le monde extérieur cessât de la poursuivre pour quelques instants. Elle se poudra, elle-même. Elle se voyait de face, de profil, sa nuque, ses épaules, cette robe de taffetas vert céladon, ces broderies couleur paille et fleur de lin. Elle sortit de son portefeuille, que la première dame lui avait donné comme à l'accoutumée, les placets reçus ce matin. Elle aimait donner, accorder des grâces et des bienfaits, depuis son enfance elle avait appris à le faire : la charité des princesses et des reines est la plus belle des prières. Elle trouva tout de suite ce qu'elle avait envie de voir. Elle avait aperçu la gravure, en une seconde, quand ce jeune homme en noir la lui avait tendue. Elle devinait ce que c'était. Ce n'était pas la première fois qu'elle en recevait. Comment avait-on pu laisser un de ces hommes-là approcher jusqu'à elle ?

Il avait bonne tournure, bien pris dans ce justaucorps sombre qui était comme un uniforme pour les députés du Tiers État, « ces messieurs du Tiers » qui s'étaient mis en tête de soumettre les députés du clergé, des couards, et les députés de la noblesse, des traîtres. Un homme de vingt ans, qui n'avait

BASHO 1644-94

Renku - collaborative linked poem

Hokku - opening stanza of Renku

Haiku - standalone Hokku (MASAOKA SHIKI)
1902

Tanka - 31 syllable Heian Period 794-1185
8th - 12th
14th   10th

Shoguns 1336-1573

FEBRUARY 2008

4 Monday
WEEK 6

LA BORD DE SA JUPE CUT

5 Tuesday

UN PEU
(C'EST PLUVIEUX)

6 (NAM JELLE Wednesday) PRINTEMPS
SE MOUILLE)
LA BORD DE SA JUPE

7 Thursday AH OUI
LA PRINCESSE A FAIT PIPI
SUR ELLE MÊME.

8 Friday BORD DE JUPE MOUILLE ?
AH OUI LA PRINCESSE A FAIT
PIPI SUR ELLE MÊME

9 Saturday

10 Sunday

rien dit, et qui n'avait pas souri, quand il s'était trouvé sur son passage, lui avait tendu cette feuille. La première dame, dont c'est l'office, l'avait saisie et il s'était, tout de même, incliné en guise de remerciement.

Elle ouvrit la feuille pliée en deux. La gravure montrait une femme allongée, nue jusqu'à la taille, les pieds et les bras attachés par des sangles à une pierre comme si elle était crucifiée. Cette pierre avait l'air d'être la dalle d'un tombeau. La malheureuse semblait en extase, elle était entourée d'hommes qui tenaient des bûches et des épées. L'un d'eux la menaçait au cœur. La scène se passait dans une pièce somptueuse, qui ressemblait un peu, avec son lit immense, à la chambre du Roi. Aucun texte n'accompagnait cette image, la gravure n'était pas signée. La Reine comprit que cette femme, c'était elle. Les hommes noirs lui préparaient un supplice. Elle se regarda dans les glaces. Elle essaya plusieurs sourires, inclina la tête, ferma les yeux pour ne plus se voir.

4

Les plans de Lambinet

Ville de Versailles, musée Lambinet,
lundi 6 décembre 1999, fin d'après-midi

Le musée Lambinet, comme le potager du Roi,
ne cherche guère à attirer les touristes. Seuls les
visiteurs passionnés, ceux qui ont déjà tout vu, y
viennent de temps en temps. Dans cet hôtel particulier se sont nichés, au hasard des donations, outre
quelques meubles de prix et des vues de Versailles,
des souvenirs municipaux souvent menaçants pour
le château. Dans une salle, se trouvent même des
objets liés à Marat, l'Ami du peuple. Wandrille lit
tout haut les cartels, dans l'enthousiasme. Une
table chiffonnière estampillée Topino ! Dans toute
cette science du mobilier, ce sont les dénominations
qu'il préfère. Ici au moins, les boiseries ne sont pas
dorées, tout semble à peu près ancien, avec un côté
maison de famille, radiateurs en fonte, plafonds
attendant d'être repeints, dans une vitrine, une
miniature montrant Victor Hugo, au mur, un portrait du fils de Corneille.

« C'est littéraire ici, c'est bien. Écoute, Péné, même pour moi qui n'aime plus que le style roman et la voûte en plein cintre, j'avoue que dans une maison comme ça, je me convertirais au XVIIIᵉ! Au sous-sol il y a un spa ? C'est de bien meilleur goût que ton château !

— On monte à l'étage en attendant que tu nous transformes ce bazar en quatre-étoiles avec Deloncle et compagnie. Ce qu'on cherche est en haut. »

Au débouché de l'escalier se trouvent de nombreux souvenirs de Port-Royal. Une grande gouache un peu maladroite, dans un cadre en bois doré, décrit tous les bâtiments abbatiaux. Quelques vers sont écrits en exergue :

« *Mais hélas ! gémissons ; de ce séjour si beau*
Tu ne vois à présent que le triste tombeau… »

Wandrille se penche pour mieux voir, mentalement il photographie tout ce qu'il a sous les yeux.

Une voix saccadée le fait se redresser d'un coup.

« Alors, mademoiselle Breuil, avez-vous réfléchi à ma proposition ? »

À la porte de la salle, M. Lu avait l'air de les attendre.

« Oui. Je suis très tentée. Je ne connais pas la Chine, j'ai envie d'accepter.

— Je veux réunir là-bas une communauté. J'ai beaucoup de place. C'est dans la banlieue de Shanghai. Je veux faire venir des Français. Il y aura mon Versailles. Il y aura des artistes. J'aime l'art

contemporain aussi. Je suis allé au Centre Pompidou. On m'a donné un nom pour l'art contemporain. Je crois que nous allons faire affaire, comme
on dit ici. C'est un nom compliqué, je l'ai écrit
dans mon Palm Pilot. »

Le Chinois, dédaignant Pénélope, car le Palm Pilot
était, dans les années 1990, une affaire d'hommes,
se tourne vers Wandrille qui, blême, articule à voix
haute :

« Léone de Croixmarc-Sourlaizeaux. »

Pénélope, aux anges, tend la main à M. Lu :

« Conclu. Quand partons-nous ? »

Wandrille, aux abois, sentant que l'intrigue
dérape et lui échappe, pose des questions métho-
diques :

« Qui vous a donné ce nom ?

— Un conservateur du Centre Pompidou. Un
jeune homme que je connais. Il est venu à Shanghai.
Il accompagnait le rideau de scène de *Parade* peint
par Picasso à l'exposition de l'an dernier. Il a visité
ma maison. Il s'appelle Zoran Métivier. Je l'aime
beaucoup. Lui ne viendra pas, mais il sera ici mon
correspondant.

— Zoran ne m'a jamais dit qu'il vous connaissait, interrompt Pénélope. Il était là, l'autre matin,
quand je vous ai rencontré.

— Je le sais. J'ai déjeuné avec lui, ensuite, sans
vous le dire. Un très bon restaurant rue de Satory.
J'aime la cuisine française. Vos viandes du Limousin, nous aurons un jour les mêmes en Chine.

— Zoran ne m'a rien raconté de cela.

— Il voulait que vous me connaissiez mieux. Il y a des gens qui mentent ici. Ils racontent sur moi des choses fausses. »

De tous ses amis, cette bande de jeunes conservateurs formés par la nouvelle école et décidés à conquérir le monde, Zoran Métivier est le seul dont Pénélope ne sait rien, ou presque. Si on lui apprenait qu'il est un espion bulgare, qu'il travaille pour la mafia de Palerme ou que le pape vient de le faire cardinal secret, elle ne serait pas étonnée. Zoran sait tout, connaît tout le monde, ne parle jamais de sa famille ni de ses amours. Pénélope ne sait même pas où il habite. Pourtant c'est un ami fidèle. Le stage à Besançon les a liés pour la vie, comme une opération commando transforme en frères d'armes deux parachutistes. Zoran est une sorte de ludion qui apparaît et disparaît. Un soir, avec Wandrille, ils ont tenté de le piéger en le déposant, après une soirée. Il leur a demandé de freiner devant la vieille Bibliothèque nationale, rue de Richelieu, et à 2 heures du matin, ils avaient vu Zoran entrer sous le porche. Sa mère était peut-être la gardienne, sa maîtresse la femme de l'administrateur général, impossible de savoir. Il leur avait juste dit, sans bafouiller ni rire : « En ce moment, j'campe là. »

Wandrille, qui n'en a pas fini de ses questions, regarde Lu dans les yeux. En bas, le long du jardin qui s'étend jusqu'à la rue, par la fenêtre, on voit ses deux gardes du corps et la femme en robe bleue, l'interprète.

« Comment saviez-vous que nous serions au
musée Lambinet ? Vous savez ce que nous cher-
chons ici ? Vous saviez que nous viendrions ? »

Pénélope le foudroie du regard. Wandrille
découvre trop ses cartes, mais Lu, sans marquer
d'hésitation, répond :

« Je ne pensais rien. Je suis venu ici pour visiter et
comprendre le XVIIe siècle. C'est mon époque favorite. J'aime la France. Je ne vous attendais pas. C'est
le destin. Je connais le mot français qui convient : la
Providence. »

Une vente aux Chevau-Légers

Ville de Versailles, jeudi 9 décembre 1999

Wandrille frétille, épluche le catalogue, recopie des noms dans son carnet de moleskine, ces meubles sont de la poésie : « Bureau à gradins en cartonnier, commode tombeau, encoignure en demi-lune Transition, rare boîte de pendule, secrétaire en capucin dit aussi à la Bourgogne, table bouillotte, rafraîchissoir, ciel d'un lit en chaire à prêcher, bergère en confessionnal, importante ottomane garnie de son tissu d'époque, lit à la polonaise... »

Il attend que passe la copie du bureau de Teuné faite pour Sir Richard Wallace ; sa mère lui a donné un chiffre, un peu au-dessus de l'estimation haute, à ne presque pas dépasser. Pénélope, que les ventes publiques stressent toujours un peu, a consenti à l'accompagner. Deux hercules ont pour mission de faire monter les meubles sur la petite estrade. Le commissaire-priseur est venu de Paris, son confrère de Versailles, souffrant, lui a demandé de le remplacer.

C'est maître Vernochet, de l'étude Vernochet-Dubois-Bouilli, ami de Wandrille et de Pénélope, qui traverse la salle en diagonale pour venir les saluer avant que la vente ne commence. Ce faux bureau du comte d'Artois est une merveille : les pieds fins, la table scandée de volutes que la bordure de bronze doré met en valeur. La première expression qui vient à l'esprit est : « un bureau de ministre ». S'il était authentique, il vaudrait une fortune. C'est l'archétype de ce que les artistes du meuble du début du règne de Louis XVI pouvaient créer de mieux pour célébrer les derniers feux du style Louis XV.

« Ne me dites pas ce qui vous tente ! J'aurais envie d'abattre le marteau plus tôt pour vous favoriser. Pénélope, vous venez officieusement ou pour le compte de Versailles ?

— Je suis ici en potiche, c'est Wandrille qui a des visées mobilières, il veut faire un cadeau à son père.

— Auquel vous transmettrez mes félicitations. Je crois que je devine... La vente commence dans cinq minutes, je vous laisse. Tout cela appartenait à un vieil amateur de Versailles que j'ai bien connu, la collection d'une vie ! C'est Mauricheau-Beaupré, le prédécesseur de Van der Kemp, qui le conseillait. Versailles a beaucoup perdu quand Mauricheau-Beaupré est mort dans cet horrible accident ! Je vous donne un tuyau : les lots de dessins et gravures à la toute fin de la vente ne sont pas très chers et, là-dedans, il y a des trésors. »

Deux ou trois paysages du XVIIIe ont « fait » plus que prévu. Vernochet, épanoui, passe ensuite

à la farandole des meubles. Si Pénélope a tenu à
accompagner Wandrille, c'est qu'elle a une intui-
tion. Une copie de meuble de Versailles, qui cela
peut-il intéresser ? Au premier chef, le *leader
maximo* des Ingelfingen. S'il vient à visage découvert, Pénélope saura si ce qu'elle imagine est juste.
En se retournant pour balayer la salle du regard,
elle a compris : le jeune homme qu'ils ont rencontré sur les toits est assis, en veste marron, deux
rangs derrière elle. Quand leurs yeux se croisent, il
bat des paupières, sans sourire. À côté de lui, un
couple de vieux Versaillais note les prix des adju-
dications dans leur catalogue. Le chef secret a,
encore une fois, délégué son lieutenant.

Le bureau passe dans les premiers. Malgré les
conseils de Pénélope, Wandrille attaque bille en
tête. Aux enchères, il ne faut abattre ses cartes
qu'au dernier moment. Qui surenchérit ? Pénélope
aurait pu parier : Barbara Grant. L'Américaine en
Chanel-Nike. On va voir si face à elle la force de
feu de Wandrille est suffisante.

L'estimation moyenne, entre la plus basse et la
plus haute, vient d'être dépassée. Wandrille suit.
Alors, sentant que le mouvement se précise, la
veste marron lève une manche. Barbara agite un
bracelet en perles. Wandrille suit toujours, sachant
que deux enchères plus haut, il va être forcé de
lâcher prise. La veste marron, de plus en plus
déterminée, se lance contre Barbara. Trois minutes
plus tard, Wandrille ferme les yeux, c'est fini pour
lui. Maître Vernochet, fixant Pénélope du regard,

esquisse, une fraction de seconde, une admirable mine navrée.

Barbara souffle ; les enchères, c'est mieux que le jogging. Deux minutes plus tard, c'est elle qui fait signe, en posant son sac à main matelassé sur ses genoux, qu'elle abandonne. Vernochet prononce les paroles sacramentelles : « Une fois, deux fois… » À cet instant, se lève au dernier rang un garçon assez jeune. Pénélope, en un éclair, le reconnaît. La somme qu'il énonce est très au-dessus de la dernière enchère. Ce n'est pas l'usage. La salle murmure et se retourne d'un seul mouvement. La veste marron lève les yeux au ciel et lance à Vernochet un signe d'impuissance. Le marteau tombe. Adjugé. Très cher pour une copie, un meuble « de style ».

Celui qui vient de gagner la partie est le jeune homme en noir, le rôle muet du film de la Regalado.

Pénélope et Wandrille ne peuvent pas sortir, coincés au troisième rang en milieu de travée. Pendant une heure, ils regardent passer les bonheurs-du-jour et les commodes tombeaux, tous de très belle qualité, mais sans rien d'original. Tout le reste part à peu près à prix d'estimation. Le faux bureau aura été la triste exception dans cette dispersion sans surprise qui semble réjouir les antiquaires du quartier de la Geôle, qui font leurs emplettes, et quelques Parisiens venus chercher des meubles de bon aloi. Depuis que la mode du design fait florès, le mobilier XVIIIe de qualité est devenu accessible, quelques astucieux commencent à s'en rendre compte.

Fin de la vente : dessins, gravures, photographies. Un des lots concerne Versailles : vues d'optique aux couleurs passées, plans anciens, dont deux tracés à la main, gravures diverses montrant les jardins et les bosquets. Pour les antiquaires du cru, du menu fretin, ils en ont déjà à revendre, que nul ne leur achète. Le jeune homme en noir est sorti, le lieutenant des Ingelfingen somnole. Le marteau tombe, la bannette est adjugée pour un prix raisonnable, Vernochet sourit. C'est Wandrille qui vient d'acheter en levant un doigt *in extremis*. Pour lui.

Les gravures feront merveille dans l'appartement de Pénélope : « Avant de te les offrir, je vais les faire encadrer », dit-il sur un ton qui pousse l'intéressée à se demander ce qu'il a de si grave à se faire pardonner. Pénélope et lui, au comble du bonheur, examinent pièce après pièce ce beau butin. Les plans dessinés, Wandrille les garde. Il a son idée.

Dès sa sortie de la salle des ventes, Wandrille est allé voir, plans en main, Thierry Grangé dans son bureau. Pénélope, qui supporte de moins en moins le petit architecte, a préféré remonter vers le pavillon Dufour.

Ce que Wandrille a vu, sur l'un des plans, il préfère ne pas en parler. Il veut tester l'architecte. Connaît-il aussi bien que lui les collections du musée Lambinet ?

« Votre premier plan est intéressant, c'est un tracé complet des jardins, je vous le daterai très facilement si cela vous amuse. Il y en a eu beaucoup de faits sous l'Ancien Régime, on les distribuait aux visiteurs.

— Là, un souterrain ?

— N'imaginez rien de secret, vous n'êtes pas tombé sur la carte au trésor, il relie l'Orangerie à l'aile sud. Tout le monde le connaît.

— À quoi servait-il ?

— Personne ne sait. Quand le Roi venait voir le connétable…

— Le connétable ?

— Oui, le plus vieil oranger de la collection, un prodige. Né à Pampelune en 1421, mort bien après la Révolution, en 1895.

— Et cette autre page ?

— Plus intéressant. Ça, je n'ai jamais vu, sauf… Visiblement un état projeté du jardin, dessiné après l'achèvement de la colonnade par Mansart, qui avait tant fait sourciller Le Nôtre. J'ai vu depuis cinq ans absolument tous les plans de Versailles, dans les collections publiques et en mains privées. Celui-ci est à part, il ressemble étrangement à une feuille qui se trouve à la bibliothèque de l'Institut de France. Un plan sur lequel il est écrit "Versailles", mais qui montre des bâtiments qui n'ont jamais existé. À l'époque, je n'en avais pas demandé de photo, ça n'est pas très utile pour les projets de restauration, mais si la feuille que vous avez achetée est l'autre moitié, ou une autre de la même série… Je n'ai pas le temps ce soir, mais il faut que vous reveniez, on étudiera ça !

— Vous croyez que ça intéressera les conservateurs ?

— Pff… Ils se moquent bien des bâtiments, pour ne pas parler des jardins. Paul Daret est quasiment à la retraite, Vaucanson voit ça de loin. Le seul qui aime regarder ces choses à la loupe c'est notre nouveau futur grand mécène, Lu Maofeng, notre Chinois. »

6

Quand M. Bonlarron parle
le langage des fleurs

Château de Versailles, jeudi 9 décembre 1999,
bureaux de la conservation, vers 18 heures

« Je ne comprends pas comment nous avons pu manquer cette vente. »

Bonlarron a son air excédé. En disant « nous », il s'associe à Wandrille et à sa famille, il affirme, l'air de rien, l'habile homme, son récent attachement au clan ministériel. Étudier la vie de cour depuis quarante ans permet d'acquérir des réflexes. Il n'a pas souhaité retrouver Pénélope et Wandrille dans les bureaux, où tout le monde écoute tout.

« Cela fait une heure que je vous attends comme convenu dans le salon d'Hercule, je poireaute. Les touristes me prennent pour un surveillant, je renseigne, que voulez-vous, j'aime donner de petites conférences improvisées ! Je vais finir par accepter les pourboires ! Je vous raconterai un jour l'histoire des tableaux du salon d'Hercule... Van der Kemp a fait peindre, d'après une gravure, la moitié supérieure de cette œuvre magnifique que le

Louvre avait été forcé de nous rendre, *Eliézer et Rebecca* de Véronèse. Elle avait été recoupée, après les saisies opérées à Versailles sous la Révolution, elle n'était plus au format d'origine. Il a fallu la remettre aux dimensions du grand cadre qui s'insère ici dans la boiserie. Du coup, ce que vous voyez est une moitié de toile XXe siècle collée à un original, c'est unique au monde, je crois ! On ne l'indique nulle part, bien sûr. Vous êtes restés jusqu'à la fin de la vente ? Il faut que vous arriviez à savoir qui a acheté.

— Un jeune type en noir, répond Wandrille.

— Qui est-ce ? Pour qui travaille-t-il ?

— La Regalado, elle a les moyens, avance Pénélope.

— Il fait partie du Regalado Circus, cela ne veut pas dire, mes amis, qu'il achète pour elle. Vous imaginez, chez elle, demande Bonlarron, un bureau de ministre des Finances ?

— Elle voulait peut-être l'offrir à son père, elle aussi.

— C'est un cow-boy, il ne quitte pas son Stetson, Wandrille, tu le vois dans son ranch meublé en néo-Louis XVI ?

— Papa aussi, c'est un cow-boy. »

Pénélope et Wandrille ont décidé d'une stratégie. Ils ont tout pesé et considéré que Bonlarron, malgré sa suspecte absence de doigt, est leur allié objectif. Il n'a pas encore tout dit…

« D'après vous, qui a pu tuer cette petite Chinoise dans le but de vous faire peur ?

— Je soupçonne bien sûr M. Lu. Avec des complicités au château.

— Médard ?

— En aucun cas, je vous l'ai dit.

— Thierry Grangé ?

— Un garçon formidable, affirme Bonlarron, royal.

— Ou alors un de vos anciens ennemis, ceux qui voulaient faire meubler Versailles avec des copies ?

— Vous radotez : on ne tue pas pour des meubles. En revanche, que ce soit du côté des amateurs de meubles qu'il faille chercher pour trouver qui a fait entrer la table, je l'admets. Selon moi, nous avons affaire à deux histoires, qui n'ont rien à voir l'une avec l'autre. Vous voyez, je ne vous apprends rien, je n'en sais pas plus que vous, et même sous la torture…

— Vous pourriez nous dire, par exemple, pourquoi l'hortensia.

— Si vous voulez. Passons dans le salon voisin. »

Bonlarron explique, avec mille détails, que l'hortensia, découvert par les voyageurs au XVIIe siècle, a été mis à la mode un peu plus tard, en l'honneur d'Hortense de Beauharnais, la fille de Joséphine et de son premier mari. Hortense épousa le pire des frères de Napoléon, Louis Bonaparte, et régna avec lui sur le pays des fleurs, la Hollande. Elle fut la mère de Napoléon III. Devenu empereur, il fit de

l'hortensia une sorte de fétiche. Un signe de ralliement bonapartiste. Une fleur d'hortensia se trouve,
ainsi, dans les armoiries de la ville de Rueil-
Malmaison. Son demi-frère, le duc de Morny, né
des amours d'Hortense avec le comte de Flahaut,
fils illégitime de Talleyrand, avait adopté la fleur
comme un emblème. Sur les portières de ses voitures, il avait fait peindre un hortensia.

« Tu voudrais, Péné, que je peigne la carlingue
de la MG ? Pour toi, je choisirais une boîte de
conserve, allusion à tes activités.

— Et pour toi, un artichaut ?

— La présence d'une fleur d'hortensia dans cette
marqueterie date l'objet. Cette table a été faite sous
le Second Empire. En réalité j'en ai retrouvé trace
dans nos archives hier soir. C'est sans doute le premier meuble de Versailles à avoir été copié, avant
que l'on ne commence à penser à une politique de
remeublement.

— C'est Napoléon III qui l'a fait faire ?

— Eugénie, plutôt. »

L'impératrice, qui aurait été une excellente conservatrice du patrimoine, avait organisé à Trianon la
première des expositions versaillaises, un hommage
à Marie-Antoinette. Elle avait pour celle-ci une véritable passion. Elle collectionnait tout ce qui lui
avait appartenu, elle s'est même fait peindre par
Winterhalter déguisée en Marie-Antoinette. Elle
disait : je finirai comme elle. Devenue vieille, sous la
Troisième République, elle revint à Trianon, elle
voulut revoir le portrait du petit Louis XVII qu'elle

avait acheté et d'autres souvenirs. Pierre de Nolhac, le premier conservateur savant de Versailles, qui traquait les copies, avait probablement fait disparaître la petite table qui vient de resurgir. Wandrille interrompt les explications de Bonlarron :

« Eugénie l'avait fait fabriquer ?

— Non, c'était un cadeau de son demi-beau-frère, le duc de Morny. L'hortensia est une signature et une manière de dire au duc de Hamilton que son trésor restait unique.

— Pièce historique alors ?

— Cette copie est très intéressante. Au milieu du XIXᵉ siècle, les artisans qui sont capables de fabriquer cela sont parfois les fils de ceux qui travaillaient sous Louis XVI, mêmes ateliers, mêmes outils, mêmes techniques. Les faux de cette époque peuvent tromper les yeux les plus expérimentés. La table a figuré à cette rétrospective de l'impératrice à Trianon en 1865. Tous les souverains venus à l'Exposition universelle l'ont vue. Je suis surtout sidéré par la perfection de cette réplique. J'avais oublié de regarder le plateau, avec cette manie de s'attacher aux marques, de regarder dessous. Wandrille, c'est vous qui avez l'œil !

— Preuve qu'une copie peut être presque parfaite.

— Comme un crime, ajoute machinalement Pénélope.

— Elle avait de surcroît une portée historique. Je baisse les armes mes amis.

— Vous vous convertissez à la religion de la copie des meubles anciens ?

— Sauf que les artisans du meuble savaient réussir à l'époque des prouesses aujourd'hui impossibles. Reste à savoir comment cette table, qui ne figure pas dans nos inventaires, a pu revenir à Versailles, et qui s'en est servi pour cette mise en scène sanglante. La police qui enquête sur le meurtre n'en a pas la moindre idée. Ils ne croient pas du tout que le mobilier puisse être un mobile. On en est là. »

Bonlarron a esquissé un sourire. Pénélope et Wandrille se sont tus, ne sachant si c'était du lard ou si c'était du cochon.

7

Patrimoine Plus

Paris, vendredi 10 décembre 1999,
vers 10 heures

Les bureaux de Patrimoine Plus sont d'un luxe de bon aloi. Tout ici rassure la châtelaine. Pourtant, c'est un étage perdu, dans une tour du quartier de Beaugrenelle. Deloncle, PDG exemplaire, a su organiser, dès l'entrée, une atmosphère de château un rien bas de plafond : paravent en laque de Coromandel, vases Imari, girandoles, lustres et tapisseries.

« Ces conservateurs de Versailles sont les plus bêtes du monde ! Toutes ces restitutions des années 1970 ou 80 sont mûres ! Dans dix ans, il faudra les casser ! Regardez à Azay-le-Rideau, le lit bleu et le lit rouge tombent en morceaux, les tissus des murs sont cuits et recuits. Van der Kemp a cru qu'il avait installé ses plumes d'autruche et ses falbalas pour cent ans. Dans dix ans ça aura toujours de l'allure, mais il faudra se demander si ça a encore un sens. Il faut commencer à réfléchir à ce qu'on peut faire à la place. Le style Monuments

historiques de la fin du XXe siècle, châteaux de la
Loire et compagnie, a vécu. Il faut en inventer un
autre. Aucun conservateur ne s'en rend compte !

— Tu imagines, mon petit oncle, leur tête quand
ils ont vu arriver une table qu'ils ne connais-
saient pas !

— Du mobilier genre Versailles, de première
catégorie, on en trouve ! S'il faut quatre commodes et dix-huit chaises pour un salon, Steinitz
les a dans son entrepôt, ou on va chez le grand
Jean-Marie Rossi. Ce fétichisme du mobilier "qui
se trouvait là ce jour-là" n'a plus lieu d'être. Les
visiteurs ont besoin d'avoir une idée, que ça donne
quelque chose au premier coup d'œil. Ensuite, on
leur explique ce qui vient de Versailles et ce qui
n'en vient pas. Y a pas que des bûches dans les
cars de touristes, à force de les gaver d'expos au
Grand Palais à longueur d'année, le niveau monte.
Mais ces constipés de conservateurs ne supportent
pas ça ! Ce que tu me racontes, Léone, sur ces
Ingelfingen, c'est génial, il faut que les journaux
en parlent. Si tu ne veux pas qu'on sache que tu
es au courant et que tu les connais très bien, je te
donne ma parole que rien ne filtrera. Tu veux que
j'appelle une télé ? Vous aussi, vous devez bien
avoir quelques copies chez vous à Sourlaizeaux ?

— Que va devenir la maison ? répond Léone.
Nous avons encore de quoi faire tourner la
baraque, mais bientôt... La cassette se vide. Les
parents ne se rendent pas compte que nous en

avons pour dix ans, pas beaucoup plus, après, oust !

— Tes parents ne vendront pas. Mais toi ? dans dix ans ?

— Je ne serai jamais capable de m'en débarrasser. Je passe ma vie à m'occuper des bassins, des jardins, des visites, je ne sais pas faire autre chose. Sourlaizeaux, c'est ma croix ! Mais c'est aussi ma bannière. »

Clarisse Deloncle, épouse modèle, nez pointu, coiffure au carré, se tourne vers la visiteuse :

« Toujours aussi exaltée. À propos, la santé de ton père ?

— Cas classique de démence sénile. Radotage et jardinage. Il a même repris sa vieille barque et fait de l'entraînement d'aviron sur le miroir d'eau comme quand il était jeune homme. Il m'écoute mais il ne parle même plus à maman. Il passe sa vie à couper les haies dans le jardin. On le planque dès qu'il y a de la visite.

— Dire que nous passions notre vie dans ce jardin avec ta mère quand nous étions petites.

— Si nous voulons que notre projet aboutisse, interrompt Deloncle, il faut que tu continues à dire haut et fort beaucoup de mal de Patrimoine Plus. Tu as pu briefer le copain de la petite nouvelle, c'était ton idée…

— Je lui ai dit que vous harceliez maman de propositions pour rendre le domaine rentable. Il a dû tout répéter à sa Pénélope. Je ne pense pas qu'elle ait beaucoup d'influence au palais, même si

Simone Rapière dit que le président Vaucanson
s'en est entiché.

— Tu n'en fais pas un peu trop, ma petite
Léone ? Le jour où il découvrira que ta mère et
moi nous sommes sœurs…

— Il n'est pas du tout de notre monde, tante
Clarisse, il ne soupçonnera jamais ça. Vous n'avez
ni le même nom de jeune fille ni le même nom
de femme mariée. On est couvert par les deux
mariages de bonne-maman Françoise, deux lits,
deux noms, deux noces, et au bout du compte une
Deloncle et une Croixmarc.

— Tu sais avec une collection de vieux *Bottin
mondain*, on découvre le pot aux roses en deux
minutes. Suffit d'en trouver un des années 1950,
de chercher les noms des enfants de bonne-maman.

— Les collections de vieux *Bottin*, c'est l'arme
absolue des douairières de Versailles et du XVIe, ça
ne le concerne pas. Wandrille, il est plutôt *Who's
Who in France* !

— Tu as des intentions ? Léone, à ton âge, il
faut songer à s'établir. Pour le *Bottin* de l'année
prochaine !

— Il n'est pas libre, et moi je ne sais pas…

— En tout cas si son père peut aider tes parents
à ne pas bazarder Sourlaizeaux…

— Mais enfin, mon oncle, vous me prenez pour
une putain ? »

8

Seconde leçon de catéchisme, mais plus dans un tombeau

Paris, samedi 11 décembre 1999, 9 heures

Wandrille s'est réfugié dans son dernier étage. Il y est chez lui, au milieu de ses caleçons Brooks Brothers achetés à New York et de ses écharpes Etro venues de Milan, parmi ses cravates, qu'il ne porte jamais, accrochées à une porte de placard – avec deux paires de patins à glace offerts par Pénélope, une pour elle, une pour lui. L'ordinateur est allumé. Sa chronique de la semaine à venir n'est pas commencée. Le sujet ? Le chromofooding, une invention diabolique. Il s'assied dans son lit :

« La grâce ? demande-t-il à Léone, qui, les seins nus, le regarde dans la glace.

— Si je me souviens du catéchisme de ma grand-mère, la grâce, c'est reconnaître Jésus, l'écouter, le suivre. Je peux te piquer une chemise ? La blanche ?

— Choisis celle-ci, avec la petite ganse à la lisière, c'est de chez José Lévy. Elle te va.

— Encore un cadeau de Pénélope ? L'homme, créé par Dieu, s'en tire comme il peut. C'est alors bien sûr que viennent les complications car depuis le début, même dans l'état adamique, on ne vivait pas en Dieu... mais en plus il y a eu le péché, la chute, le fruit défendu... bref, la mort.

— Tu gâches tout, je commençais à te suivre et j'adore ton état évique. Le péché originel, c'est Ève ! Tu crois qu'elle était aussi sportive que toi ?

— Tu plaisantes, ce n'est pas à cause d'Ève que tous ces malheurs nous sont arrivés. Le coupable, c'est le serpent, et la liberté laissée par Dieu à l'homme. Je peux te piquer aussi un caleçon ?

— Dieu ne nous connaissait pas encore. On aurait su s'en sortir, nous. Toi, comme moi. Adam et Ève se sont fait avoir comme des débutants. On peut refuser l'aide, refuser la grâce, et choisir le péché. Toi, hier soir, quand je t'ai proposé un dernier verre.

— J'ai eu honte pour toi, c'était vraiment ringardos. Ceux qui prennent l'habitude de refuser la grâce divine s'habituent aussi aux péchés, même les véniels, et se risquent à perdre le Ciel.

— Tu es en état de grâce, toi ? Moi je me sens très coupable, sans plaisanter.

— Être en état de grâce, c'est être en état de réconciliation avec Dieu, ça demande de passer par la confession, par un prêtre. Je peux te filer des adresses. Mais cela ne suffit pas car il faut avant tout regretter ses péchés, c'est ce que nous appelons la parfaite contrition. Tu as vu ma chaussure ? Les jansénistes la recherchent plus que tout, c'est la plus dure à obtenir mais elle donne la grâce directement, sans prêtre ni confessionnal. Ce matin on en est assez loin.

— Compliqué, le pardon !

— Pour les catholiques "classiques", pour recevoir le pardon des péchés il faut regretter sincèrement, se confesser, avec acte de contrition et acte de pénitence, réparer le tort qu'on a fait.

— Pour les jansénistes, c'est plus simple ? Tu crois qu'il faut que je dise tout à Pénélope ?

— Là où le péché abonde, la Grâce surabonde.

— Maxime janséniste ?

— Non, Wandrille, de Martin Luther.

— Et alors, comment se lave-t-on de ses fautes, chez vous ?

— Pour les jansénistes, l'homme ne peut pas avoir le regret parfait de ses péchés car il demeure concupiscent...

— Ça, Léone...

— Il doit donc faire des exercices pour gagner le pardon.

— Des pompes ? Des abdos ? Des chapelets ?

— Les prêtres jansénistes refusaient de donner l'absolution, même en confession, sans contrition parfaite.

— Des coriaces. Je crois que je préfère renoncer. Je ne lui dirai rien. De toute manière, ni toi, ni moi n'avons envie de commencer une histoire d'amour. C'est ça qui nous rend moins coupables, enfin moi...

— Je dois te signaler qu'il y a aussi la contrition imparfaite, plus courante. Elle est aiguisée par

la peur du châtiment, de la punition, la honte, la
culpabilité... mais elle pousse à la confession, pas
au mensonge par omission. Fais ce que tu veux, je
n'ai pas de conseils à te donner.

— Donne-moi ton absolution, toi !

— En échange de ta contrition imparfaite ? Je te
bénis et je garde ta chemise. Va en paix retrouver
ta Pénélope, tu vas être en retard. »

Cela devait arriver. Le bolide rouge coquelicot
est tombé en panne la veille. Un châtiment céleste
par anticipation. Trop beau, trop frime, trop rouge,
prédestiné à la batterie à plat. Wandrille est fata-
liste. Il a demandé au chauffeur du gouvernement
de trouver des pinces crocodiles. Il a déjeuné rapidement, seul face à sa conscience, debout devant
son réfrigérateur.

À la gare du RER, à la station Invalides, il faut
passer son temps à indiquer la direction de la tour
Eiffel. Perdu dans la foule des touristes, Wandrille
comprend qu'il se trouve au point nodal du tourisme national : s'y rejoignent ceux qui vont voir
Versailles et ceux qui vont à la Tour.

Pénélope arrive.

« Tu m'attends depuis longtemps ? C'est gentil !
Tu as encore semé ta protection du GPHP ? Tu vas
te faire...

— Assassiner ? Pour toi ? Dis-moi où nous allons.

— Aujourd'hui samedi, je ne travaille pas ! Pas
de Versailles, changement de cap. Tu veux comprendre ce que nous avons vu dans le pavillon de

l'ancienne herboristerie ? J'ai trouvé deux livres sur le sujet. Je sais tout. Je vais te faire découvrir, à côté du métro Place-Monge, une des plus jolies églises de Paris, et qui porte un beau nom : Saint-Médard. »

Wandrille, un peu blême, se souvient de Sourlaizeaux et fronce le sourcil. Il aurait dû, depuis longtemps, parler de Saint-Médard à Pénélope, lui dire qu'il sait lui aussi ce qui s'est passé dans ce cimetière au XVIIIe siècle.

9

« *De par le Roi, défense à Dieu de faire miracle en ce lieu* »

Paris, samedi 11 décembre 1999

L'église Saint-Médard ne cache rien de son histoire. La « pelle à tarte » en métal posée devant la façade par les services municipaux commence par signaler la construction de l'église à la fin de la Renaissance. En préparant le concours des conservateurs avec Léopoldine, sa meilleure amie, Pénélope avait entrepris de recopier une à une toutes les pelles à tarte de Paris. Elles en oubliaient de visiter les monuments. Faire tenir l'histoire d'un lieu en huit lignes, excellent exercice. On gagnait beaucoup de temps pour les révisions.

Ici, le résumé évoque surtout le XVIIIᵉ siècle : « Au cimetière de Saint-Médard, sur la tombe du diacre Pâris, des miracles se produisirent et des scènes de convulsions. L'archevêque de Paris en fit interdire l'accès. Un écriteau populaire fut posé sur la porte : *De par le Roi, défense à Dieu de faire miracle en ce lieu.* »

« Le plus fou, dit Wandrille, c'est que Dieu a obéi. » Au bord de Saint-Médard se trouve un square où jouent des enfants emmitouflés, pas de cimetière. Le panneau à côté de la porte métallique fournit d'autres détails. Wandrille lit à haute voix : « Le cimetière, déplacé en 1691, se trouvait au niveau du chevet de l'église. Les fameuses convulsions eurent lieu là de 1727 à 1732, date à laquelle le cimetière fut fermé. Le tombeau du diacre Pâris sur lequel les miracles s'étaient produits et qui servait de scène aux convulsions a aujourd'hui disparu. À sa place, a été construite au début du XXᵉ siècle l'actuelle chapelle des catéchismes. »

Au fond du square, en effet, un massif de pierre se dresse.

« La chapelle des catéchismes, ça ? Les enfants auraient peur ! Ces pierres grises, alors que l'église est si mignonne… Tu me parles de ce diacre Pâris depuis tout à l'heure, je ne sais même pas qui c'était. Un type devenu janséniste sous Louis XV ?

— Un théologien de premier ordre, Wandrille. Il n'avait jamais voulu être ordonné prêtre, par humilité. Il s'occupait d'enseigner aux clercs. On disait que c'était un saint.

— La date est écrite : 1901. On croirait un tombeau, un mastaba égyptien. Cette énorme croix au-dessus de la porte, cette sorte de clocher. Ce n'est pas une chapelle, c'est une autre église. Une église sépulcrale. Et il n'est pas difficile de deviner quels cultes on y célébrait... Du genre de celui de l'autre nuit.

— Tu as lu l'inscription, sur la façade. La référence est indiquée dans la pierre, Évangile selon saint Jean, livre XI, verset 28. "La Vérité nous rendra libres." Tu crois qu'ils veulent nous dire que nous approchons de la solution, de la vérité ?

— Péné, cette phrase-là ne s'applique pas à une chapelle pour les enfants ! La porte est fermée.

— On progresse, nous, vers la vérité. Tu m'as l'air troublé. Elle te plonge dans l'affliction, cette chapelle ?

— Tu sais, cette chapelle, je ne l'avais pas bien vue parce qu'elle est greffée à l'église, mais je la connais déjà.

— Tu es venu ici ?

— Elle est comme la table de Waddesdon. Elle existe ailleurs.

— Tu hésites à me dire où ?

— Au fond d'un parc séculaire et sombre, dans un château des Yvelines, et la même date est écrite sur le fronton.

— À Sourlaizeaux ?

— Tout juste. »

10

Le greffier des convulsions

Paris, samedi 11 décembre 1999

« Péné, tu pourrais profiter de ce que tu es à Paris pour aller enfin chez le coiffeur, toi qui passes ta vie à te plaindre qu'à Versailles tu n'en trouves pas de bon. »

Wandrille a débité cette phrase à toute allure. Il vient de voir arriver dans une rue qui longe le square, celle qu'il souhaitait le moins voir apparaître. Il parle pour détourner l'attention de Pénélope qui, nez en l'air, ne répond pas à cette tentative de diversion capillaire qui tombe au plus mauvais moment :

« Tout cela prouve que le jansénisme a survécu longtemps après la Révolution…

— Pénélope, je t'ai parlé de Léone de Croix-marc, Léone, voici Pénélope Breuil, mon amie. »

Léone les a retrouvés. Par hasard. Elle redit ce que Wandrille sait déjà : elle habite à côté, rue du Puits-de-l'Ermite. Une maison qui appartient à sa famille depuis toujours, depuis son aïeul parlementaire en robe rouge qui assistait aux miracles de

Saint-Médard. C'est évidemment ce que Wandrille craignait depuis le début. Dans son malheur, il a une chance de pendu : Léone a mis un col roulé noir en cachemire un peu usé aux coudes.

« Venez, montez, je vous raconte toute l'histoire de l'église ! Pénélope, on se tutoie ?

— Si vous…

— On se tutoie d'autant plus que va arriver dans cinq minutes quelqu'un que tu connais bien et que Wandrille sera content de retrouver. Un ami de papa et maman depuis Mathusalem ! J'étais descendue lui acheter du cake. »

Chez Léone, à peine Pénélope et Wandrille ont-ils eu le temps de regarder l'appartement, très design scandinave et liste de mariage chic d'il y a quarante ans, on sonne. Bonlarron entre, semble chez lui. Il s'assied dans un canapé de velours rouge de Jean Royère, assorti à ses chaussettes, le sourire un peu forcé.

« J'avoue, chers amis, que j'attendais de mieux vous connaître pour vous le dire. J'appartiens, comme Léone, à une petite famille d'esprit qui se réclame du jansénisme du XVIIIe siècle, et aussi de celui de Port-Royal. À Versailles, je n'en parle pas trop, nous n'avons jamais été en odeur de sainteté chez le Roi-Soleil. Léone m'a dit qu'elle en avait touché un mot à Wandrille. Ça ne signifie pas grand-chose, c'est un peu du folklore. Ma tante Bonlarron y tenait beaucoup et y croyait mordicus. Je crois que c'est comme ça que m'est venu le goût de l'histoire.

— Mais cette chapelle des catéchismes, Léone ?

fait Wandrille, voulant s'épargner l'histoire de la naissance d'une vocation.

— Tu l'as reconnue, hein ? Tu sais que j'adore faire le catéchisme !

— Tu avais dû me le dire, oui… C'est bien la même ?

— C'est mon arrière-grand-père qui a beaucoup contribué à son édification. Il a voulu la même, en plus petit, à Sourlaizeaux. À l'emplacement du tombeau du diacre, dans notre sépulcre, il a mis notre grand crucifix. »

Wandrille, qui voit, comme un signe dans le ciel, le tire-bouchon général de Gaulle lui apparaître, décide d'avoir enfin la vérité :

« Que se passait-il, au juste, sur ce tombeau ? »

À l'origine, raconte Léone, avant que Louis XV ne fasse tout barricader, Saint-Médard possédait un cimetière avec un préau. La porte murée se voit encore, quand on passe par la petite rue derrière l'église. La nouvelle a couru très vite : il s'était produit des guérisons miraculeuses de femmes et d'hommes qui s'étaient allongés sur la tombe. Le peuple était venu voir. Le préau ne désemplissait pas, les spectateurs prenaient place et des prêtres, ou quelques laïcs initiés, faisaient venir des malades de toute la ville. Les fameuses convulsions ont commencé à ce moment : les corps se tordaient, les femmes surtout criaient, il fallait les attacher à la pierre qui est devant la dalle. Des gravures en témoignent. Elles ont circulé. Certaines sont aux murs du salon, encadrées. Pénélope et Wandrille se lèvent pour les regarder. Des scènes effrayantes, devant des hommes et des femmes des quartiers voisins, mais aussi manifestement quelques courtisans vêtus avec recherche. L'Église n'a rien voulu savoir. L'archevêque de Paris a tout interdit. Le cimetière a été clos. Il a suffi d'interdire pour que la braise s'enflamme. Les cérémonies sont devenues privées. On invoquait les mânes du diacre Pâris dans quelques maisons amies, presque toutes dans ce quartier.

« Il est probable que dans ce salon...

— Ah non, Léone, ajoute Bonlarron je ne veux pas imaginer que sur ce canapé...

— Qui vous parle de canapé ? Les filles se traînaient nues par terre. Puis a commencé l'épreuve du sang. »

Wandrille regarde alors Pénélope, certain de ce qu'elle va oser dire :

« On leur coupait les doigts ? »

Wandrille regarde ses baskets, des Puma violettes.

« Non. »

C'est Bonlarron qui a répondu, après un silence.

« Je sais qu'on a vu un doigt coupé l'autre jour, dans ce meuble, ça n'a aucun rapport. J'ai pris l'avertissement pour moi. J'ai eu un doigt coupé, adolescent, en maniant une tronçonneuse. Depuis, j'ai une peur maladive du sang. Je crois que dans l'affaire des convulsionnaires il n'a jamais été question de doigt coupé. Léone, je me trompe ?

— C'était plus raffiné. On a d'abord utilisé des épingles. On les leur enfonçait dans la tête.

— Léone, arrêtez !

— C'est de l'histoire, ça n'a rien de honteux. »

Les filles ont demandé ensuite à avoir les plaies du Christ, alors on a forgé des clous à l'ancienne. Le public fut bientôt composé en majorité d'hommes. Ils portaient tous des épées. Il n'y eut presque pas de morts. Le prodige, c'est que les épées se tordaient et n'entraient pas dans les chairs. On leur a ensuite donné des coups de bûche. Léone décroche une des gravures, à côté des rayonnages de la bibliothèque, et la tend à Pénélope.

« Léone, si vous continuez, je sors.

— Mais, fait Wandrille, comment sait-on tout ça ?

— Il y a un gros livre qui date de l'époque, *La Vérité des miracles*, et surtout des récits manuscrits. Innombrables. Ils sont tous gardés à la bibliothèque de l'Association des amis de Port-Royal, à deux pas. J'en ai ici, papa en avait recopié un certain nombre. Tu veux entendre ? J'ouvre au hasard :

"19 octobre 1749, sœur Rachel Gertrude. Les souffrances redoublent à un point excessif. Tous ses membres se raidissent. Elle s'agite violemment. Son corps allongé s'élève en arc par la force des raidissements. Cet état, qui faisait peur à tout le monde, dura pendant tout le discours qu'elle pronça, d'une manière entrecoupée et comme mal-

gré elle." Car elles prophétisent toutes, décrivent des palais, des villes, des anges...

— Elles parlaient de Versailles ? risque Pénélope.

— Une sorte de Versailles, poursuit Léone, que je te retrouve la page, c'est une poésie un peu particulière : "*17 avril 1757, sœur Orpheline. Mon guide m'a menée aujourd'hui dans une plaine, où il y avait deux bâtiments de structure tellement différente que l'une paraissait être le renversé de l'autre. Nous approchâmes de ces bâtiments et je vis sur la porte du plus grand une inscription où il y avait en gros caractères :* Manufacture du Néant en l'Être, *et sur la porte de l'autre :* Manufacture de l'Être en Néant."

— Quand Saint-Simon, se souvenant de Versailles, dit qu'il écrit pour se montrer à lui-même, pied à pied, le néant du monde, c'est un peu ça, ajoute Bonlarron, semblant craindre la suite des extraits que Léone retrouve en feuilletant dans ses liasses.

— Sartre, *L'Être et le Néant*, ça a quelque chose à voir ? » fait Wandrille, pour une fois un peu à côté.

Léone reprend sans lui répondre :

« Un autre extrait ? Pour vous donner une idée du ton général, plus hard, c'est dans les années qui suivent : "*Crucifiement de la sœur Monique, l'avent 1779 : après lui avoir fait avaler une boisson mêlée d'excréments, cloué avec cinq clous la langue sur une petite planche, de même à chaque oreille. Puis nombre de percements à ces endroits, il en sort du sang. Couronne avec un bistouri ou un canif sur la peau du crâne profondément tracée, le sang en sort. Puis, on place dans la plaie tantôt 25, tantôt 100 épingles et des clous. Il en est resté planté 72. Les épingles la font souffrir jusqu'aux larmes. Mais soumission entière. Et une grande joie ensuite d'avoir fait la volonté de Dieu." »*

Tout le monde s'est tu. Léone a encore lu d'autres passages, du même style, avec des rituels de torture et des cris de folie. Bonlarron semble un peu gêné. Il se ressert de thé sans en proposer à personne. Il sort de sa poche un vieux paquet de cigarettes d'une marque indéfinissable, le pose devant lui, sans oser en sortir une. Il tente de faire entrer à nouveau Wandrille, un peu muet depuis quelques instants, dans la conversation :

« Vous voulez des places pour *Hercule et les Muses*, un opéra baroque redécouvert qui sera donné à l'Opéra royal pour Noël ? J'ai récupéré quelques billets de faveur. Wandrille ? Ça serait amusant pour une de vos chroniques ?

— Il assomme les muses avec sa massue ? Je connais tous ces trucs-là par cœur, maman nous y a traînés pendant des années, les passe-pieds et les sarabandes, les extases pendant le second rigaudon de *Dardanus* et compagnie, merci ! Désormais les opéras baroques ressuscitent sans moi. Mais votre orchestre de Versailles est formidable, il réussit même à reproduire sur instruments anciens le son que fait ma chaîne quand elle se met à vibrer toute seule.

— Léone, dit Pénélope, j'aimerais en savoir plus sur ces femmes qui se tordaient de douleur sur la tombe de votre diacre Pâris.

— Elles n'étaient pas toujours très chastes dans leurs tenues, ni dans leurs chorégraphies.

— Des femmes de la Cour ?

— Les femmes qui participent à ces cérémonies sont des femmes du peuple. Beaucoup de servantes venues de province. Elles sont frappées de coups d'épée. Elles sont marquées de dessins qui ressemblent à des scarifications africaines. Elles reçoivent des brûlures rituelles.

— C'est votre modèle religieux ? Hacher menu des femmes de chambre ? ironise Wandrille

— Comprenez l'idée : elles étaient volontaires. Elles vivaient, dans leurs corps, les souffrances de la véritable Église persécutée. Elles étaient le peuple de Dieu, elles vivaient les péchés des hommes. Elles communiaient au martyre de l'humanité. En ce sens, elles continuaient le jansénisme de Port-Royal. On a leurs noms : sœur Aile, sœur Dorothée, sœur Fontaine, sœur Catin... Il y a aussi, de temps en temps, des garçons imprimeurs et des palefreniers, très jeunes en général, frère Imbécile, frère Ange, frère Aimable. Eux aussi, on avait le droit de les fouetter et de les clouer.

— Aux fous !

— Tous prophétisaient. Les peuples non chrétiens devaient bientôt se convertir. La Chine adorerait le vrai Dieu. Le prophète Élie reviendra.

— Et à l'approche de l'an 2000, toute cette hystérie se réveille, c'est cela ?

— Qui te dit, Wandrille, que cela se réveille ? répond Léone. Il n'y a plus de cérémonie convulsionnaire depuis la fin du XVIIIe siècle, je te rassure. Il nous reste les archives de Port-Royal, rue Saint-Jacques : des milliers de pages de descriptions de ces rituels. On reconnaît sur la plupart la petite écriture régulière de l'avocat Louis-Adrien Le Paige, un homme d'une grande intelligence, probablement la vraie tête du mouvement. Il assistait à tout. Il notait, comme un greffier, le nombre de coups, les aiguilles enfoncées dans les têtes, les clous préparés pour celles qui devaient être crucifiées.

— Il était pire que le marquis de Sade ton M. Le Paige, Léone ? demande Wandrille, rêveur.

— Pire ? Il y a deux différences avec Sade. La première c'est que dans les scènes que décrit Le Paige, avec toutes ces filles sacrifiées, il n'y a jamais rien de sexuel.

— C'est mieux. "Il n'y a pas de rapport sexuel", c'est Jacques Lacan qui l'a dit. Seconde différence ?

— Simple, Wandrille, ça tient en une phrase : chez Sade ce sont des fantasmes, ou, si tu préfères, de la littérature, chez Louis-Adrien Le Paige, ce sont des descriptions. »

11

« *La beauté sera convulsive* ## *ou ne sera pas* »

Paris, samedi 11 décembre 1999

Léone a extrait de la bibliothèque une édition originale reliée en noir et l'ouvre sous le nez de Wandrille :

« Tu connais la dernière phrase de *Nadja*, qu'André Breton a écrite en majuscules ? *La beauté sera convulsive…* C'est magnifique !

— Breton savait tout de l'histoire des convulsionnaires. Saint-Médard, c'est une crise de surréalisme sous Louis XV, confirme Bonlarron.

— Vous n'exagérez pas un peu ? » demande Pénélope.

Bonlarron, heureux qu'on ne parle plus trop de femmes crucifiées, se lance dans une explication enflammée. Aucun des assistants n'ose l'interrompre cette fois. Tout, dans l'histoire des jansénistes secrets, est convulsion. La nuit du 23 novembre, quand Blaise Pascal eut sa révélation, ce que raconte le *Mémorial*, ce morceau de papier qu'il porta sur lui toute sa vie, c'est la première des convulsions. Ensuite, la destruction de Port-Royal, la profanation du cimetière, ce sont aussi des convulsions. Des convulsions que la terre a subies, les pierres, le cloître et la chapelle. La mort putride de Louis XIV, c'est une horrible convulsion, comme si par ses souffrances, il était devenu l'un des nôtres avant de disparaître. Le roi est aussi un corps, l'État est un corps, qui se tord, qui vibre, qui crache son sang. La Révolution française est une convulsion, la plus radicale de toutes. La suite logique de la destruction de Port-Royal, l'aboutissement des convulsions du cimetière de Saint-Médard. Selon Bonlarron, les historiens de la Troisième République ont essayé de gommer cette histoire. Ils ont décrit les causes de la Révolution en ne parlant que des philosophes des Lumières. Il s'enflamme :

« Vous croyez que la foule de 1789 avait lu les philosophes ? Ils avaient tous entendu parler des convulsionnaires. Nous avons été les Lumières des illettrés. À côté de Voltaire, de Diderot, de d'Alembert, de Rousseau, il faut rendre leur place à nos pamphlétaires, à nos imprimeurs clandestins, à nos libellistes. On a voulu gommer leurs noms des livres de la grande histoire : d'Étemare, Carré de Montgeron, Le Paige, c'est à eux aussi que l'on doit 89 ! Des abbés et des avocats qui ont écrit des milliers de pages pour défendre la morale, la foi, contre le Roi, contre Versailles.

— La revanche des jansénistes, la victoire de Port-Royal rasé !

— Nous n'avons pas pu raser Versailles, pas encore. Détruire le palais. Je plaisante. On m'y a nommé conservateur, j'emploie mes forces à le faire perdurer...

— Vous vous êtes contentés des jardins, du potager.

— Pour le cimetière j'ai été surpris, je vous l'avoue. Je ne m'attendais pas à voir les os réapparaître. Les pierres tombales sont restées dans l'église du village de Magny-les-Hameaux.

— Vous avez miné Versailles de l'intérieur, vous lui avez donné un sens invisible. Vous en avez fait votre mémorial.

— Nous avons aussi vidé les tombeaux des rois à Saint-Denis. On a sorti de terre le cadavre gangrené de Louis XIV. Un des soldats a coupé la moustache d'Henri IV pour l'offrir à sa petite copine. Nous ne cherchions pas la vengeance, mais la justice et la vérité.

— Louis XVI a payé pour Louis XIV.

— Et pour Louis XV qui avait fait incarcérer tant des nôtres, toléré que l'on ferme le cimetière et le tombeau du diacre Pâris. Vous savez où l'on a enfermé Louis XVI ?

— Dans la vieille tour du Temple transformée en prison.

— Bien, Wandrille. Et qui était bailli du Temple, avant la Révolution, logé dans cette forteresse médiévale que personne n'avait voulu détruire au cœur de Paris ? Louis-Adrien Le Paige. Il y avait ses appartements. Ces meubles sobres et simples que l'on voit dans les gravures monarchistes montrant *Les Derniers Adieux du Roi à sa famille* ou *Louis XVI dans sa prison*, ce sont les appartements de Le Paige. On a voulu faire croire que c'était le logis de l'historien de l'ordre de Malte qui lui aussi habitait là, erreur ! Tout s'est passé comme si le chef des jansénistes secrets avait lui-même emprisonné le Roi.

— Vous divaguez, intervient Pénélope, c'est aussi absurde que de dire qu'on a mis le Roi au Temple parce que c'était le château des Templiers et que l'échafaud de 1793 a été la revanche de Jacques de Molay, brûlé vif par Philippe le Bel. J'ai lu ce genre de divagations dans des ouvrages peu sérieux.

— Absurde ? Pourquoi croyez-vous que Le Paige, qui était avocat au Parlement de Paris et aurait dû habiter un joli hôtel particulier à la mode, avait voulu loger au Temple à l'ombre d'un donjon sinistre ? Vous ne pensez pas que les Templiers et les jansénistes, c'est un peu la même histoire ? Des hommes de bien, des hommes de Dieu, des hommes de culture et d'honnêteté, des hommes riches et des hommes du peuple, qui par leur simple existence constituaient, pour les rois de France, la menace suprême. »

Bonlarron se lève, marche vers la fenêtre, et poursuit avec autorité :

« La République n'a jamais oublié la mémoire de Port-Royal et de Saint-Médard, elle sait ce qu'elle nous doit. L'Église officielle nous hait sans trop oser le dire. Quand François Mitterrand a fait entrer l'un des nôtres au Panthéon, l'abbé Grégoire, l'archevêque de Paris a protesté. Les journalistes n'ont pas bien compris pourquoi. Pénélope, vous avez eu une éducation religieuse ?

— Chez moi, à Villefranche-de-Rouergue, pas beaucoup depuis. Je m'ennuyais au catéchisme, j'aurais voulu qu'on me raconte comment Moïse avait traversé la mer Rouge, comment Jésus avait multiplié les pains. On n'apprenait pas beaucoup les miracles, je suis tombée à la mauvaise époque. Une dame très comme il faut organisait des débats sur la peine de mort, sur l'avortement et l'euthanasie.

— Je vois. Vous avez compris au moins qu'elle avait raison ? Que c'est ça, la religion ? Réfléchir aux bonnes questions. »

Pénélope se tait pour le laisser parler. Il ne demande qu'à prêcher, comme s'il était devant un auditoire de pèlerins secrets, de premiers chrétiens réfugiés dans cette sorte de catacombe qu'est devenu, avec la tombée du soir, le salon des Croixmarc.

« Ici, c'est le quartier des convulsions : les femmes hystériques étudiées par Charcot à cinq minutes d'ici, à la Salpêtrière, d'où venaient-elles d'après vous ? On a leurs noms dans les registres de la faculté de médecine. Elles sont toutes des nôtres. Ce ne sont pas des hystériques, ce sont des saintes. Vous savez pourquoi le quartier s'enflamme si facilement ? Parce que nous sommes des flammes. Nos corps sont prêts sans cesse à recevoir les révolutions de ce monde.

— Vous allez finir par me dire que Mai 68… ?

— C'est évident. J'y étais. Vous savez combien des nôtres se trouvaient dans la chapelle de la Sorbonne le jour où elle a été occupée ? Simplement personne ne l'a su. Personne ne l'a dit. Aujourd'hui beaucoup des nôtres ont des postes à l'université, dans toutes les disciplines, pas uniquement les sciences religieuses.

— Vous allez nous faire croire à une société secrète…

— C'est plus subtil. Nous savons vaguement que nous existons, nous nous reconnaissons parfois, mais nous n'agissons pas. Il y a un membre de la Cour des comptes, un préfet, un conservateur de Versailles, un ancien ministre, une éditrice célèbre, une boulangère, une ancienne diplômée de l'école du cirque avec mention… Nous n'avons rien à faire sur terre. Nous laissons opérer la Grâce divine.

Nous n'avons pas à tramer de complot ou de réunions nocturnes pour décider de revenir à la pureté du monde. Nous nous contentons de prier devant nos crucifix aux bras levés. Nous attendons que Dieu se manifeste. Qu'il entre en nos corps. C'est notre manière de recevoir son corps à lui, son corps de douleur et de sacrifice, au-dedans de nous, invisible. »

12

Cambriolé par le ministère des Finances

Paris, samedi 11 décembre 1999, 18 heures

Tous fous ! Devant l'entrée de la maison fami-
liale, place des Vosges, Wandrille, un peu étourdi,
trouve un camion gris et des hommes en gris qui
transportent des caisses. Le monde réel. Pénélope
a repris le chemin de Versailles, elle dîne ce soir
avec Zoran. Sous les arcades, deux fonctionnaires
en uniforme reconnaissent le fils du ministre :
le GPHP est en action. À l'intérieur, c'est un tour-
billon. Son père a organisé un déménagement. Il a
décidé de loger à Bercy. Le nouveau ministre ne
veut à aucun prix attirer l'attention sur sa maison,
achetée pour le prix d'un appartement mochard
dans le XVIe arrondissement, au moment où le
Marais n'était pas mis en valeur. Au fil des années,
et des postes de plus en plus importants qu'il
a occupés, des travaux ont été entrepris. Il a
dégommé un étage, tout cassé, mis à la benne des
poutres peintes du XVIIe siècle et conçu un loft
blanc meublé en trente et en cinquante. Wandrille

a hérité des combles et d'une série de meubles qui correspondent aux étapes révolues de l'ascension paternelle : un buffet provençal, des étagères en bois blanc, une table avec plateau de Plexiglas, trois ou quatre canapés ostracisés, dont le clic-clac à qui il avait dû sa première conquête, en terminale, une collection de souvenirs. Il y monte directement, imaginant ce qui se passe : le plus beau de ses canapés, celui que sa mère avait choisi il y a dix ans en tissu de chez Pierre Frey, a déjà été enlevé. Sa petite étagère, si pratique pour ranger ses coupures de journaux et ses articles, a été vidée avec beaucoup de propreté sur son bureau, puis embarquée. Pour meubler l'appartement de Bercy, surtout ne montrer aucune des icônes du design qui décorent le salon, les Jean-Michel Frank et les Eileen Gray. En revanche, tout ce qui témoigne de l'époque précédant celle à partir de laquelle ses parents ont eu du goût a été sélectionné. Pour l'appartement de fonction, du fonctionnel.

Le refuge de montagne de Wandrille a été cambriolé. Passé le premier moment de fureur et après le coup de fil calmant donné à Pénélope, Wandrille commence à ranger. Sur son bureau, il écume dix ans de pages découpées dans *Le Monde, Le Figaro, L'Humanité, Le Nouvel Observateur, Le Point* et *L'Express*, tous les portraits de la dernière page de *Libération*, précieuse documentation sur tous les sujets, qu'il ne regarde jamais, la pile de livres datant de l'époque où il avait imaginé d'écrire une biographie du duc de Windsor, le précieux cahier où il colle toutes ses chroniques depuis cinq ans, ses « œuvres complètes ». Sur le verre transparent, à côté de son ordinateur, de ses stylos, de ses lunettes de piscine et de ses cartons d'invitation, il voit tout de suite ce qui manque : les plans achetés à Versailles. Les vues de jardins sont là, les gravures aussi, il n'y a que les deux feuilles manuscrites qui fassent défaut. Impossible d'imaginer que le GPHP vole des secrets d'État du temps de Louis XIV. Wandrille s'assied par terre, compose à nouveau le numéro de Pénélope, et commence à tout reprendre feuille par feuille. Puis il se dirige vers deux armoires que la charité paternelle lui a permis de conserver. Il ouvre le cabinet de toilette, entreprend des fouilles stratigraphiques sous le lit. Une heure plus tard, il en est certain, on lui a volé ses plans.

Appel direct à son père : le ministre, bien sûr, l'envoie paître. Le GPHP travaille parfaitement, ils ont fait venir des déménageurs qu'ils connaissent et une réunion interministérielle commence dans cinq minutes. Depuis son bureau de Bercy, le ministre a conclu, royal, comme quand Wandrille avait huit ans : « Et puis commence par ranger ta chambre. »

Pénélope, au troisième appel, est devenue laconique :

« Ils ont dû les jeter sans faire attention, qui veux-tu que ça intéresse ?

— Je ne plaisante plus. Ces plans, c'est capital. Un surtout, qui montre un Versailles qui n'a jamais existé.

— À qui les avais-tu montrés après la vente ?

— À toi, et à Thierry Grangé.

— Capable de tout celui-là. Appelle-le. Tu veux son numéro de ligne directe ? »

Deux minutes plus tard, Wandrille commence à laisser sonner dans le vide le poste de l'architecte. De guerre lasse, il repasse par le standard, on lui transmet le secrétariat de l'agence d'architecture, qui travaille aussi de temps en temps pour des privés, abus que Pénélope lui a lourdement signalé. On décroche.

Depuis l'heure du déjeuner, personne n'a vu M. Grangé.

13

Couscous chinois

À Versailles, le couscous peut être excellent. Il
suffit de longer le château par la rue de l'Indépen-
dance américaine, de descendre un peu la rue Saint-
Julien et d'aller chez « Tiouiche, spécialités orien-
tales », à deux pas du carré austère et massif du
Grand Commun où se trouvaient les services de la
Bouche du Roi, le palais des marmitons.

La ville se prépare à Noël. Cette année encore,
Saint-Louis, la cathédrale plus intellectuelle, se
donne pour but d'enfoncer Notre-Dame, la paroisse
des bonnes familles. Les illuminations ont été ins-
tallées la veille. Le magasin « À la protection de
Marie » a fait une vitrine à tout casser, avec des
anges et des bergers en papier doré. Pénélope l'a vu
en passant sur le parvis de la cathédrale, mais n'a
guère eu le temps d'explorer le quartier Saint-Louis.
C'est Zoran Métivier, toujours à l'affût des lieux
branchés, qui lui a recommandé le couscous et qui
l'a invitée à dîner.

Pénélope, heureuse de ne plus entendre parler des jansénistes et de leurs obscures pratiques, a accepté avec enthousiasme. L'hystérie de l'art contemporain lui paraît plus digeste. Surtout, elle a eu le sentiment étrange que cette Léone de Croixmarc menait le jeu, dans son appartement de la rue du Puits-de-l'Ermite. À quoi rimait ce déballage ? L'idée de voir cette sorte de rivale accueillir chez elle son conservateur à elle, parler à Wandrille devant elle comme si elle existait à peine, lui donne envie de devenir agressive. Pour agresser, il faut des armes. Zoran en détient sûrement, lui qui a lancé depuis plusieurs saisons déjà ce rendez-vous d'été à Sourlaizeaux, un nom impossible à retenir, genre jardinage, branchitude et petits bateaux. Pénélope attend de Zoran une fiche détaillée et utilisable sur les Croixmarc : Léone, ses amants, ses fiancés et la liste de tout ce qui peut la faire entrer en fureur.

Pénélope attend, seule à sa table, détaillant les décors en céramiques peintes qui donnent au lieu une vraie touche marocaine. Le plafond est digne d'un vieux hammam de Fès. Le téléphone sonne dans son sac à main. À cette heure, c'est étrange. Aurait-elle fait, malgré elle, une conquête ? Elle reconnaît la voix polie de Jean de Saint-Méloir, le jeune diplomate, si prévenant durant leur voyage éclair en Grande-Bretagne :

« Vous m'avez intrigué l'autre jour. J'ai ressorti le dossier complet de M. Lu Maofeng. Il ne semble pas particulièrement recommandable. Mais je ne vous apprends rien et vous n'êtes pas sans savoir que le président Vaucanson partage ce sentiment. Il est réellement très appuyé dans son pays, la France le sait. En le laissant opérer à Versailles, vous ne courez pas de grands risques. Sur sa fiche, il y a un dernier détail, un peu discordant, qui mérite qu'on le relève.

— Dites !

— Vous saviez que M. Lu était chrétien ? Il appartient à une des plus anciennes églises de Chine, fondée à Shanghai. Sa mère jouait de la flûte traversière à la paroisse Xu Jia Hui, qui signifie le lieu de la famille Xu, à qui appartenait le terrain sur lequel leur jolie cathédrale de briques a été bâtie.

— Vous me faites peur.

— Pas de quoi ! L'obédience de M. Lu n'est absolument pas celle des pères jésuites, comme on pourrait le croire, il appartient à un groupuscule bien oublié, qui a survécu là-bas…

— Ne me dite pas…

— Les jansénistes, de doux rêveurs qui brodent sans fin des discours sur la Grâce. On ignore trop qu'il y en a en Chine, sans doute une vingtaine de familles, peut-être plus. Je me disais que cela pouvait vous amuser de le savoir et vous aider dans vos grands projets de mécénat. »

Pénélope, rêveuse, imagine alors un prodigieux réseau : de la Chine à Sourlaizeaux, de M. Lu à M. Bonlarron et à Médard, l'internationale des jansénistes. Léone de Croixmarc et Bonlarron savent-ils que le milliardaire chinois est un des leurs ? Probablement pas : à la Tégé, Bonlarron avait l'air de partager leur étonnement devant cette passion pour Versailles chez un ancien garde rouge devenu l'empereur des pattes de canard aux cinq parfums. Ou alors, le conservateur veut que leur lien reste caché.

Zoran entre à ce moment, la capuche de l'anorak rabattue sur le front, lunettes de travers :

« Génial ! Tu as été sublime, Péné, je suis fou de toi. Un appel de ton Vaucanson en fin d'après-midi, il est d'accord sur tous les noms de ma liste. Il était venu l'an dernier au rendez-vous de Sourlaizeaux, tu sais *Artistes d'aujourd'hui, jardinage de demain et petits bateaux d'hier*, c'était fabuleux, je t'en ai parlé. J'ai carte blanche pour monter des trucs du même style, mais puissance dix, à Versailles, dès l'an prochain.

— Calme-toi. Parle moins vite. Choisis ton couscous. Moi, je prends le royal.

— Of course. Au moins, ici, on est sûr d'échapper à Augustin de Latouille qui va nous raconter que c'est dans l'allée des moutons qu'il a appris à faire du vélo sans petites roues. Tu te souviens que j'avais dû me taper deux semaines de stage avec lui, à l'École du pat', quel grotesque ! Il ne me reconnaît plus en tout cas.

— Wandrille, tu sais, s'intéresse beaucoup à ta Léone. Il ne m'en parle qu'à moitié, je le connais par cœur, il me cache cette histoire.

— Tu es jalouse ? C'est nouveau, ça, pas ton style du tout.

— Il m'a offert une semaine de soins au Fitness Center du Trianon Palace, que dois-je croire ?

— C'est très généreux. Il paraît que c'est ce qu'il y a de mieux à voir dans cette ville, la piscine et le hammam du Trianon Palace. Tout s'achète, ricane Zoran, la bonne conscience, la mauvaise... Tu sais, je connais bien Léone, Wandrille n'est pas son style. C'est pas pour chercher à te rassurer, mais il n'y a rien entre eux. C'est exclu.

— J'ai un coup de fil à donner, tu permets ?

— Ce soir, je te permets tout ! »

Pénélope sort dans la rue froide. Il est encore possible de déranger son supérieur à cette heure-là. Elle appelle, guettant le moment où, dans les inflexions de sa voix, elle va sentir qu'il lui cache quelque chose ou qu'il ment.

« Je tenais vraiment à vous remercier, j'ai appris tellement de choses grâce à vous tout à l'heure.

— C'était une très bonne surprise de vous voir tous les deux chez Léone. Elle est un peu agitée, si j'ose dire, mais je la connais depuis qu'elle est toute petite, c'est une jeune femme extraordinaire.

— Oui, nous sommes tout de suite devenues amies. Cette histoire d'une église janséniste secrète, comme un fleuve souterrain qui parcourt l'histoire de France, c'est fascinant.

— Votre image est juste. Souterrain depuis 1709, mais qui aurait pu devenir un fleuve large et majestueux, si Louis XIV s'était laissé convaincre, si Louis XV avait compris !

— Ou déboucher en mer de Chine. Je viens de lire des choses à ce sujet. Des jansénistes persécutés se seraient établis là-bas.

— Où avez-vous bien pu lire ça, Pénélope ? demande Bonlarron d'un air méfiant. Personne ne raconte vraiment cette équipée…

— L'aventure n'a rien d'invraisemblable. Quand Jacques Ier d'Angleterre a persécuté une poignée de religieux rigoristes et austères, en 1620, ils ont bien fui vers un autre monde. C'est un peu l'histoire du *Mayflower* ?

— Un siècle plus tard, quand Louis XV a fait fermer le cimetière de Saint-Médard, un groupe de jansénistes secrets a en effet tenté la même aventure. Ils sont partis, mais dans l'autre direction…

— C'est très peu connu…

— Parce que l'histoire du christianisme en Chine a été écrite par les jésuites, des ennemis acharnés. Ils ne se sont pas attendus à nous voir surgir là-bas, du côté de Shanghai. Une ville qui a toujours su s'ouvrir aux réfugiés, jusqu'aux juifs du Japon qui sont venus s'y installer à la fin de la dernière guerre. Les jésuites avaient échoué, parce qu'ils péchaient par orgueil, ils voulaient convertir l'empereur. Nous avons eu moins d'ambition, mais nous avons réussi, nous nous sommes implantés. Nous avons fait des conversions dans le peuple. Vous avez entendu parler de l'affaire des rites chinois ?

— Non…

— Les jésuites ont voulu acclimater la messe

aux traditions de la Chine. Vous connaissez la rue Gerbillon, à Paris, Pénélope ?

— Joli nom.

— C'est une artère minuscule, vers le métro Saint-Placide. Le père Gerbillon a failli réussir la conversion au catholicisme de l'empereur de Chine. S'il avait réussi c'est l'avenue des Champs-Élysées qui porterait son nom.

— Qu'est-ce qui avait coincé ?

— Impossible de trouver du vin de messe en Chine ou d'en faire boire aux Chinois. S'ils avaient accepté de célébrer les offices en consacrant du thé ou de l'alcool de riz, il y aurait aujourd'hui un gros milliard de catholiques de plus sur terre.

— Vous imaginez, de l'alcool de riz et dire "Ceci est le sang du Christ", l'Église a bien fait !

— Je suis de votre avis, Pénélope. Je ne crois pas que la piste chinoise soit la bonne, ces familles exilées ont disparu, depuis le temps. Il faut que je vous laisse, *Hercule et les Muses* va commencer. »

Péné, les oreilles rouges, repasse la frontière marocaine. C'est Zoran qui râle :

« Ton couscous est servi depuis dix minutes, tu laisses tout refroidir ! *Perche la minestra si fredda !*

— "Parce que la soupe refroidit", dernières paroles écrites par Léonard de Vinci.

— Incollable. Cinq ans après, tu réussirais encore le concours du patrimoine ! Ton Wandrille s'inquiète, il a essayé de te joindre, il a appelé sur mon portable. Tu lui avais dit qu'on dînait en tête à tête ? Il a l'air assez tendu. Il a été sec. Il demande que tu le rappelles. Si tu veux bien, ce sera après le couscous ! J'ai envie de te parler sérieusement, Péné, pour la première fois depuis qu'on se connaît.

— Mais je vous écoute avec plaisir, monsieur le chef de secte. »

14

Un architecte de moins

Ce matin, Wandrille s'est donné comme objectif
de revoir Thierry Grangé. Il veut le faire parler.
Grangé est le seul à qui il avait montré, brièvement,
ce plan qui vient de lui être volé. La veille, Grangé
avait disparu de ses bureaux. Avec les vues de Port-
Royal qui sont au musée Lambinet, le plan manuscrit acheté à la vente, si on le retrouve, et peut-être
l'autre moitié qui serait à la bibliothèque de l'Institut, le puzzle commencerait à se recomposer. Un
Versailles étrange, qui pour partie ressemble au
Versailles réel, et s'échappe en même temps de tout
ce que disent les livres.

Seulement, le plan essentiel, celui qui l'avait tout
de suite mis en éveil, manque. Un plan, qui au premier regard, ressemble à celui de Port-Royal, avec
sa clairière ronde et ses vergers, tels qu'il les a vus
dans la grande gouache du musée Lambinet et qui
pourtant s'intitule « Versailles ». Un drôle de dessin
où se superposent les contraires, les perspectives

de Le Nôtre et les refuges des solitaires. Comme si Port-Royal se réincarnait, en surimpression et en plus grand, dans ce projet d'un Versailles idéal. Grangé, qui a dit qu'il avait déjà vu cela, peut lui expliquer. Reste à le trouver.

Wandrille se gare devant la grille. À cette heure-ci, Thierry Grangé doit déjà être à son bureau dans l'aile nord des Ministres. Pénélope va être surprise de le voir arriver. Elle aurait dû le rappeler hier soir, ce couscous avec Zoran, ça n'a quand même pas pu se prolonger toute la nuit. De quoi ont-ils parlé ? Wandrille, à qui les récits de Léone ont un peu donné la nausée, rongé par le remords de ses péchés, a plutôt envie de revoir Pénélope seul à seule. Il ira pousser la porte de son bureau quand il aura confessé Grangé.

Barbara n'a pas changé son circuit de jogging depuis sa découverte du 23 novembre. Aucune raison : un cadavre ne va pas lui gâcher son plaisir. Elle n'a pas de musique dans les oreilles. Elle prie en silence, en anglais, les yeux perdus dans les arbres. Elle pense déjà au grog qu'elle va se préparer.

« Longtemps, j'ai cru que j'avais des troubles du sommeil. Je me réveillais la nuit, raconte Aloïs Vaucanson, qui ne déteste pas parler de lui, je n'arrivais pas à me rendormir. J'ai attendu d'avoir au moins trente-cinq ans pour comprendre que je n'avais besoin que de cinq heures pour récupérer. Le jour où cette idée toute simple m'est venue, ce qui était mon principal handicap est devenu un atout. »

Pénélope vient d'achever son rapport. Elle n'a pas cité Bonlarron, ni Médard, elle lui a seulement parlé des Croixmarc. Elle s'est tue à propos de l'ancienne herboristerie. Elle s'est contentée de dire que, selon elle, la Chinoise avait subi un rituel convulsionnaire. Le président ne s'en montre pas surpris.

« Vous savez que cette histoire de la survivance de Port-Royal au XVIIIe siècle est oubliée de presque tout le monde, sauf d'une catégorie de fous illuminés bien particulière, dont je fais partie.

— Pas vous ! Le seul sain d'esprit...

— Rassurez-vous, je veux parler de la paisible secte des bibliophiles. »

Le courant janséniste, les miracles de Saint-Médard, les convulsionnaires se sont appuyés sur le commerce de la librairie. Sur le sujet, Vaucanson devient passionné. Les fidèles de Saint-Médard ont fait circuler des livres secrets, des libelles, des plaquettes, des gravures étranges. Les jansénistes du XVIIIe siècle gardaient un trésor secret, qui leur permettait de financer cette propagande. Les bibliophiles, aujourd'hui encore, s'arrachent ces raretés parce qu'elles proviennent d'imprimeries clandestines, que ce sont de petits tirages, dont de nombreux exemplaires ont été détruits dès l'époque par la police du Roi. Surtout parce que les histoires racontées par toute cette littérature maudite sont hallucinantes : des scènes d'hystérie violente, des miracles surréalistes, au sens propre, des prodiges. C'est le merveilleux en plein Paris, des récits magiques et magnifiques, des images très frappantes. Vaucanson s'enflamme. Les livres anciens sont sa passion. Depuis son premier salaire de jeune énarque, il y engloutit tout ce qu'il gagne. Ensuite, il accepte les postes qui ont des appartements de fonction. Il raconte comment il a pu rassembler en seulement dix ans les quatorze éditions dites « originales » des *Caractères* de La Bruyère, toutes différentes – impossible de savoir laquelle est la première. Il possède surtout l'édition *princeps* du chef-d'œuvre philosophique de Port-Royal, *La Logique ou l'Art de penser*, écrit par Antoine Arnauld et Pierre Nicole, un bestseller pendant deux siècles et demi. Ce texte capital a resurgi dans les années 1960, Michel Foucault s'est enthousiasmé en le lisant, le linguiste Noam Chomsky en a fait ses délices, c'est devenu la bible de la réflexion sur les rapports du langage et de la pensée.

« Il y a un chapitre consacré à l'"idée de signe" que tout le monde a repris, de Roland Barthes à Louis Marin... Vous avez étudié tout ça, Pénélope ?

— Un peu démodé, non ?

— Pas du tout, c'est la dernière époque où le monde entier a envié ses penseurs à la France ! En 1970, on a étudié *La Logique* de Port-Royal dans les universités américaines, sur fond de structuralisme !

— Vous êtes spécialiste !

— Le jansénisme, je n'y connaissais rien. J'ai acheté un jour, par l'intermédiaire d'un marchand de livres anciens de Nevers, le Vert-Vert, chez qui j'ai mes habitudes, une bibliothèque entière. Pas immense, deux cents livres, mais une vie entière passée sans doute à les réunir. C'est ce qui m'émeut. Tout cela est dans le vestibule, ici. Je n'avais pas de place chez moi, si ça vous intéresse, je vous laisse fureter... »

Barbara à cet instant vient d'arrêter sa course. Une seconde fois, c'est un peu trop. En haut des escaliers, elle se fige. À la même place que le 22 novembre, jour qu'elle a marqué d'une pierre noire et pensait ne jamais revivre. Elle ne descend pas les marches cette fois. Elle va se réfugier, directement, au poste de garde. Elle préfère les rituels du pavillon de l'ancienne herboristerie, au moins le sang ne coule pas.

Farid arrive en courant. Il a déjà appelé la police. Il a eu en ligne le même lieutenant que la dernière fois. Sur place, un coup d'œil lui suffit pour comprendre. Le cadavre de Thierry Grangé en polo rouge se reconnaît bien : un crocodile Lacoste au fond du bassin de Latone.

QUATRIÈME PARTIE

Meurtre dans un jardin français

« Deux ou trois fois par an, à l'occasion de solennités importantes, comme les bals de l'ambassade d'Autriche ou les soirées de Lady Billingstone, la comtesse de Dreux-Soubise mettait sur ses blanches épaules "le collier de la reine".

C'était bien le fameux collier, le collier légendaire que Bohmer et Bassange, joailliers de la Couronne, destinaient à la du Barry, que le cardinal de Rohan-Soubise crut offrir à Marie-Antoinette, reine de France, et que l'aventurière Jeanne de Valois, comtesse de La Motte, dépeça un soir de février 1785, avec l'aide de son mari et de leur complice Retaux de Villette.

Pour dire vrai, la monture seule était authentique... »

Maurice LEBLANC,
Arsène Lupin gentleman cambrioleur,
chap. 5, « Le collier de la Reine », 1907

1

Devant la porte du Roi

Château de Versailles, 29 juillet 1737

Il se nommait Louis-Basile Carré de Montgeron. Il avait écrit un livre, *La Vérité des miracles*. Il avait mené son enquête. En 1731, il se trouvait à Saint-Médard, il avait assisté à une guérison et avait été converti. Il avait accumulé les témoignages, les preuves, les documents. Il était arrivé à la certitude : Dieu était là et agissait.

Pour que Louis XV sache, il se rendit à Versailles.

Voir le Roi était simple – il suffisait, c'est bien connu, de porter épée et chapeau –, lui parler, moins aisé. Montgeron entra au château comme il convient à un envoyé du Ciel, par la grande porte. Il franchit les deux grilles. On le laissa passer. Il monta jusqu'aux Grands Appartements. Il comprit que le Roi devait sortir bientôt, qu'il était encore dans sa chambre. Il se plaça devant la porte. Il y avait dans l'antichambre de l'Œil-de-Bœuf un si grand nombre de courtisans que nul ne prenait garde à lui.

Il se tourna contre la porte, pour que personne ne puisse voir qu'il priait à voix basse.

« Que faites-vous donc le nez contre la porte du Roi ? » lui demande un gentilhomme portant le grand cordon bleu moiré de l'ordre du Saint-Esprit. Montgeron expliqua son désir de voir le souverain. Il attendait simplement qu'il sorte.

« Que diriez-vous si je vous faisais pénétrer avec moi dans la chambre de Sa Majesté ? »

Pour Montgeron, c'était encore le doigt de Dieu.

À peine entré dans le saint des saints de Versailles, Montgeron mit un genou à terre et sortit de son habit le volume qu'il avait tenu caché.

Le Roi sourit. Le regarda. Lui parla de sa voix lente et chaude. Louis XV avec élégance prit le livre, se tourna vers le cardinal de Fleury qui se trouvait là et le lui remit. Le cardinal ne se doutait pas qu'il était, dans l'histoire de France, le dernier cardinal ministre, l'ombre rouge qui signalait que Richelieu et Mazarin n'existaient plus.

Le Roi se leva alors, pour mettre fin à l'entretien, et dit qu'il allait passer dans l'antichambre. Louis-Basile salua avec un respect infini, et une tournure qui le fit remarquer de quelques élégantes qui se trouvaient là. Il ne sut jamais qui était l'homme au cordon bleu qui l'avait aidé à pénétrer dans cette pièce depuis laquelle le royaume était gouverné.

Louis-Basile sortit de la chambre du Roi, puis dans la cour. Plus personne ne le regardait. Ce jour-là, il avait été un de ces nombreux porteurs de placets et autres quémandeurs qui se pressaient sur le passage du Roi. Il n'espérait pas s'en sortir si bien. Il avait vu le plus aimable des souverains. Sa Majesté lirait *La Vérité des miracles*. Le cardinal ministre le ferait sans doute appeler. Le royaume de France, tombé dans la peine et dans le péché, redeviendrait le royaume de Dieu, celui de Clovis et de Saint Louis. Le territoire de la Vérité.

Le soir même, Louis-Basile Carré de Montgeron dormait à la Bastille.

2

Toccata et fugue

Une petite tache blanche sur l'oreille droite. Pénélope a tout de suite reconnu le chat. Elle l'a vu de loin, en se promenant, le matin, du côté de la pièce d'eau des Suisses. Avant de monter au bureau, chaque jour, elle a pris l'habitude, pour ne pas se laisser étrangler par le stress, d'explorer son nouveau domaine. D'un côté les deux volées des Cent Marches qui mènent au château, encadrant l'immense orangerie, de l'autre la statue équestre, chef-d'œuvre du Bernin qui avait déplu au Roi. Sur le côté, longeant le mur du potager, un peu avant d'arriver à la grille, qui est une vraie grille du XVIIIe restée en place, elle a vu le chat.

Elle a d'abord fait comme si elle ne s'intéressait pas à lui, puis elle l'a appelé doucement. Depuis qu'elle est petite, elle a un don avec les chats. Celui-ci est venu à elle et il a vu qu'il avait juste la bonne taille pour entrer dans son sac. Pénélope est remontée, le long de la route déserte à cette heure, vers la cathédrale.

À côté de la cathédrale se trouve le carré des plus vieilles boutiques de Versailles. De petits bâtiments à un étage, aux toits d'ardoise qui ressemblent aux baraques de fortune qui entouraient le château sous les rois. Aujourd'hui, dans le carré Saint-Louis, certaines se sont efforcées de devenir des banques et même un commissariat de police, mais l'esprit de l'Ancien Régime est toujours là. Presque en face du commissariat, au café Mansart, Péné s'installe en posant son sac à main ouvert devant elle, pour prendre un bon petit déjeuner avec ce chat perdu, témoin numéro un.

S'il pouvait lui raconter comment il s'est retrouvé, de nuit, au pavillon de l'ancienne herboristerie, s'il pouvait lui miauler les noms de ceux qui y étaient, la raison pour laquelle il y avait Barbara, lui dire les noms des hommes qu'elle n'a vus que de dos à travers la croisée, si par hasard il a entendu dans son oreille féline parler d'une Léone, s'il sait quel rapport il y a entre les jansénistes et les meubles du XVIIIᵉ siècle, surtout ce qu'il faisait là, perdu, sans marque, sans collier, dans la zone la moins visitée du parc.

Au café, deux personnes lisent le journal. Le titre est bien trouvé : « Meurtres dans un jardin français », au pluriel, avec les photos de la Chinoise et de Thierry Grangé. Pour le premier crime, étouffer le fait divers avait été facile, pour la mort de l'architecte en chef chargé du domaine, il avait bien fallu faire un communiqué. Les deux affaires sont liées par une seule coïncidence : le lieu des « macabres découvertes », comme dit le *Journal des Yvelines*, et par le malheureux témoin qui a eu la malchance de ne pas changer ses horaires de sport, et que la police vient d'entendre à nouveau, Barbara Grant. Sur le corps de Grangé aucune marque, pas de membre coupé, l'exécution a été plus sommaire, un coup sur la tête et ensuite de l'eau glacée. On l'enterre demain, il avait une femme et deux enfants. Pénélope se demande si elle doit assister à cela. Elle a horreur des inhumations, et comme, en plus, elle ne l'aimait pas... Tous les gens du château, conservateurs, jardiniers, architectes bien sûr, surveillants et conférenciers y seront, c'est sûr...

« Toccata ! Madame, vous l'avez trouvé ? »

Pénélope, avec stupeur, regarde cette jeune fille blonde – qu'elle a vue se déshabiller dans la nuit et dont Farid lui a glissé le prénom : Esther, la fille de Médard.

La jeune fille a peut-être dix-huit ans, le regard égaré, Farid dit qu'elle a une petite case de vide depuis sa naissance, elle a surtout dû subir depuis quelques traumatismes.

« Que puis-je faire pour vous ? demande Pénélope. Vous prenez quoi, le matin ?

— J'ai quitté notre appartement. Je ne veux plus revoir mon père. Toccata s'était échappé, je l'ai suivi, j'ai vu le journal. Ils vont me tuer la prochaine fois, je suis sûre.

— Vous êtes étudiante ? Vous travaillez ?

— J'étais dans une maison, il y a trois ans mon père m'a retirée et je suis avec lui à Saint-Quentin.

— Une maison ?

— Une maison pour jeunes déficients. Mais je ne suis pas débile. Je veux travailler. Je vous ai vue à la fête des gens du cinéma, vous êtes la nouvelle. Vous, au moins, vous n'avez rien à voir avec ces histoires.

— Quelles histoires ?

— Les cérémonies.

— Vous allez venir avec moi, vous allez raconter ça au commissariat. Ensuite, si vous voulez habiter chez moi quelque temps, j'ai de la place. »

Pénélope possède au moins quatre chambres d'amis, dont une garnie d'un lit de camp laissé par son prédécesseur.

« Votre père a cherché à vous faire du mal ?

— Non. Jamais. Les signes que la Chinoise avait sur le corps, j'ai eu presque les mêmes la dernière fois. Ça s'est effacé, sans cicatrices. Je ne veux pas qu'ils finissent par me tuer avec les bûches et les épées.

— Et l'autre victime, l'architecte, vous le connaissiez ?

— De vue, au château, il n'a jamais été dans les cérémonies.

— Vous avez souvent des "cérémonies" ?

— Chaque année, pour le 23 novembre, on fait ça la nuit, dans le parc. Vous connaissez le bosquet de la Colonnade. Cette année, ils ont changé le lieu au dernier moment. Et puis il y a des réunions chez les uns ou les autres, sans prévenir. Là, ça va être Noël. C'est pour ça que j'ai peur. Ils vont me tuer. Je serai la troisième.

— Qu'est-ce qui est prévu pour Noël ?

— On fait des prières dehors, dans le vent, à Port-Royal-des-Champs. Puis, il y a une quinzaine de personnes qui restent, dans un des bâtiments, pour une cérémonie. Vous avez dit que vous vouliez bien venir avec moi à la police ? »

3

Sous les toits

Ville de Versailles,
hôtel de la rue des Réservoirs,
dimanche 19 décembre 1999, minuit

« Tu crois qu'il était ici le lit de la Pompadour, Péné ?

— Tu entends la pluie sur les ardoises, Wandrille ?

— J'aime passer la nuit dans une alcôve.

— La Pompadour n'a pas connu cette pièce, mon étage a été ajouté au XIXe siècle. Le fronton avec les armoiries de la favorite a dû être fait à ce moment-là. Mes belles boiseries, c'est du style "Louis XVI d'hôtel". Pas d'entretien pendant un siècle, ça a du charme.

— Le jour où tu me montreras ici quelque chose qui a vraiment l'air de ce que c'est, je trouverai ça louche ! Ici, tout est en vieillissement accéléré ! Tu as vu l'état de mes Tod's ? Versailles, c'est une ruine, commente Wandrille gravement, pour les pompes.

— Vaucanson nous a commandé à tous des bottes Aigle, pour nous inciter à aller plus dans les jardins, pour que nous nous sentions conservateurs de tout le domaine, a-t-il dit. Tu imagines Simone Rapière en bottes ?

— Un triomphe !

— Tu penses que j'ai bien fait de conduire la petite Esther à la police, Wandrille ?

— Après deux cadavres, je crois que c'est plus prudent. Tu voulais que Barbara Grant ait un troisième coup de sang pendant son jogging ? Tu voulais continuer ta petite enquête toute seule ? Tu penses que Médard est coupable ?

— C'est un vieux fou, possédé par Versailles. Il chante tout seul et récite des vers en faisant sa ronde. Je ne suis pas experte en psychologie criminelle, mais je ne le vois pas coupant un doigt, assassinant, surtout sa fille unique !

— Sa fille, il l'a quand même prêtée pour que ces tordus la menacent avec des épées. On aurait dû aller à la police tout de suite.

— Wandrille, ça n'aurait rien changé. On en sait plus que la police, on va trouver avant eux. On protège la petite.

— Ils l'ont gardée pour la nuit.

— Oui, mais moi, j'ai le chat, Toccata. Elle reviendra le chercher.

— Ton témoin numéro un, tu lui as acheté des croquettes ? Tu dors ? »

Wandrille et Pénélope aiment se lancer, une fois la lumière éteinte, dans des controverses, des débats, des chamailleries : ils en viennent parfois aux mains dans leur grand lit. Pourquoi tous ces jansénistes, partout, d'un seul coup ? Est-ce l'approche de l'an 2000 ? Versailles est un nid crypto-janséniste. Persécutés, ils se sont terrés là où on pouvait le moins les chercher, chez le Roi. Le président Vaucanson possède des centaines de livres sur le sujet, Bonlarron est plus que mouillé, même s'il ne s'est pas montré, semble-t-il, à l'ancienne herboristerie, Médard et sa fille appartiennent à la même petite famille. Des jansénistes infiltrés, il y en a sûrement d'autres, chez les jardiniers, au potager... Et l'Américaine ! Ensuite, il y a leurs gentils collègues chinois, M. Lu, qui veut rembobiner le film pour construire un Versailles d'avant les persécutions religieuses – et faire un pont d'or à Pénélope. Ce que Wandrille n'arrive pas à admettre.

« Tu ne vas quand même pas accepter, Péné ?

— Pour travailler avec cette Léone, bien sûr que si ! Elle, c'est la troisième bande, après les jansénistes de Versailles, ceux de Shanghai, les jansénistes de Paris.

— Et les trois circuits sont connectés. M. Lu veut travailler avec Léone, Léone connaît Bonlarron depuis qu'elle est toute petite. Tu crois qu'ils sont tous de mèche ?

— Autre hypothèse : trois bandes rivales qui cherchent à se dégommer et qui, à la veille de l'an 2000, ont déclenché une guerre à mort.

— Déjà deux victimes.

— Comment veux-tu que ces jansénistes soient devenus des assassins, ça ne colle pas ! Le diacre Pâris a fait des guérisons, les filles de Saint-Médard ont survécu à leurs blessures, aucun cadavre là-dedans. Ils veulent le bien, la morale, la loi divine sur terre.

— Je vois que leur prêchi-prêcha commence à faire effet sur toi. Technique sectaire classique. On gagne ta confiance, on te flatte, on te met sous contrat, salaire fois quatre, on te fait passer du côté des bourreaux. Allez, en Chine !

— Et cette Léone, elle n'a pas gagné ta confiance peut-être ?

— Que vas-tu chercher ? Je te demande ce que tu as fait avec Zoran après ce couscous les yeux dans les yeux ?

— Ça ne te regarde pas. Si tu ne peux pas le deviner, c'est que tu es nul. Même pas capable de garder un plan sur lequel la divine Providence t'avait aiguillé dans sa grande bonté. Tu es un innocent qui n'arrive pas à rester les mains pleines.

— Un plan de Versailles qui ressemblait à Port-Royal, ou un plan de Port-Royal qui ressemblait à Versailles, l'Être dans le Néant, le Néant dans l'Être, tu te souviens… le tout très différent du Versailles d'aujourd'hui. Je me dis que si ton ami Grangé a été tué, c'est parce que je lui en avais parlé, qu'il en avait discuté à son tour avec quel-qu'un qui ne voulait à aucun prix qu'il comprenne quelque chose…

— Quoi ?

— Je n'en sais rien.

— Qui ?

— Médard ?

— Le sponsor chinois ?

— Bonlarron ?

— Il est sympa, ton vieux patron ! Tu l'imagines en assassin ? Tu continues à ne rien lui dire à propos de ces étudiants de l'École Boulle qui assemblent des meubles au dernier étage ? Il désapprouvait, comme toi, les projets architecturaux de Grangé, la grille factice et tout le reste, il a quand même eu l'air bouleversé quand on lui a dit que l'architecte était mort.

— Ces projets de Grangé vont être marqués du sceau de sa fin tragique. On fera la grille, la restitution du bosquet des Trois-Fontaines, les restaurations du Hameau...

— Tu sais, ceux qui restaurent vraiment l'âme de Versailles, depuis quelques semaines, ce sont nos assassins. Ils rendent aux lieux leur part obscure... »

Wandrille ne termine pas sa phrase, mais Pénélope comprend ce qu'il veut dire. À Versailles tout le monde portait des armes, les chiens hurlaient dans les cours, les cerfs étaient mis à mort, les clans se haïssaient, il y avait des vols qui touchaient même les appartements du Roi, sans compter l'affaire des Poisons, les messes noires, le diable que le Régent, fuyant Versailles et même Paris, invoquait dans les carrières, les cabales contre les ministres, les calomnies et les lettres interceptées, les mensonges, les accidents de chasse, les fortunes séculaires perdues au jeu, l'arrestation du cardinal de Rohan devant toute la cour. C'était violent. Ça le redevient.

« Et sur l'autre plan que tu as montré à Grangé, tu te souviens de ce qu'on voyait ?

— Grangé me l'avait expliqué. Un souterrain bien connu…

— Pas de moi !

— Entre le prolongement de l'Orangerie en bordure de la ville, ce que l'on appelle la Petite Orangerie, et l'aile du Midi. Il voulait me le montrer.

— On ira voir.

— Ce qu'on doit découvrir maintenant, Péné, ce n'est pas le souterrain qui est sur le plan et qu'il faudra bien que tes collègues ouvrent un de ces jours à la visite guidée. C'est un autre tunnel, celui qui relie l'affaire de la table qui vole et notre histoire de jansénistes. Au fond de ce boyau noir, on coupe les doigts, on dessine au scalpel sur les corps, on égorge. »

4

Commodes clonées

Château de Versailles,
salon des Nobles de la Reine,
lundi 20 décembre 1999, 14 heures

« C'est insensé, hurle Gilet-Brodé ! Nous désigner tous les deux pour surveiller cette mascarade. Sans explications. Sans préavis.

— Tous les principes que nous a enseignés M. Van der Kemp sont bafoués. Vaucanson n'en réfère plus à personne, il croit qu'il va pouvoir régner seul, pleurniche Chignon-Brioche.

— Et ces deux-là, d'où sortent-ils ? Des élèves de l'École Boulle, comme si on n'avait pas de personnel ici pour transporter des meubles !

— Des meubles, en kit ! Vous avez vu ça, d'où ça sort ?

— Ils sont descendus d'un attique, au-dessus de la chambre de la Reine. Des morceaux de commodes, des tiroirs, des chaises, des pliants, depuis ce matin ça colle, ça cheville. Une planque à faux meubles qui doit dater de la guerre !

— Des résistants ! En tout cas, c'est une

découverte. Combien en ont-ils ? J'ai déjà vu trois commodes. Plus de Bonlarron pour nous dire !

— On l'a tous regardé partir, entre deux gendarmes. Il ne s'en remettra pas, à quelques mois de la retraite, lui qui est cardiaque.

— Il est entendu comme témoin…

— On dit ça. Le vieux Médard est inculpé, paraît-il. Bonlarron sera le prochain. Grand ménage au château ! Ça va en faire, des postes à pourvoir !

— Vous pensez, dit Chignon-Brioche la mine épanouie, qu'ils sont coupables ? Dire qu'ils donnaient des leçons à tout le monde !

— Une bande de truands, qui mettaient des cadavres dans le bassin, on les croisait tous les jours ! Et il y en a peut-être d'autres !

— La nouvelle, fait Chignon avec un pli amer au coin de la bouche, elle n'est pas nette non plus. Depuis qu'elle est arrivée à l'hôtel des Réservoirs, j'ai bien remarqué la voiture avec de la flicaille qui se gare juste devant, enfin c'est peut-être pour son petit jules, Wandrille, on n'a pas idée, un prénom pareil !

— Il dort là ?

— Il ne couche pas dehors ! Et ils ne font pas que dormir, je peux vous le dire, j'habite juste dessous !

— C'est dégueulasse.

— Pour Vaucanson, c'est une belle prise. J'imagine qu'il est au courant que la petite fricote avec le fils Bercy. Il la fait monter dans son bureau pour un oui ou pour un non. Il se dit qu'il va enfin l'avoir, son budget pour son plan Grand Versailles, comme si Versailles avait besoin qu'on ajoute "grand", comme le "Grand" Louvre ou la "Grande" Bibliothèque, mon Dieu ! En tout cas, s'il y a une tueuse, c'est elle. Elle a déjà la place de Bonlarron.

— C'est sans doute elle qui l'a dénoncé.

— Et cette tripotée de fausses commodes, c'est elle aussi.

— Ça, je ne crois pas, c'est Vaucanson. Quand ce rapia de Bonlarron va découvrir cette débauche de luxe, tous ces faux croulants de dorure, ces copies qui ont dû coûter la peau, ça va l'achever.

— Oui, mais si j'ai bien compris, il n'est pas question de les laisser dans les Grands Appartements *ad vitam aeternam*. Vous savez, mon cher, pourquoi on nous a infligé ça, vous ne devineriez pas. C'est un artiste contemporain qui s'appelle Eduardo Kac, qui travaille sur le clonage, vous savez…

— Oui, la brebis Dolly.

— Eh bien, il a reçu mission d'installer ses moutons ici, de faire une grande expo sur le thème de la gémellité, je ne sais quoi, la commode et son double, en jouant avec les visiteurs…

— À quand la commode à cinq pattes ? Quel rapport avec la petite du fils du ministre ?

— Figurez-vous qu'elle est très amie d'une sorte de jeune péteux en anorak, conservateur au Pompidolium, qui est officiellement chargé depuis hier de tout ce cirque.

— C'est le nouveau concours, on leur fait faire trois dissertations et quatre identifications de documents et, abracadabra, les voilà conservateurs. Jamais tenu un tableau dans les mains, jamais fait un accrochage, incapable de distinguer une boîte en or d'une tabatière...

— De notre temps, on était associé pendant dix ans, on apprenait son métier sur le terrain, on suivait le cycle de muséologie de l'École du Louvre. Enfin, je me tais, je n'ai plus rien à dire, puisque voici toute la politique des copies d'ancien contre laquelle on se bat ici depuis cinquante ans qui est adoubée au nom de l'art contemporain. Encore des malfrats qui finiront en tôle eux aussi.

— Ma pauvre Simone, nous n'y pouvons rien, c'est l'an 2000 ! »

5

« *La cassette à Perrette* » et le frère de Voltaire

Versailles,
jeudi 23 décembre 1999, 18 heures

Pénélope se dit que Wandrille voit juste. Le secret se trouve à l'intersection des deux histoires, dans ce qu'il a appelé un « tunnel ». À l'endroit où seulement deux suspects sont aisément repérables : Médard et Bonlarron.

Pénélope, rêveuse, vient de se placer au centre du monde : sous le portique qui, au milieu de la cour de Marbre, ouvre d'un côté vers la ville et les trois avenues qui convergent, de l'autre, passé la galerie basse, vers les jardins – juste sous la chambre de Louis XIV. Le décor est tout en toc : les marbres et les pierres, coupés à la scie industrielle, datent de 1986 et manquent de patine. Aucun charme, aucune âme, une restauration abusive et ratée des chers architectes du château, qui avaient marqué là le début de leur influence grandissante. Ici, sous Louis-Philippe, avait été conçue

une invraisemblable « salle Louis XIII » qui sans
doute ne valait guère mieux.

Au point de convergence des lignes de fuite, la
vérité doit apparaître. Elle s'incarne, tête basse, à
l'instant : Bonlarron franchit la grille. Pénélope,
sûre d'elle, décide de le faire avouer en douceur.
Elle descend jusqu'à lui.

« Ils m'ont entendu, j'ai parlé trois heures,
Pénélope, je suis vanné. Aucune charge n'est rete-
nue contre moi. Pas de garde à vue, j'ai eu peur...
Je n'ai rien à me reprocher. Médard est mouillé.
Venez, si nous restons ici, tout le château va
accourir aux nouvelles.

— Où voulez-vous vous réfugier ? Je suis prête à
vous aider. »

Bonlarron tourne à droite sous la galerie basse
dont les fenêtres donnent sur le parc et le ciel gorgé
d'eau. Les appartements des filles de Louis XV sont
déserts, ils ne sont visitables que le week-end. Dans
un des salons, il enjambe sans façon une des corde-
lières rouges de mise à distance et s'effondre dans
une bergère, montrant du menton à Pénélope la
petite chaise en vis-à-vis.

« Ah, ce lustre, c'est la duchesse de Windsor qui
nous l'avait donné. Toute ma vie s'est passée ici,
Pénélope... ce n'est pas pour finir chez les gendarmes.

— Vous pensez que Médard est capable de
tuer ?

— Bien sûr que non ! Médard est comme moi,
membre d'une famille janséniste. Depuis des

années, nous avons investi Versailles, nous aimons l'histoire, les vieux meubles, les généalogies, et les tissus anciens. Notre jansénisme est une tradition, rien de plus.

— Les cérémonies convulsionnaires ?

— Vous êtes pire que la police ! Ce que leur a raconté la petite Esther est un délire. Cette fille est faible d'esprit, l'expertise psychiatrique de demain va l'établir sans peine. Elle est folle d'accuser son père. Il ne voudra pas se défendre. Il fera tout pour elle. Je suis perdu.

— Je vais vous aider. Il faut que vous parliez à Vaucanson, que vous lui disiez…

— Il sait tout. Il a acheté une importante bibliothèque, réunie par un des nôtres, cette histoire le passionne. Il sait qu'il n'y a pas là de quoi fouetter un chat.

— Vaucanson est janséniste ?

— Non, Pénélope, pas par le sang. Un sympathisant. Il a eu l'intelligence de comprendre que cela fait partie de l'histoire de Versailles.

— Qui tue ? Qui a tué Grangé ?

— Comment voulez-vous que je le sache. Ça n'a rien à voir avec nous ! Notre petite communauté est très sereine. On rejoue quelques rituels en chemises de nuit, rien de sérieux. Le seul qui puisse tuer, c'est le Chinois.

— Lu ?

— Oui, il se dit port-royaliste, je ne voulais pas vous le dire l'autre jour quand vous m'avez appelé avant *Hercule et les Muses*. Rien n'est clair dans ce

qu'il raconte. Il est très riche, très puissant, il a déjà
tué, m'a dit Vaucanson. On a au ministère tout un
dossier sur lui. Venez, réfugions-nous dans mon
bureau. J'ai froid ici. »

Dans les escaliers, Bonlarron poursuit son plai-
doyer *pro domo*. Le quartier du Val-de-Grâce, où
il a passé sa jeunesse, est une petite province janséniste. Les familles qui habitent aux abords du RER
Port-Royal et du métro Censier, souvent, ne le
savent plus très bien elles-mêmes. La tradition
s'est effacée, mais beaucoup de noms sont restés,
et garnissent encore les murs de boîtes aux lettres
des vieux immeubles. Ils s'appellent Cerveaux,
Duguet, Gourlin, Maultrot, Roussel, Boursier,
Le Couteux, Le Paige, Carré, Pichet, Fourgon ou
Charpentier... Bonlarron, perdu dans son histoire,
cite des dizaines de noms aux sonorités graves et
mates, qui ne disent rien à Pénélope. Bonlarron
aime les listes, les inventaires. Il reste aujourd'hui
des Arnauld, des Nicole, des Sainte-Marthe, des
Lemaistre de Sacy et des Duvergier de Hauranne,
qui se souviennent, pour ceux qui sont les descendants des plus illustres, un peu mieux de leur
histoire ! Avec les derniers Quesnel, Brisacier,
Mallarme de Cherville, Lenain, Mathan, ils se
croisent à la boulangerie, au marché de la place
Monge, ils ne savent plus qu'ils sont des frères.
Aucun n'est ici par hasard. Ils ne forment pas une
secte, une société secrète. Ils ont perdu le souvenir
précis de ce qu'ils étaient. Pénélope a un peu de
peine à y croire. Bonlarron poursuit son énuméra-

tion, rue par rue. Ce n'est pas plus surprenant que de voir se croiser aujourd'hui à Genève les descendants de ceux qui s'y sont réfugiés à l'époque où Calvin en avait fait la capitale de la Réforme.

« Le diacre Pâris a eu le pouvoir de guérir ?

— Après sa mort, Pénélope. C'était un grand saint. Il a été thaumaturge, comme les rois de France qui touchaient les écrouelles au jour de leur sacre.

— À Reims, c'était truqué.

— Alors que sur la tombe de Pâris, à Saint-Médard, on a recueilli des centaines de témoignages de guérison. Le diacre avait annoncé le Paradis. Son Paradis, comme celui de la Bible, était un jardin.

— Comme le jardin de Port-Royal.

— Et comme notre jardin secret. Notre potager. Notre cimetière. À Versailles.

— Vous voyez un mobile, une raison pour qu'on assassine ? demande Pénélope à l'instant où elle ferme la porte du bureau.

— Nous avons de l'argent, dont une part seulement est utilisée pour les besoins de notre association, répond Bonlarron en sortant un livre de poche de ses étagères. Le reste est un magot dormant.

— Personne ne parle de cela. Un trésor jansé-niste ?

— Je ne sais pas grand-chose de cette somme, elle n'est rien sans doute en comparaison de la fortune d'un M. Lu. Voltaire nous a bien servis. Il a protégé le secret. Il s'est moqué de nous dans son *Dictionnaire philosophique*. Son propre frère avait été un fidèle de Saint-Médard, ce qu'il se garde bien de dire. »

Armand Arouet, frère du philosophe, ne lui ressemblait pas. Il était très riche et soutenait les convulsionnaires. De méchantes langues ecclésiastiques au XIXᵉ siècle ont même prétendu que Voltaire s'y était mêlé un moment, en cachette, non par antijésuitisme, mais pour tenter de devenir le légataire universel de son aîné. C'était avant que Voltaire n'écrive à Benoît XIV afin de lui demander des médailles bénies, pour contrer ceux qui disaient qu'il n'était qu'un mécréant et ne pourrait entrer à l'Académie française. Ces railleries de Voltaire, explique Bonlarron, ont protégé les jansénistes. On a pris les convulsionnaires pour une troupe d'illuminés sans grande influence. Face à une Pénélope qui murmure qu'elle ne se souvient plus très bien de ces pages de Voltaire, Bonlarron ouvre le livre qu'il tient en main, le *Dictionnaire philosophique*, et commence à lire à haute voix l'article « Convulsions » : « *Les jansénistes, pour mieux prouver que jamais Jésus-Christ n'avait pu prendre l'habit de jésuite, remplirent Paris de convulsions, et attirèrent le monde à leur préau. Le conseiller au Parlement Carré de Montgeron alla présenter au Roi un recueil in-4° de tous ces miracles, attestés par mille témoins. Il fut mis, comme de raison, dans un château, où l'on tâcha de rétablir son cerveau par le régime ; mais la vérité l'emporte toujours sur les persécutions : les miracles se perpétuèrent trente ans de suite, sans* discontinuer. *On faisait venir chez soi sœur Rose, sœur Illuminée, sœur Promise, sœur Confite : elles se faisaient fouetter, sans qu'il y parût le lendemain ; on leur donnait des coups de bûche sur leur estomac bien cuirassé, bien rembourré, sans leur faire de mal ; on les couchait devant un grand feu, le visage frotté de pommade, sans qu'elles brûlassent ; enfin, comme tous les arts se perfectionnent, on a fini par leur enfoncer des épées dans les chairs, et par les crucifier.* »

« Et le trésor ?

— Il n'en dit rien, Pénélope, il est prudent, il se demande peut-être si son propre frère n'est pas l'argentier secret du mouvement. Il connaît l'existence de ce que nous appelons "la cassette à Perrette". On la nomme ainsi à cause de la servante qui avait la confiance de notre grand théologien Pierre Nicole. C'est la caisse noire des jansénistes depuis le XVIIe siècle. Elle a servi à acheter bien des complicités, à financer un journal, *Les Nouvelles ecclésiastiques*, très subversif malgré son titre. Au XIXe siècle encore, elle était pleine. La Fontaine s'en est souvenu, c'est paraît-il le vrai sens caché de la fable du pot au lait.

— Qui en bénéficiait ?

— Des hommes politiques, des écrivains. Vous savez pourquoi Sainte-Beuve, qui aurait pu être un des grands romanciers du XIXe siècle, a consacré vingt ans de sa vie à écrire une histoire de Port-

Royal ? On l'a installé à Lausanne, on l'a couvert d'or, c'est simple.

— À Lausanne ?

— Oui, le banquier qui gérait la cassette à Perrette était alors un Suisse, riche comme Rothschild…

— Ne me dites pas qu'il s'appelait…

— Balder. C'est celui qui a acheté et fait restaurer le château de Sourlaizeaux. À l'époque de Sainte-Beuve, le jansénisme était redevenu austère dans son apparence. Fini les habits rouges des parlementaires, les dentelles des protecteurs des convulsionnaires, on revint aux costumes noirs des portraits peints par Philippe de Champaigne. Parmi tous les habits noirs du XIXe nous avons tenu notre rang : face aux protestants et aux républicains, et aux maîtres de forges, et plus tard face aux maîtres d'école de la Troisième, les hussards noirs de la République ! Nous avons compté nous aussi, avec plus de discrétion, et plus de moyens. Les jansénistes du XIXe siècle ont été très riches, personne n'a écrit leur histoire.

— Et aujourd'hui, il y a encore quelque chose dans la cassette ? en Suisse ? chez les héritiers de Balder ? Vous les connaissez bien.

— Ce n'est pas clair. Peut-être. »

Wandrille frappe à la porte, un bouquet de roses multicolores à la main, il entre sans attendre. Bonlarron l'accueille avec un sourire las.

« Vanessa, au secrétariat, m'a dit que je ne pouvais pas vous déranger…

— Elle n'a pas fait barrage de son corps ? J'aime vous voir comme chez vous à la conservation, Wandrille, vous mettez un peu de vie à cet étage. Je suis éreinté ! Pénélope m'aide à y voir plus clair et à préparer ma défense. Je suis aujourd'hui témoin, et demain sans doute, je serai le premier suspect.

— Il faut reprendre les choses dans l'ordre. Tout a commencé avec une table sanglante, juste après cet article dans lequel vous parliez des meubles que l'Angleterre doit nous rendre. On a voulu vous discréditer. Vous nous avez parlé de ce disciple de Pierre Verlet, qui avait voulu être conservateur et que vous avez évincé autrefois, c'est par lui qu'il faut commencer.

— Wandrille, je vous ai déjà dit qu'il était au-dessus de tout soupçon.

— Retrouvez-le, il vous conduira à ceux qui, parmi vos dévots, ont commencé à tuer. À ceux qui veulent meubler Versailles avec des faux.

— Il nous conduira à la cassette à Perrette, ajoute Pénélope.

— Mes amis, je vous arrête, je ne crois pas. Deux histoires sont en train d'interférer. Je vous affirme que cet homme, qui a été mon rival il y a quarante ans, n'a rien à voir avec tout cela. Ne faites pas, Wandrille, celui qui l'ignore !

— Moi ?

— Enfin voyons, cet homme est votre père, vous le savez mieux que moi. »

6

Wandrille aquarelle

Paris,
vendredi 24 décembre 1999, 17 heures

Wandrille a retrouvé dans son capharnaüm une vieille boîte d'aquarelle du temps des vacances en famille à Ravello. Wandrille est un visuel. On lui a volé ce plan, il l'avait bien regardé : il va tenter de le refaire. Il a couvert le sol de cartes et de relevés, ceux qui lui sont restés du lot acheté à la vente, d'autres trouvés sur Internet. Il va reconstituer ce dont il se souvient. L'idée est venue de son père. Ils ont eu une conversation. Dix ans que cela n'était pas arrivé.

Pénélope a foncé à la bibliothèque Mazarine, qui ferme le soir même jusqu'au 5 janvier, espérant qu'elle aurait le temps de consulter ces autres plans dont Grangé, quelques heures avant de mourir, avait parlé.

À mesure qu'il dilue les couleurs avec son pinceau, ses idées se précisent. Dans le godet, avec les pigments verts en suspens, il croit voir les suspects – dont il vient d'exclure, c'est heureux pour la République, son ministre de père.

La police soupçonne Médard. Sa fille l'accuse. Elle habite chez Pénélope et doit rester à la disposition des enquêteurs. Médard ignore où elle se trouve. Il ne tardera pas à craquer, et à parler s'il a vraiment des choses à dire. Wandrille change de pinceau, passe au bleu, pour les bassins. Médard peut avoir l'idée simple de montrer du doigt Bonlarron, celui-ci le sent et voit la fin de sa carrière ternie par un scandale. Pénélope n'a pas osé lui dire qu'elle avait, sans en parler à d'autres qu'à Vaucanson, dénoué l'affaire des Ingelfingen. Bonlarron, lui, croit aux forces chinoises et veut incriminer M. Lu.

Wandrille, à qui Pénélope vient de tout avouer – un bouquet de fleurs, c'est bête, ça marche toujours –, s'en veut de ne pas avoir deviné seul qui était le meneur des Ingelfingen. L'homme passionné par l'histoire et par l'art qui guidait la main des étudiants de l'École Boulle. Dire qu'il avait cru à une lourde idylle d'après couscous entre Péné et Zoran, quel naïf. Il avait déjà pris Zoran en grippe. S'exaspérait quand Pénélope prononçait son nom. Il les avait imaginés ensemble dans un atroce cauchemar.

Pénélope a eu le bon réflexe quand Zoran lui a tout avoué. Zoran avait joué de malchance et de chance. Une seconde, à la fin de la nuit, avant la ronde de Médard, lui et ses petits camarades avaient fini de monter le plus beau des canulars, en installant dans le cabinet doré la copie de la table de Waddesdon. Ils avaient côtoyé le meurtrier, caché à un mètre d'eux, dans le cabinet des Poètes, celui qui allait, quelques secondes plus tard, placer un doigt coupé dans un tiroir. Pénélope a tout détaillé, pour que le président n'ignore rien. Vaucanson a compris que de ces merveilles on pouvait faire de l'art contemporain, il a même su trouver seul le nom de l'artiste passionné par le clonage qui pouvait saisir l'occasion. Il l'a appelé aussitôt. Ainsi naissent, de nos jours, les œuvres d'art.

L'aquarelle est un exercice spirituel. Le cerveau, libéré, vagabonde à partir des formes qui se dessinent. Wandrille cartographie, d'un côté Port-Royal et de l'autre Versailles. Et le cadavre, où était-il à ce moment-là, quand les Ingelfingen opéraient ? Aucune trace de sang ne semble avoir été trouvée dans les appartements de la Reine. L'assassin avait-il œuvré dans le jardin, pour se retrouver ensuite, avec un doigt sanguinolent dans un mouchoir, perdu dans le dédale des cabinets ? Rien de tout cela n'est très clair. Wandrille repose son pinceau, change l'eau du godet, mouille sa feuille qui plisse un peu.

Son père lui a ri au nez. Bonlarron et lui, bien sûr, sont de vieux complices. Une année d'École du Louvre avait permis au premier d'être recruté dans les musées, de se placer sous la protection de Gérald Van der Kemp et de commencer à Versailles – et à l'autre de rencontrer une étudiante qui deviendrait, des années plus tard, la mère de

Wandrille et de rédiger un mémoire sous la direction de Pierre Verlet. Puis Georges avait passé dix ans à demander sa belle en mariage, avant qu'elle accepte enfin, et à comprendre que sa carrière ne se ferait jamais dans les musées. C'est à cette époque qu'il avait détesté ce pontifiant Bonlarron qui réussissait tout, et qu'il avait joué à lui mettre des bâtons dans les roues en agissant auprès de ses nouveaux amis de Sciences-Po en poste au ministère de la Culture. Puis l'ENA, l'entreprise et la nostalgie de l'art. Rien de bien méchant dans cette vieille rivalité. Sur le quai de la gare du Nord, l'autre matin, ils s'étaient retrouvés, avec un sourire réciproque, où Bonlarron avait lu la promesse d'une Légion d'honneur réparatrice.

Wandrille a oublié un détail, il faut qu'il pose la question à son père : Bonlarron avait-il déjà, à l'époque, un doigt coupé ? Sur les plans qu'il trace, Wandrille note quelques similitudes entre les jardins de l'abbaye et les jardins du Roi : ce bosquet de la Colonnade, dont Esther a parlé à Pénélope, qui rappelle la clairière des religieuses, et aussi le dessin du parterre de l'Orangerie.

Wandrille d'un coup se sent coupable. Si Thierry Grangé a été tué, c'est parce qu'en voyant le plan, celui que Wandrille n'a plus, il a compris. Ensuite, il a dû avoir l'imprudence d'en parler à quelqu'un – son assassin. Son père a cette fois éclaté du rire des héros d'Homère quand, dans son bureau vitré de Bercy, ouvrant sur la Seine, Wandrille l'a accusé d'avoir fait voler, dans sa

propre chambre, un document du XVIIIe siècle.
« Tu penses que j'ai inauguré mon ministère en
faisant cambrioler notre propre maison ? Peut-être
est-ce moi aussi qui ai envoyé le GIGN dézinguer
l'architecte de Versailles, tu crois que je n'ai que ça
à... »

« Dézinguer », son père emploie rarement ces
mots-là. Même quand il était à la tête de son entreprise, quand il construisait sa fortune, il n'avait
rien d'un « tueur ».

Wandrille suspend son pinceau. Il l'a plongé
dans le rouge. Il voit des visages se former dans les
taches de peinture : Zoran, Médard, Bonlarron,
Lu... Il voit Léone, ferme les yeux, il voit Pénélope.
Il entend le rire de Zoran et le rire de son père.

« Dézinguer », parce que Grangé avait compris,
parce qu'il savait. Sa gorge se crispe. Pénélope
aussi sait. Elle a vu le plan après la vente. Elle
est à la bibliothèque Mazarine. En ce moment
même elle doit être en train de tout comprendre.
Elle assemble les pièces du puzzle. En ce moment
même, pendant qu'il rêvasse à l'aquarelle, Pénélope est en danger de mort.

7

Le James Bond de Bercy

Paris, vendredi 24 décembre 1999,
fin d'après-midi

Pénélope est seule, à la bibliothèque Mazarine,
un monde protégé, derrière la façade de l'Institut
de France. Comment lui faire comprendre qu'elle
est menacée ? Wandrille n'arrive pas à la joindre.
Elle a éteint son portable, comme une sage conservatrice qui travaille dans une bibliothèque. Il
va être six heures. Dans vingt-trois minutes. Si on
doit l'empêcher de consulter ce plan, c'est avant la
fermeture de la Mazarine. Elle sera probablement
agressée dans un quart d'heure.

Une seule solution pour arriver à temps :
prendre la vedette du ministre. Les Finances sont
le port le plus discret et le plus visible de la capitale. Wandrille n'hésite pas. Il fourre ses dessins
dans ses poches. Il dérange son père sur sa ligne
directe, il entend bougonner une réponse, on promet de donner des ordres. Son père lui a concédé
du bout des lèvres une autorisation, sans bien
comprendre, puisqu'il s'agit de Pénélope.

Wandrille, en sueur, passe par l'entrée de l'hôtel du ministre, se gare dans la cour. Il a emprunté la Mini de sa mère, partie avec le chauffeur et la voiture officielle faire une grande tournée des boutiques du côté de l'avenue Montaigne. Les factionnaires reconnaissent le véhicule. Les visiteurs normaux doivent parcourir une série de cours avant de parvenir là. Une grille coulissante permet d'accéder directement dans le sanctuaire. Elle est utilisée pour les ministres, les hôtes de marque, ou en cas d'urgence.

Bercy, c'est Versailles : les cours successives, les jardins, comme jamais on n'en vit dans Babylone même. Quand le bâtiment a été construit, on l'a comparé à un château fort et à un coffre-fort. Une flèche discrète indique « hôtel du ministre », c'est la dernière des cours.

Wandrille franchit le hall, salue l'huissier, court, traverse le « couloir des petits conseillers », comme dit son père. Il doit arriver au bout de la jambe qui plonge le bâtiment dans la Seine. Il arrive à l'ascenseur, on l'attend. Le PC de sécurité a été prévenu. Un douanier est au garde-à-vous, en uniforme. Les douaniers sont les seuls fonctionnaires des Finances à pouvoir porter une tenue militaire, c'est un peu la garde personnelle du prince au palais de Monaco, pense Wandrille, la sécurité de Bercy, une petite armée privée. Il accède à l'escalier en grillage, à l'air libre.

Après l'armée des Finances, voici sa marine. Deux vedettes sont amarrées. L'une sert au ministre, l'autre pour le ministre délégué au Budget. Le trajet habituel de ce vaporetto, décrit par la presse comme d'un luxe mirobolant, c'est Bercy-Assemblée nationale et retour. Wandrille avait imaginé un Riva, un canot blond et laqué qui l'aurait transformé en James Bond accélérant sur la lagune. Ces modernes pirogues de Bercy n'ont aucune classe. Pour Pénélope et lui, le monde ne suffit pas.

À l'intérieur, tout est horrible, Wandrille s'assied sur une sorte de fauteuil en cuir noir assorti aux banquettes, fixé sur un pied en laiton. Au sol, la moquette est rouge, il a honte pour la France. Pas d'espace extérieur, pas de pont, l'habitacle est clos et les vitres légèrement teintées. Wandrille ne maîtrise plus son anxiété.

Le douanier ne respecte pas les limitations de vitesse, c'est bien. Il part à toute allure, comme il a l'habitude de le faire pour le ministre. « Vous allez voir, c'est plus nerveux qu'un bateau-mouche ! » Selon le règlement intérieur, seuls les ministres et ceux qui les accompagnent peuvent prendre les vedettes. Wandrille se sent obligé d'expliquer au douanier que c'est une mission urgente et confidentielle, il a presque ajouté, une question de vie ou de mort. Mais il a tremblé au moment où il a senti qu'il allait dire ça. Cap sur le pont des Arts et l'Institut. Le canot fait des vagues, arrose les piles des ponts. Au pont Marie et au pont Neuf, il a obligation de ralentir. Wandrille crie au pilote d'accélérer. Le pont des Arts est déjà là, gerbe d'écume sale et glacée, Wandrille a ouvert la porte deux secondes trop tôt et saute à terre sans attendre l'amarrage.

L'escalier de pierre qui permet de monter sur le haut du quai le conduit, en quelques instants, au milieu d'une horde de chevaux, peignés et brossés comme des caniches.

Toute la zone est bloquée. Les badauds sont moins nombreux que les gendarmes, derrière des barrières de sécurité. Les trompettes brillent. Les applaudissements éclatent, devant ce jeune héros qui se croyait très discret. La fanfare de la garde républicaine à cheval commence *La Marseillaise*. La portière d'une voiture officielle vient de s'ouvrir. Le silence se fait. Puis ce sont des tambours qui commencent à battre.

Un nouvel immortel entre à l'Académie française. Wandrille est puni, lui qui avait hésité à en faire un sujet de chronique, il aurait pu être accrédité comme journaliste et il serait en ce moment au cœur du bâtiment, c'est trop tard. Ça lui apprendra à n'avoir pas voulu lire l'œuvre de Pierre Laujon, quarante ans de pavés à ingurgiter en trois jours que l'attachée de presse des éditions Galaxie se proposait de lui faire porter par coursier. Comme s'il était critique littéraire !

Il tente de sortir sa carte de presse. Le policier, qui n'est pas un douanier de son papa, lui dit d'une voix rude que tous les journalistes sont entrés une demi-heure plus tôt, par la porte de droite, celle qui vient d'être fermée. La grande porte du palais est ouverte, le président de la

République debout devant sa voiture serre la main du secrétaire perpétuel venu l'accueillir. Il est rare que le Président assiste à la réception d'un académicien. Pour cette occasion, la circulation a été interrompue. Devant Wandrille, deux cordons de policiers bloquent l'accès de la porte de gauche, celle qui donne sur la cour où se trouve la bibliothèque. Wandrille piaffe, trompette et discourt. En vain.

Si quelqu'un doit empêcher Pénélope de travailler et la menacer, il faut qu'il soit entré plus tôt dans l'après-midi, ou qu'il appartienne aux services de l'Institut. Il imagine déjà un criminel se réfugiant sous la Coupole.

En haut des marches, le Président se retourne, Wandrille un instant croise son regard ; tous sont entrés, les vantaux de bronze se referment. Comme Pierre Laujon est l'historien préféré des Français, un écran géant de taille modeste, sur la façade, retransmet ce qui se passe à l'intérieur. La quinzaine de personnes que le hasard a bloquées là lèvent la tête, sans trop comprendre. On entend un seul mot, « Monsieur », et l'image s'efface. Comme si les plombs avaient sauté. Trop de nouvelle technologie tue la nouvelle technologie, sujet de chronique pour lundi. Pénélope est derrière ces murs. Il ne peut pas l'aider. Encore une fois, il se sent en dessous de tout, inutile, coupable.

À cet instant, elle sort, rayonnante. Personne ne la voit. L'écran qui se rallume attire tous les regards, on entend : « Vous n'auriez certes pas

voulu, en entrant dans notre compagnie... »
Wandrille n'écoute pas, il serre Pénélope dans ses
bras.

« Mon Wandrille, la fanfare, les tambours, une
escorte à cheval, il ne fallait pas, tu fais toujours
les choses trop bien. J'ai tout trouvé, ou presque,
tu sais, c'était facile. Quel calme merveilleux dans
cette bibliothèque. »

8

Où Wandrille renverse
les perspectives

Versailles,
vendredi 24 décembre 1999, vers 20 heures

Personne n'avait regardé ce plan depuis 1910, la
date figurait sur la fiche dans le carton gris que
la bibliothécaire a apporté à Pénélope. Un plan
qui ressemble beaucoup à celui que Wandrille a
laissé échapper, pour le peu que Pénélope en avait
vu, après la vente : un projet pour Versailles, le
château, le parc et la ville. Une vision janséniste
jamais mise en œuvre, proche de la grande aquarelle faite par Wandrille dans l'après-midi qu'il
déplie, tout fier, devant Pénélope. Les sites importants étaient soulignés sur le plan de la Mazarine.
Pénélope les entoure au crayon : le potager et le
bosquet de la Colonnade. La construction de cet
édifice d'inspiration antique avait mis en colère
André Le Nôtre. Mansart l'avait bâti, sans lui
demander son avis, au milieu de ses jardins. Un
cercle parfait, qui n'a rien à voir avec les grands
axes du parc. Sur ce plan, un cercle similaire se

trouve en ville, très curieusement au-dessus du chœur de l'église Notre-Dame. Pénélope l'entoure également.

« Il faut qu'on y aille, Péné, pour comprendre.

— C'est à deux pas de chez moi. Esther m'a raconté qu'avec son père ils y allaient très souvent. C'est pourtant une église catholique, ils devraient la récuser...

— Médard est janséniste ; pourquoi aime-t-il tant Versailles ? Il devrait détester !

— Les jansénistes n'ont pas détruit Versailles. Ils ont fait mieux. Ils l'ont secrètement investi. Colonisé. Versailles est devenu un temple secret. Un secret gardé par les rois eux-mêmes, totalement indiscernable, sous les yeux du monde entier. Ton dessin le montre, Wandrille. Les rois qui l'habitaient n'en ont jamais rien su. Tout a dû commencer bien avant le saccage de l'abbaye, à une époque où Port-Royal ne désespérait pas de gagner le souverain à sa cause. Une rencontre avait eu lieu, à Versailles, entre M. Arnauld d'Andilly et le Roi. On les avait vus rire, s'entendre, on espérait. La Quintinie était un allié de poids. Ses liens avec Mansart ne sont pas un mystère. Ils ont conçu un chef-d'œuvre.

— Le bosquet de la Colonnade ?

— Non, l'Orangerie. C'est ce qui, sur le plan de la bibliothèque Mazarine, se voit le mieux. Ma vraie découverte, cet après-midi. Je l'entoure ici, tu vois, elle jouxte presque le potager. L'entrée du potager, aujourd'hui, se fait par la ville, celle de l'Orangerie par les jardins du château, mais regarde, les deux lieux sont voisins, ils forment un ensemble cohérent. Un secret qui est depuis le XVIIe siècle en évidence et qui a échappé aux historiens.

— Dans dix minutes, on y est ! On ira ensuite voir Notre-Dame et sa chapelle. »

La voûte sans ornement est immense, avec pour seule parure la perfection des pierres. L'Orangerie de Versailles possède une nef aussi sublime, aussi sobre, aussi pure qu'un chef-d'œuvre de l'art roman, d'une qualité architecturale digne de la Rome antique, bien supérieure à celle du château.

« Tu sais, Péné, c'est ce que j'aime le mieux à Versailles.

— C'est le vrai chef-d'œuvre de Mansart, tellement immense que les ambassadeurs de Siam en furent impressionnés. Il fallait, ont-ils dit, que Louis fût un bien grand roi pour faire bâtir un tel palais pour ses orangers...

— C'est vrai qu'on a peine à y croire.

— Tu as vu la hauteur des voûtes. La beauté ne vient que des pierres.

— Tu crois vraiment que pour de si petits arbres... ?

— Oui, Wandrille, c'est incontestablement une orangerie. Les architectes te l'expliqueront, il faut cette largeur pour contenir les centaines de caisses qui s'y trouvaient au sommet de la gloire du Roi, tous ces orangers qui parfois venaient des serres de

Vaux où le surintendant Fouquet avait commencé
la collection.

— Mais cette hauteur ?

— Indispensable pour que les fenêtres exposées
au sud puissent chauffer tout cela.

— Ça chauffait, cette carcasse de pierre ?

— On allumait parfois des torches en plein hiver,
mais on n'a jamais chauffé l'Orangerie. Elle stoc-
kait la chaleur, grâce au volume de la nef. C'est
comme une cathédrale pour les arbres.

— On aurait pu y reconstituer toute une jungle.
Creuser un lagon, comme à l'Aquaboulevard.
Enfin, il y a tout de même des palmiers, qui sont
plus hauts.

— Ils sont arrivés sous la Troisième République,
les visiteurs les aiment, on les garde, c'est joli sur les
photos, il n'y en a jamais eu sous les rois. L'Orangerie a servi de cachot pour les prisonniers de la
Commune de Paris. Il fallait effacer ce sinistre souvenir. On les a fusillés en masse.

— Mais pourquoi n'a-t-on mis ici aucune sculpture ? Le Roi y venait, y conduisait des visiteurs, il
n'y avait nulle part ailleurs un décor aussi sévère.

— Des arcs en plein cintre, une construction
classique et sobre.

— C'est une anti-galerie des Glaces. Tu sais ce
que tout le monde prend pour une orangerie, Péné ?

— Le plan de la Mazarine le suggère sans équi-
voque, avec une croix rouge tracée au centre. Un
temple.

— Tu veux compter les fenêtres ? Treize : le Christ au milieu des apôtres. Depuis que je joue à l'architecte avec mes godets de couleur, j'ai mieux compris. Il faut regarder Versailles dans l'autre sens, faire tourner le plan entre ses mains. Le grand axe solaire est-ouest conçu par Le Nôtre empêche de voir cet autre axe majeur, nord-sud. Voulu par Mansart, son rival, sur les conseils de La Quintinie. Les perspectives sont faites pour être renversées. L'axe majeur de Versailles ne passe pas par la cour de Marbre, la chambre du Roi, le bassin de Latone, le Tapis vert et le Grand Canal, ça c'est un leurre, magistral.

— Je n'allais pas aussi loin, tu as peut-être raison. Mansart a fait croire au Roi qu'on bâtissait une orangerie, et ces travaux titanesques ont eu pour effet de créer un autre palais. Tout y est symbole. La grande pièce d'eau creusée par le régiment des Suisses, le jardin potager carré comme celui de Port-Royal, la route de Saint-Cyr qui traverse, un chemin qui lui aussi mène à Dieu.

— Et ces deux escaliers, de part et d'autre, les Cent Marches…

— Ils conduisent au château.

— Quand on est en bas, le château est invisible, Péné.

— Des escaliers immenses, faits pour concurrencer la Scala Santa de Rome. Ils montent au Ciel. C'est un temple sans sculpture, sans peinture, avec deux immenses bras ouverts, comme la colonnade du Bernin, mais composé de marches, image du parcours du croyant qui s'élève. Ces escaliers enserrent un jardin, évocation de l'Éden, et ces degrés mystiques se perdent dans les nuées. C'est un sanctuaire du divin, sans statue, sans autel, un espace libre pour que les croyants de la nouvelle religion puissent s'assembler.

— C'est beau ce que tu dis.

— Regarde. Si Versailles est détruit dans deux ou trois mille ans, l'Orangerie seule subsistera, ces blocs de pierre sont inébranlables. Elle sera le dernier vestige du château, la vraie chapelle de Versailles.

— Son cœur secret, son abri antiatomique. Reste une question : Versailles a sa chapelle.

— Une pâtisserie ratée, Wandrille, trop haute, purement mondaine, achevée seulement en 1710, par Robert de Cotte, parce qu'on voulait un décor pour les funérailles royales, cinq ans plus tard. Pour confirmer la victoire de la religion du Roi, contre la religion de ces messieurs les solitaires. Et notre Orangerie, pour la désamorcer, pour gommer son vrai sens, on lui a ajouté des statues profanes, et aussi une statue du Roi, et le cavalier sculpté par le Bernin au bout de la perspective. Elle n'a rien à faire au bout de la pièce d'eau des Suisses, elle met un point final artificiel à ce grand axe, elle brise la ligne. Face à ce temple nouveau, devait être édifié, de l'autre côté de la pièce d'eau des Suisses, un autre palais.

— Jamais entendu parler de cela. »

Pénélope a lu le récit écrit par Nicodemus Tessin le Jeune, architecte suédois et grand voyageur. Il était venu en France pour tout regarder, copier, étudier. Tessin avait imaginé de faire un projet, pour finir Versailles. Il avait conçu un palais qui ne fut jamais bâti et qui aurait été dédié à la science et à la connaissance, un « palais des muses », ce qui ne veut pas dire uniquement un musée. Au centre, il avait dessiné un cercle parfait donnant sur le ciel, comme au Panthéon de Rome, un bassin intérieur, des salles de lecture, de méditation, de spectacle et de musique. Il l'appelle palais d'Apollon, pour flatter le Roi-Soleil mais c'est à l'évidence, explique Pénélope, une sorte de version grandiose de Port-Royal. Personne n'osa jamais montrer à Louis XIV le livre manuscrit qui détaillait tout cela et à partir duquel on peut imaginer à quoi aurait pu ressembler Versailles.

Le château ainsi complété aurait eu pour vrai centre cette nef de pureté, la prétendue orangerie, pivot de cette ville idéale. Un temple nu, sans tabernacle, l'architecture du nouveau rite jansé-niste, évoquant les catacombes des premiers chré-tiens, les souterrains des martyrs. Au nord, se serait trouvé, là où il est encore, le palais du roi de France, demeure profane, mosaïque de chambres et de salons, une architecture de bric et de broc, avec ses jardins d'agrément peuplés de symboles gentillets qui permettent d'expliquer aux enfants les *Métamorphoses* d'Ovide, les amours des dieux et des héros antiques. De l'autre côté du temple du

vrai Dieu, on aurait édifié cette immense construction, le plus beau bâtiment depuis la bibliothèque
d'Alexandrie, le palais des sages, où l'on aurait
enseigné, lu, devisé, et que le Roi du haut de ses
terrasses aurait eu pour mission de protéger.

« Tu vois, Wandrille, si les jansénistes avaient
gagné la partie, sous Louis XIV, c'était le Versailles
qu'ils voulaient bâtir. Les tracés de l'architecte suédois, que Mansart estimait beaucoup, donnent
corps à cette vision. Les jansénistes ont perdu. Le
temple est resté déguisé en orangerie, et la Révolution, pour les partisans de Port-Royal, a été à la
fois une revanche et leur fin.

— Pas sûr, Péné... Tu te souviens des visions
des convulsionnaires, la "manufacture du Néant
dans l'Être", ce serait le château des artifices posé
sur la forêt, et la "manufacture de l'Être dans le
Néant" de la cour...

— Nous y sommes.

— Et cette nuit, pour le 24 décembre, il faut que
nous découvrions l'autre lieu. La réunion de Port-
Royal dont parlait la fille de Médard. »

Une pluie de mousson a empêché Pénélope et
Wandrille d'aller jusqu'à la MG, garée devant
l'hôtel de la rue des Réservoirs. Plus assez de
temps pour découvrir l'église Notre-Dame. Ils ont
quitté l'Orangerie sous cette pluie de cinéma, traversé la cour d'honneur en courant, certains
d'avoir compris ce que nul, avant eux, n'avait vu.

Ils se sont mis à l'abri dans la Grande Écurie. Pénélope savait que son passe en ouvrait la porte.

Dans le carrosse du sacre de Charles X, écrasant d'or bruni et de glaces biseautées, Pénélope et Wandrille riant aux éclats pour masquer l'angoisse sont entrés d'un seul mouvement. La portière de bois peint s'est refermée sur eux. Dehors, le vacarme de la pluie ne cesse pas.

« Salue la foule qui nous acclame, Péné, sois gentille.

— Sans gants ? Comme ça ? Souris, toi. »

Ils ont préféré cet attelage de triomphe au corbillard de Louis XVIII, char d'assaut qui a servi aussi, pour la dernière fois, aux funérailles du président Félix Faure.

« Tous ces tissus, alors, ne relèvent pas de ton service ?

— C'est en tout cas une nouvelle entorse au sacro-saint principe qui veut qu'il n'y ait pas de copies à Versailles. Tu vois tous ces drapés de deuil avec les grosses fleurs de lys, les draperies originales sont à Saint-Denis, on expose ici une copie très fidèle faite grâce au mécénat privé.

— Il y a eu un mécène pour le corbillard des rois !

— Les Pompes funèbres générales.

— Cela ravirait Deloncle. »

Wandrille serre dans ses bras une Pénélope trempée et heureuse. Versailles leur appartient.

« Wandrille, tu as lu *Le Jardin des Finzi Contini* ?

— Pas sûr.

— Les deux amoureux sont dans la vieille remise des voitures, il pleut, et...

— J'ai vu le film ! On joue la suite ? »

9

Noël du néant

Magny-les-Hameaux, ruines de Port-Royal-des-Champs,
vendredi 24 décembre 1999, 23 h 30

Tous ceux qui sont là ont l'air de la voir, d'y
circuler comme si elle était encore debout, de
connaître leur place dans les travées imaginaires.
L'abbaye a disparu. Au sol, quelques pierres perdues dans les herbes hautes marquent les fonda-
tions de ce qui fut la nef de Port-Royal, réduite à
néant par Louis XIV en 1709. La forêt a dû arrêter
la grosse pluie de Versailles. Les bancs de chêne
noir alignés dans la boue durcie par le gel sont tous
occupés. Le petit oratoire commémoratif, construit
au XIXᵉ siècle en bordure du cloître effondré, ne
suffit pas à contenir tout le monde : les portes sont
ouvertes, laissant deviner un groupe de silhouettes
assises à l'abri, protégées du vent. Dans la nuit, les
autres, ceux qui prient dehors, ont apporté des
flambeaux.

Partout, au milieu de la vapeur des respirations,
brûlent des bougies dans des bocaux. Une procession floue de silhouettes en manteaux noirs ou

bleus se détache sur le pré. Ceux qui sont venus là marchent à pas lents. Ce sont des spectres sortis d'un passé lointain. Ils se sont emmitouflés.

Wandrille dit qu'il a un peu froid, malgré son bonnet en cachemire quatre fils tricoté à la main acheté à Gstaad. Pénélope, ensevelie dans son écharpe Gap, ne lui répond pas. Elle a appelé sa famille à Villefranche-de-Rouergue, son frère menace de venir à Paris pour le 31. Wandrille s'est décommandé du dîner de Noël familial à la plus grande consternation de sa mère qui avait invité une cinquantaine d'amis intimes – et ils sont partis tous deux pour Magny-les-Hameaux. À onze heures du soir, quand ils sont arrivés, la célébration avait déjà commencé.

La musique des chants est une mélopée majestueuse et belle comme dans les offices orthodoxes. Un cantique que Pénélope n'avait jamais entendu dans aucune église. Un « Noël » que plus personne ne chante depuis des siècles, l'hymne de la nuit des martyrs, *a capela*, si l'on peut dire, puisque aucun mur d'aucune chapelle, ici, ne peut en recueillir l'écho.

Ce chant est le chant des morts qui n'ont plus de sépulcre, ni de temple, ni de cloître, qui semblent vivre encore par miracle parce que leurs descendants ont accepté de jouer à être leurs Ombres. Dans quelques secondes, il sera minuit. Aucune cloche ne sonnera. Pénélope se demande si Wandrille est aussi ému qu'elle par ce chant qui se propage parmi ces silhouettes alignées. Les jansénistes sont là, ceux du XVIIᵉ siècle, ceux du XVIIIᵉ, et la troupe grave et discrète de tous ceux d'aujourd'hui.

Une voix familière, sans saluer Pénélope ni Wandrille, leur souffle à l'oreille :

« Alors, on vient sans avoir été invités ! Vous savez que ça ne se fait pas ? Vous ne chantez pas non plus ? Écoutez les paroles. Un texte peu connu, ce sont les derniers vers écrits par Jean Racine. Un homme qui se souvient des lieux de sa jeunesse. D'abord, il parle du vallon sacré, du refuge :

> *"C'est là qu'on foule aux pieds les douceurs de la vie,*
> *Et que dans une exacte et sainte austérité,*
> *À l'abri de la vérité,*
> *On triomphe des traits de la plus noire envie." »*

Bonlarron, ici ? Pénélope et Wandrille ne sont pas étonnés. Dès l'arrivée, ils l'avaient cherché du regard. Il a mis des gants fourrés très épais. Pénélope observe ses doigts qui tiennent un petit missel. Comme s'il était dans son bureau, il catalogue :

« Vous voulez que je vous dise des noms : lui s'appelle Néel de Néou, celui-là, c'est Louis d'Andilly, elle, Marie Nicole, une folle, celle-ci, c'est Marthe Poncet, la boulangère de la place de l'Estrapade, lui c'est le président Morel-Valincourt, membre du conseil d'État, lui, le vieux Grosjart de

Montgenault, un nom pareil ça ne s'invente pas, et l'avocat Michallon, tiens la princesse Khadija d'Égypte, Khadija Darling, qu'est-ce qu'elle fait là ? Je la croyais fermement musulmane, quelle mondaine, elle a dû être invitée, elle est vraiment partout... Évidemment, ceux-là ignorent tout des convulsionnaires. Il y a les membres de la Société de Port-Royal, des historiens, des gens sérieux, et ceux que nous appelons les amis du dehors, passionnés de jardins et de poires biologiques. »

Esther n'avait pas menti : c'est une des grosses réunions annuelles du clan. Parmi ceux qui se glissent entre les ruines, dans la buée des respirations et les nuages d'encens, se trouve sans doute celui que Pénélope et Wandrille veulent trouver. Celui qui tue.

Pénélope croit reconnaître un jeune homme tout en noir. Le figurant de la Regalado, l'acheteur du bureau à la vente des Chevau-Légers ? Même taille, même allure, il vient dans leur direction, son visage passe dans la lumière d'une torche. Non, ce n'est pas lui...

Le chœur reprend dans le silence :

> « *Mais hélas ! gémissons ; de ce séjour si beau*
> *Tu ne vois à présent que le triste tombeau,*
> *Depuis que la Vertu qui régnait dans ce*
>   *temple,*
> *Succombe sous l'effort et sous la dureté*

De ceux qui ne pouvant le prendre pour
exemple,
L'immolent à leur lâcheté. »

« Ces mots figurent sur la grande gouache du
musée Lambinet, je m'en souviens. Pour une nuit
de Noël, ils ne nous parlent que de tombeaux,
ironise Wandrille. C'est sinistre, votre messe de
minuit. Pas sûr qu'on aura des cadeaux sous le
sapin en rentrant.

— Ces paroles, les derniers vers écrits par
Racine, sont une étrange prophétie, explique
Bonlarron *mezza voce*. Un miracle. Une vision. La
preuve que le poète était un saint de Port-Royal.
Une hallucination d'Enfer. Comme si Racine avait
vu les dragons s'attaquer à nos pierres, les soldats
du Roi faire donner les masses de fer dans nos murs,
arracher les arbres de nos vergers. Déterrer nos
morts. Ici. Il a écrit ces phrases avec les yeux déjà
clos. Car Jean Racine est mort en 1699, dix ans
avant la destruction de Port-Royal.

— Il y aura une "cérémonie" ?

— Non, Pénélope, je ne crois pas. Avec l'arrestation de notre pauvre Médard, que tout le monde
ici aimait beaucoup, je crois que cette année ce
sera juste un office. De toute manière, les choses
se déroulaient toujours en deux temps. La plupart de ceux qui sont ici ne viennent que pour le
Port-Royal du XVIIᵉ siècle. Ils n'approuvent pas les
rituels convulsionnaires. Ils préfèrent rester dans le
monde intellectuel. Les corps les dérangent. C'est

au moment où tout le monde se disperse que, de temps en temps, dans la chapelle, il reste une vingtaine de fidèles et que nous célébrons le rituel. Rien de dangereux, je vous le garantis, nous n'avons jamais blessé personne ni fait couler la moindre goutte de sang. Dans le contexte de cette année, je crois que tout le monde va rentrer chez soi se faire du punch et du grog. »

Nul n'entend cette conversation chuchotée au dernier rang. L'office s'achève. Bonlarron prie. Pénélope pense. Wandrille joue, dans sa poche, avec les clefs de sa voiture.

Une femme se matérialise dans un courant d'air polaire :

« Oh, quelle surprise ! Vous venez aussi au culte ? Je ne savais pas. Je vais en profiter pour vous faire mes adieux.

— Vous partez, Barbara ? Des vacances ?

— Je pars pour toujours. Versailles me fait peur. La police m'a entendue à nouveau comme témoin. Le lieutenant m'a dit que j'avais le droit de repartir. Je lui ai posé la question. Je retourne à Cleveland. Je ne veux pas trouver un troisième cadavre. Ni être le troisième cadavre.

— Vous êtes janséniste ? Il y en a beaucoup aux États-Unis ? demande Wandrille retrouvant, pour se rassurer, les réflexes du reportage.

— Oui, c'est ma foi. Depuis que le père Brun m'a convertie. Je vous ai parlé de lui, mon directeur de conscience, je lui téléphone souvent. Nous sommes un tout petit nombre. Je suis heureuse d'avoir découvert Versailles, Port-Royal. J'ai vu ici des choses que je ne pouvais pas imaginer. Je voulais aider un peu les amis de l'abbaye, leur faire des dons, leur offrir une vraie chapelle. Je crois qu'ils n'ont pas besoin de moi. Je redoute tout.

— Vous êtes déçue ? risque Pénélope.

— J'ai peur. J'ai froid. Je vieillis ici. Le père Brun me comprendra.

— Il est français ?

— Lui ? Son prénom est Xiaoer, cela veut dire Benjamin, le petit dernier, il est d'une famille de onze enfants, Xiaoer Brun, c'est un Chinois qui a une lointaine origine française. Quand il s'est installé à Cleveland, il a repris le nom de ses ancêtres. C'est par lui que j'ai pu faire partie du cercle de ceux qui savent. Il est merveilleux. »

Pénélope et Wandrille se sont mis à l'abri à l'angle du petit bâtiment du XIXe siècle. Ceux qui en sortent semblent plus graves et moins frigorifiés. Heureusement pour les deux intrus, nul ne remarque une grosse écharpe et un bonnet perdus parmi les autres. Devant un photophore, Pénélope voit passer un soulier patiné aux surpiqures luisantes, un richelieu d'une inimitable couleur tabac qu'elle a déjà vue. Elle lève les yeux. L'homme a la tête tournée vers sa voisine. Pénélope d'un coup tire la main de Wandrille pour qu'il recule.

Deloncle passe devant eux, sans les voir.

À ses côtés, devant Wandrille éberlué, Léone et sa mère, une autre femme que Pénélope a vue photographiée dans des reportages sur Patrimoine Plus, Clarisse Deloncle, tenant le bras d'un vieillard sec, sans manteau, en veste rêche, droit comme un I, le vieux marquis de Croixmarc sans doute qui d'habitude ne sort jamais de chez lui. Tous se dirigent vers la même voiture, une grosse berline Saab noire, garée non loin, la plus en vue. Barbara file devant eux à pas de footing, le col de l'imperméable remonté, disparaissant dans la brume et la nuit.

Bonlarron marche de son côté. Il n'a pas voulu être raccompagné. Dans l'herbage où paissent toutes les voitures, il a retrouvé un couple d'amis en lodens qui va le reconduire à Versailles. Il a fait un petit signe de la main.

Sur la route, dans la MG couleur coquelicot, chauffage à plein régime, Pénélope résume :

« Deloncle, furoncle ! C'est lui qui tire toutes les ficelles, ça se sent.

— L'assassin ?

— Il a assailli ta Léone et sa pauvre famille au milieu de la fête de Noël des derniers port-royalistes. Il va...

— Léone et sa mère m'ont dit qu'elles se méfiaient de lui. À quoi ça rime ? Elles avaient l'air de l'avoir adopté.

— Tu crois, Wandrille, que Deloncle a un mobile pour tuer ?

— Pour le premier meurtre, pas sûr. L'étudiante chinoise a été victime d'une cérémonie convulsionnaire qui a mal tourné. Pas une de celles que Bonlarron connaît et fréquente, pas une de celles auxquelles participent Médard et Esther. Les braves gens de cette nuit ne sont pas des criminels. Le rituel qui lui a coûté la vie est d'une autre nature. Une cérémonie chinoise. On lui a fait des marques sur le corps avec un couteau, des entailles profondes, pas comme celles qu'Esther dit avoir reçues. Deloncle, même s'il glace ses pompes comme un maniaque, n'a rien à voir avec ça...

— En revanche...

— Tu parles d'une revanche, j'en arrivais au second crime ! Par contre, dirais-je plutôt, pour le meurtre de Thierry Grangé, il est le suspect idéal. Imagine que l'architecte ait parlé à Deloncle des plans du Versailles janséniste, qu'il lui ait révélé que c'était celui-là, et pas le Versailles de Louis XIII, qu'il fallait vendre à M. Lu pour qu'il le bâtisse chez lui à Shanghai.

— Tu crois ? Tu fabules un peu !

— Pas du tout, ma petite Péné. Grangé a vu que ce serait un énorme chantier. Convaincre M. Lu de construire le Versailles idéal des jansénistes, c'est le pactole. C'est imaginer ce qu'aurait fait Mansart si le Roi s'était entendu avec les jansénistes, de la restauration fiction.

— Pourquoi en aurait-il parlé à Deloncle ?

— Parce que, pour réussir ce coup, il ne suffit pas d'un architecte français et de bâtisseurs chinois. Il faut une entreprise qui sache mettre en valeur les monuments, les faire visiter, les meubler,

cette ingénierie culturelle qui te fait horreur : Patrimoine Plus. En France, quand tu vois ce que fait
Deloncle, tu cries au scandale, toi ma petite conservatrice pure parmi les pures ; vu de Chine, ce Patrimoine Business, c'est la quintessence du savoir-
faire français !

— Deloncle renifle les œufs d'or, veut faire
cavalier seul et élimine Grangé.

— Du coup, il n'a plus d'architecte !

— N'importe quel autre architecte spécialisé
dans les monuments historiques fera l'affaire pour
le Chinois.

— Ça, Wandrille, je n'en suis pas certaine.
Grangé est celui qui connaissait le mieux Versailles,
je veux dire, le bâtiment.

— Quoi qu'il en soit Deloncle court au George-V
faire sa cour au Chinois.

— Qui a dû applaudir devant la découverte.
Avertir peut-être son architecte à lui, en Chine.

— Lu dit alors à Deloncle que ses équipes sont
déjà constituées et qu'il compte faire travailler une
certaine Pénélope Breuil, dont Deloncle se souvient peut-être vaguement pour l'avoir vue dans le
bureau de Vaucanson, et une fille qui, seule dans
son coin, ne réussit pas trop mal dans l'animation
de château, Léone de Croixmarc.

— Léone que Deloncle n'a jamais réussi à faire
passer dans son camp et qui aurait fini par céder
ces jours-ci. Parce que le Chinois a décidé de faire
affaire avec Deloncle et qu'il a un budget illimité.

— Le Chinois, on ne l'a pas vu ce soir.

— Je te dis, Wandrille, que son jansénisme appartient à un tout autre circuit, qui n'a rien à voir avec nos enrhumés du 24 décembre. Ils se sont perdus de vue depuis 1750 ! Il est peut-être retourné à Shanghai.

— Avec mon plan ?

— Ça, on n'en sait rien. Ton voleur de plan, Wandrille, soit c'est un complice de Grangé, ou de Deloncle, soit c'est quelqu'un qui est en danger ou qui est déjà mort, quelque part dans les bassins ou les bosquets. Dans mon hypothèse, mais je suis sûre qu'elle colle à la réalité, ton plan est essentiel pour M. Lu.

— Grangé n'a pas volé ce plan. Il ne nous aurait pas mis sur la piste de la bibliothèque Mazarine. Il n'aurait rien dit quand il l'a vu. Que Deloncle ait fini par convaincre la famille Croixmarc n'explique pas qu'il soit sorti de la chapelle avec Léone à son bras.

— Ça t'ennuie tant que ça, Wandrille ? Les Croixmarc ont dû vouloir l'initier aux beautés du culte janséniste. Ils lui ont proposé de venir voir. Ils ont invité le loup. Ta Léone est de taille à lui résister, non ?

— Il en veut peut-être au flouze des Croixmarc ?

— C'est vrai que ceux-là, m'a dit Zoran, ne tiennent pas le discours syndical des propriétaires de châteaux français ! La complainte des toits qui fuient et des douves qui craquent, pas leur genre. C'est eux qui financent le mouvement janséniste, qui détiennent la mythique "cassette à Perrette".

— Tu crois, Péné, que ça représente encore beaucoup d'argent ? Un trésor qui fructifie depuis Louis XIV, qui aurait traversé les révolutions, j'ai peine à y croire.

— Il y avait encore un bon magot au XIXe, si j'ai bien compris, et leur aïeul banquier suisse a dû savoir organiser les choses. Tu sais, Wandrille, même si on se trompe, on ne peut pas garder ces idées-là pour nous. Il faut qu'on en parle avec Léone. Si elle doit être mise en garde au sujet de Deloncle, je vais m'en charger. Je lui téléphonerai demain matin.

— Tu crois ?

— Oui, cette garce, j'ai envie de la buter moi-même, vais pas laisser ce plaisir à d'autres !

— Péné, c'est Noël ! Elle ne t'a rien fait !

— Gare-toi là, on est juste en face de chez moi...

— Chez nous.

— Tu vas voir, j'ai accroché tes gravures, l'enca-dreur me les a livrées hier, ça commence à avoir bonne allure, mon intérieur historique. »

Escalier branlant, boiseries grinçantes, cadeaux de Noël en rafale sous un sapin au goût de Pénélope avec des guirlandes et des boules bleues : des boots à l'épreuve des graviers et des bois, deux billets d'avion aller-retour pour Tirana aux dates de la Biennale d'art contemporain, un abonnement d'un an au *Giornale dell'Arte*, un Agatha Christie en édition originale, des bouteilles de jus de poire Doyenné du Comice portant l'étiquette du pota-ger du Roi. Puis un chocolat chaud, avec des petits gâteaux alsaciens à la cannelle et à l'orange envoyés à Pénélope par son amie Marie-Françoise, conservatrice des archives de Strasbourg, dans une boîte rouge et or.

La pauvre Esther, qui a toujours sa chambre chez Pénélope, les a attendus. Elle leur a apporté des pâtes d'amande de chez Vicomte. Pénélope ne l'a pas oubliée, elle a pour elle un collier fantaisie choisi avec Wandrille au Bon Marché. Tout respire en Esther l'innocence et la paix. Tout le monde s'embrasse.

La lumière et les guirlandes clignotantes sont maintenant éteintes. Wandrille se dit que Léone n'a pas conscience de ce qui la menace. Qu'elle a peut-être cédé au rutilant magnat de la gestion de châteaux, malgré sa Jaguar neuve et ses cravates à poneys. Que son père n'a pas l'air aussi cacochyme et diminué qu'elle le lui avait dit. Un petit vieillard sec au regard d'acier, qui ne doit pas sourire souvent. C'est étrange que Léone et sa mère le mettent comme cela au rancart. Wandrille rouvre les yeux, se dit qu'il ne peut rien, cette nuit, pour elle – à moins de quitter Pénélope. De tout lui avouer, ce qui revient au même. Il n'ose pas sortir du lit, pour aller tout de suite à Sourlaizeaux. Sa voiture est garée en bas, peut-être Pénélope ne se réveillera-t-elle pas s'il sort discrètement. Si vraiment Deloncle tue, il faut... Téléphoner au moins, pour dire à Léone de ne pas sortir. Il est déjà plus de 2 heures du matin. Wandrille se sent lâche. Ses forces l'abandonnent. Il s'endort comme un malheureux qui a trahi deux fois, une fois place des Vosges en entraînant Léone, une fois ce soir en ne parvenant pas à tout plaquer pour voler à son secours, un lâche qui cherche refuge dans ses rêves de lâche.

10

Matin d'hiver au Grand Palais

Paris, matin du samedi 25 décembre 1999

Les chevaux de bronze s'envolent au-dessus des portes. Sculptures néo-baroques fouettées par le vent, escaliers de marbre, mosaïques d'or et de pierres bleues : il faut du culot dans le pays du Louvre et de Versailles pour construire un bâtiment de pierre et de verre et l'appeler le Grand Palais. Ensuite, il faut oser ne rien faire de cette immense serre vide. Les Galeries nationales proposent leurs immanquables expositions, cette année Daumier, et, de l'autre côté du mur, c'est l'abandon. Les boulons tombent du ciel, les vitres se cassent, le sol bouge, comme un peu partout en bord de Seine. La nef est fermée depuis 1993.

Au centre, le ministre de la Culture bâille à la figure du ministre des Finances. Le petit navire de Bercy est amarré devant les piles du pont Alexandre-III. C'est Georges, tout-puissant ministre, qui a appelé, après le petit déjeuner, ce matin de Noël, pour dire qu'il était libre séance tenante pour venir constater l'ampleur des travaux que l'État doit entreprendre, que le prochain rendez-vous possible était pour lui dans deux mois, et qu'il souhaitait convoquer à cet entretien le principal candidat à la reprise de l'établissement, une fois la carcasse remise aux normes : Deloncle, le PDG de Patrimoine Plus. Ce sera le chantier le plus coûteux du ministère de la Culture dans les années à venir.

En bougonnant, le ministre de la Culture a planté là ses six enfants et s'est exécuté. Il va commencer par faire classer l'ensemble par les Monuments historiques, car le Grand Palais ne l'est pas encore. Puis, dans un an, les travaux commenceront.

La conversation dure depuis une heure déjà. Deloncle parle, plus haut que les autres :

« Il faut vendre à Versailles des produits dérivés. Sans eux, on perdra de l'argent. Je vous ai apporté des échantillons dans mon attaché-case. Vous voulez humer ce parfum, on l'appellera "Bouquet de roses de la Reine", sentez…

— Seigneur ! Pardon, souffle le ministre de la Culture en reculant, je n'ai pas de tortue à qui l'offrir.

— Un peu capiteux, d'accord, mais si on l'éclaircit… On racontera qu'il a été fait par un nez formidable qui a retrouvé les recettes secrètes de Fargeon, le parfumeur de Marie-Antoinette. Ensuite, c'est de la mousse, de la com, une bonne attachée de presse, nous en avons en magasin !

— Ça ne sentira pas meilleur.

— Détrompez-vous. Il vous faut aussi des boutons de manchette à l'effigie de Louis XIV, et même du très haut de gamme, la réplique du collier de la Reine. En faire dix, pas plus, place Vendôme. Ma femme rêverait de porter ça ! Sur une petite robe Chanel noire, pour le réveillon de Lady Billingstone la semaine prochaine... »

Deloncle a beaucoup d'idées pour animer la nef du Grand Palais, un festival du spectacle vivant, un grand marché des terroirs de France, le retour du Salon de l'automobile et celui des arts ménagers. La conversation a dérivé, du Grand Palais malade à Versailles en 110 volts. Deloncle ne se laisse pas coincer par le père de Wandrille, qui commence à maudire son fils qui, au téléphone, ce matin, l'a supplié et convaincu de tenter cette opération de la dernière chance. Le père a senti une telle angoisse dans la voix de son fils, il n'a pas osé dire non.

« Vous vous intéressez beaucoup à Versailles en ce moment. C'est bien que Bercy se soucie ainsi de nos monuments. Il paraît que le Centre Pompidou va y envoyer un conservateur pour y développer des opérations d'art contemporain.

— Vous savez déjà cela ? coupe le ministre de la Culture, que le président Vaucanson, son subordonné pourtant, avait négligé d'informer.

— J'étais au courant, dit le père de Wandrille.

— Je crois, fait Deloncle, que notre cher ministre des Finances a de bonnes antennes à Versailles, je me trompe ? La réouverture du Grand Palais, c'est pour dans dix ans, vous serez

revenu à vos chères études, à votre entreprise.
Vous en aurez eu marre de la politique, comme
tous les autres grands patrons qui s'y sont four-
voyés.

— Aujourd'hui, je peux vous aider, de bien des
manières, vous le savez, il faut répondre à mes questions. Me parler un peu de Versailles.

— Je vous écoute, monsieur le ministre, articule
Deloncle en vérifiant que le bout de ses mocassins
ne prend pas trop de poussière sous cette nef jamais
balayée.

— La police vous a vu la nuit dernière à Port-
Royal-des-Champs, participant à...

— À la messe de minuit, avec ma femme,
Clarisse, de Dreux-Soubise, et sa famille. Je peux
produire tous les témoins. Il y avait la demi-sœur
de ma femme avec son mari gâteux – le marquis et
la marquise de Croixmarc – et leur fille Léone.
Nous avons fêté Noël. En quoi est-ce répréhen-
sible ? Une procession aux flambeaux dans les
ruines de cette abbaye qui jouxte le musée national, comme chaque année. Avec l'assentiment du
conservateur, qui était d'ailleurs présent, je l'ai
salué. Les RG me déçoivent. Ils ne connaissent pas
leur monde, semble-t-il, vous avez l'air étonné. On
ne vous avait pas communiqué, sur vos fiches, ce
lien de parenté ?

— Je crois savoir que Léone de Croixmarc
court un danger.

— Qui vous a dit ça ? Votre fils s'intéresse donc
vraiment à notre famille ? La mère de Léone m'en

avait touché un mot. Elle va être si heureuse ! Il est le meilleur parti possible, cette année du moins. Dommage qu'il écrive cette chronique amusante chaque semaine…

— Je ne plaisante pas. Vous savez qu'il y a eu deux morts à Versailles.

— Je lis les journaux. Vous m'avez fait venir sous la verrière du Grand Palais le matin de Noël pour me résumer la presse ? Ou pour me demander la main de ma nièce pour votre grand garçon ? »

Le ministre de la Culture a marqué à cet instant un peu d'impatience. Il tente de rentrer dans le jeu, pour venir au secours de son confrère, bonne action interministérielle pardonnable en pleine trêve des confiseurs :

« Nous avons fini par recevoir Lu, vous savez, ce Chinois passionné par Versailles.

— Il veut reconstruire une sorte de Versailles du côté de Shanghai. En tant que ministre des Finances ayant tutelle sur le Tourisme, je n'y suis pas du tout opposé. Il faut juste qu'il utilise le bon plan d'époque. Deloncle ?

— Ce Chinois achète tout le monde. Il s'est alloué les services du jeune amant de Nancy Regalado. Un sinistre étudiant en cinéma, toujours de noir vêtu, un peu gringalet, qui vient, paraît-il, d'acheter une fortune un bureau aux enchères à Versailles sous prétexte que c'était une excellente copie d'une pièce historique. Il agissait pour le compte de ce M. Lu, qui songe déjà à meubler la demeure de ses rêves. Je l'ai appris par Vernochet, le commissaire-priseur, hier, à un dîner au Cercle Interallié.

— Vous savez vraiment tout. Et ce Versailles idéal sino-français, vous imaginez à quoi il ressemblera ? Deloncle ?

— Vous direz, monsieur le ministre, à votre imbécile de fils qui vous a demandé de me cuisiner à ce sujet, que cela ne ressemblera pas au plan absurde et irréalisable qu'il s'est laissé barboter. Ça vous suffit ? Ne me demandez pas de donner mes sources. Il pleut ici, votre Grand Palais prend l'eau. Vous êtes l'État, la France, la République, c'est à vous, tout ça ! J'ai bien réfléchi, je vous le laisse. »

11

La chapelle ronde de Notre-Dame

Ville de Versailles,
matin du samedi 25 décembre 1999

L'écho des bruits de pas revient en boomerang
dans la chapelle du Sacré-Cœur. C'est la pièce du
puzzle qui manquait à Pénélope. Quand on entre
dans l'église, on ne la voit pas. Il faut pousser de
lourdes portes, tout au fond, pour la trouver.
Pénélope pense en la découvrant à la « chapelle des
catéchismes » de l'église Saint-Médard, cachée elle
aussi. Ici, l'architecture n'est pas celle que le visiteur
attend pour une chapelle, elle se greffe sur l'église,
au-dessus du chœur, une auréole sur la tête du
Crucifié. En apparence, elle ne sert à rien, là. Son
architecture ressemble beaucoup, avec un diamètre moins important, à la colonnade édifiée par
Mansart – un bosquet avec un toit et des murs,
devenu sacré. C'est une salle ronde à piliers, le lieu
de réunion des religieuses et des solitaires – la maté-
rialisation en pierre de la clairière de Port-Royal-
des-Champs. Elle n'est pas de Mansart, mais on
pourrait le croire. Une plaque dit qu'on la doit

à M. Louis Pinart, curé, et que la construction remonte aux années 1860. Sur le plan que Péné a vu à la Mazarine, elle est déjà tracée, au XVIIIᵉ siècle, dans ce projet inouï de Versailles janséniste. Quand on regarde ensemble la ville, le château et le parc, la chapelle ronde de l'église Notre-Dame constitue une sorte de pendant, côté ville, de la Colonnade, côté jardin.

Pénélope s'assied dans le chœur, sur une banquette tapissée de velours bleu roi, du même modèle que celles qui ornent, au château, les salles Louis-Philippe du musée de l'Histoire de France. La banquette grince. Péné se recueille, réfléchit. Esther lui a laissé un message, griffonné maladroitement, sur la table de la cuisine, pour lui dire qu'elle viendrait prier là, ce matin, et qu'il ne fallait pas s'inquiéter. Pénélope, bien sûr, s'inquiète. Elle ne voit Esther nulle part, cette enfant si fragile qui pense être devenue une grande fille et qui a dénoncé son père à la police. Ce pauvre vieux Médard, si cultivé, si original, qui, si ça se trouve, n'est pour rien dans tout cela. Pénélope est allée directement à la chapelle du Sacré-Cœur, pensant que la petite s'y trouverait. Ne la voyant pas, elle entreprend de faire le tour de la nef.

Dans une des chapelles, un haut retable frappe son regard. Pénélope regarde le cartel : un tableau de Jean Restout, peintre janséniste du XVIIIᵉ siècle, le digne successeur de Philippe de Champaigne qui, sous Louis XIV, avait peint ces inoubliables religieuses en habits blancs frappés de la croix rouge sang. Première chapelle à gauche de l'entrée : un monument funéraire. C'est celui de La Quintinie, le créateur du potager.

L'église Notre-Dame de Versailles n'est pas seulement la rivale de la cathédrale Saint-Louis, elle a tous les caractères d'un sanctuaire crypto-janséniste. Sa façade, construite dans ce style neutre international qu'on appelle « style jésuite », est parfaite, pour masquer sa vraie nature, de même le « Sacré-Cœur » à qui la chapelle ronde est dédiée officiellement, n'a rien à voir avec les écrits jansénistes.

Le chat est entré dans l'église. Petite tache à l'oreille, c'est lui : Pénélope, tout de suite, cherche des yeux Esther. L'homme qui la serre dans ses bras ne la voit pas : c'est son père. Ils sont dans l'ombre du confessionnal, dans la chapelle suivante. Un conte de Noël, enfin, il était temps !

« À peine arrivée dans le sérail, vous en comprenez les détours, mademoiselle Breuil.

— Vous, vous venez ici, Médard, pour...

— C'est ici, dans cette église, que nous marquons les circonstances les plus importantes de la vie de notre famille. Je savais que ma fille viendrait m'y attendre après avoir lu, dans le journal de ce matin, l'annonce de ma sortie. Elle m'a avoué qu'elle avait douté de moi, je lui ai accordé mon pardon. Ensuite, elle se confessera à un des prêtres qui nous comprennent. »

Médard a été relâché. Sa ronde du matin est un alibi parfait : il l'a accomplie à l'heure même où, selon le légiste, a été tuée la Chinoise. Farid, qui lui a donné la clef, a inscrit l'heure de départ sur son registre. Edmond était présent et a confirmé. Il faudrait les soupçonner tous les trois s'il y avait eu une « erreur ». Médard accomplit le même circuit depuis des années. Ses empreintes, fraîches, étaient bien sur toutes les clenches de porte sur le parcours qu'il affirme avoir suivi. La police a refait le tour en chronométrant. Les enquêteurs sont arrivés dans le Cabinet doré à l'heure qu'il a dite. Or, le meurtre ne semble pas avoir été perpétré dans les appartements royaux, aucune trace de sang, ni de violence, n'a été détectée.

Le crime a été commis ailleurs, pendant que Médard commençait sa ronde. Le doigt sanglant a été apporté deux minutes avant qu'il n'entre dans la pièce. Ce ne pouvait pas être lui. Pénélope n'a jamais cru Médard coupable. Elle est heureuse de le voir retrouver sa fille. Dans cette enquête, la police n'arrive à rien. Le parc aux abords de Latone a été fouillé, mais personne n'a pu établir exactement où la Chinoise avait été tuée. Aucune arme du crime n'a été trouvée. Personne ne comprend comment ce doigt s'est retrouvé dans un meuble que les Ingelfingen venaient de descendre des combles. Pénélope a réussi à placer ceux-ci et Zoran sous la protection de son président. Jusqu'à quand ? La police va tout de même vouloir comprendre ce qui est arrivé à cette petite table, et il faudra inventer un

bobard. Leur dire que tout cela était prémédité en
vue d'organiser une intervention d'art contemporain, dont les conservateurs de la maison n'avaient
pas été avertis. Ça passera.

Esther, d'un coup, se fige :

« Cet homme, je ne veux pas le voir. Il était toujours là. C'est lui qui tue, je sais que c'est lui qui tue !

— Tais-toi. Tu recommences à délirer ! »

Esther a désigné un vieil homme qui, dans une
des chapelles de l'autre bas-côté, vient de s'age-
nouiller. Pénélope le reconnaît au moment où
Médard chuchote son nom à son oreille :

« Le vieux marquis de Croixmarc. On le connaît
depuis toujours. Il vient ici tous les matins. Esther,
tais-toi, il n'a jamais fait de mal à personne. Il a
juste un peu perdu la boule. Il s'égare dans son
parc, sa femme l'occupe, il passe lui-même la ton-
deuse pendant des semaines entières. Quand il était
jeune, c'était un champion d'aviron. Esther, tu veux
bien te calmer. On va sortir.

— Moi, dit Pénélope, je veux lui parler.

— Il est peu aimable. Je vous attends, nous vous
attendons, dehors. Esther m'a dit que vous aviez été
si gentille avec elle pendant mon… mon absence. »

Devant ce vieil homme en oraison, la crèche,
au lendemain de Noël, est en grand désordre. Les
enfants qui y ont apporté des fleurs pendant la
veillée ont fait un beau carnage, une tempête en
miniature où les bergers et les saints personnages
disparaissent sous les tiges et les feuilles.

Mêmes cheveux roux que sa fille, coupe militaire, l'homme se relève par réflexe quand on
entend qu'on lui parle.

« Bonjour, monsieur. Je suis une amie de Léone,
j'aimerais avoir de ses nouvelles, je m'inquiète pour
elle...

— Laissez-moi, ayez pitié d'un mourant. Ne me
parlez pas. Priez. »

Il l'a fixée de ses yeux verts. Il s'est assis ensuite,
visage fermé. Pénélope est sortie sur la pointe des
pieds. Elle pense à Wandrille, qui est parti tôt ce
matin, sans la réveiller. Depuis, il est injoignable.

Dehors, Médard a d'abord voulu réciter tout
haut quelques vers de Racine, une tirade d'*Iphigé-
nie*. Ne vous déplaise, il est monté vers le château,
avec sa fille qu'il tenait par la main, en chantant
La Javanaise.

12

Pénélope plafonne

Château de Versailles,
après-midi du samedi 25 décembre 1999

Pénélope filant, c'est le titre du « cadre rapporté » dans la bordure peinte au-dessus d'elle. Médard a tenu à le lui montrer. Jour férié, le château est vide. Dans le salon de Mercure, au premier étage de Versailles, le décor du plafond est consacré aux femmes illustres. Pénélope devant son métier à tapisser y côtoie Lala de Cyzique peignant, Aspasie dissertant avec les philosophes, Sapho jouant de la lyre. Dans le salon de Mars, c'est Hypsicratée suivant son époux Mithridate à la guerre ou Harpalyce délivrant son père.

Pénélope laisse aller son imagination. Elle a rêvé des scènes de convulsions du cloître Saint-Médard. Elle s'est vue, la nuit passée, à Trianon, parmi les favorites du cercle de la Reine. Ici, elle voit comme si elle y était l'arrivée des femmes de Paris à Versailles, en 1789, avec sur le nombre quelques hommes travestis. Elle se met à leur place, dans ce décor, sous ces plafonds. Elle aurait aimé aussi être une de ces femmes de la Révolution, prêtes à faire don à la patrie de leurs bijoux et de leurs enfants, qui se retrouvent sous ces immenses toiles peintes sous Louis XIV où trônent déjà, les attendant, Camille, Hersilie, Livie, Lucrèce, Cornélie mère des Gracques – et Pénélope peinte devant son ouvrage.

Que fait Wandrille ? Il n'a pas encore appelé. Quel besoin a-t-il eu de rentrer à Paris ? Il avait des choses à aller chercher chez lui pour le dîner de ce soir, ça sent le prétexte à plein nez. Pénélope ne supporte pas de ne pas savoir la vérité. Léone a-t-elle fait la conquête de Wandrille ? Pénélope fait un effort sur elle-même, douloureux, pour éviter de ne penser qu'à cela, pour se concentrer sur ce qui importe : aider Esther, éviter un nouvel assassinat. Pénélope, chez Homère, se penchait sur sa tapisserie pour ne pas avoir à souffrir. Hier, une amie l'a appelée pour lui dire que peut-être un poste se libérerait bientôt au Louvre, aux tissus coptes. Pénélope se force à rêver.

Chignon-Brioche, autre femme abandonnée, a passé quinze ans à retrouver tous ces sujets rares traités par les peintres au plafond de Versailles, ce n'était pas toujours facile. Il s'agit d'illustrations de textes. Beaucoup d'auteurs latins traduits par ces messieurs de Port-Royal. Le jansénisme s'était introduit même là, dans les salons du Roi.

Médard sourit.

« Vous avez secouru Esther. Je vais vous dire ce que je sais. Vous allez m'aider à faire toute la lumière, mademoiselle Breuil.

— Pénélope.

— Celui qui vient d'arriver dans le jeu, c'est Lu. »

La communauté dont Médard fait partie vivote depuis des dizaines d'années. Les Croixmarc tiennent les cordons de la bourse et le haut du pavé, parce que leur château se trouve sur le territoire de la commune où il y avait l'abbaye. Les fidèles se rassemblent de temps en temps. Médard décrit la routine des réunions. Il y a ceux qui vénèrent les habits noirs du XVIIe siècle, et ceux qui aiment le diacre Pâris et les miracles. Sa famille fait plutôt partie du deuxième cercle. Lui, ça le passionne depuis toujours, autant que l'histoire de Versailles. La bibliothèque est gardée comme un trésor. Les chercheurs y sont bien accueillis, dans un si grand silence. Le bien ne fait pas de bruit, le bruit ne fait pas de bien. Certains se souviennent encore qu'ils ont, en quelque sorte, des cousins en Chine, mais la majorité a oublié ces vieilles histoires. Les descendants des exilés ne se manifestaient pas. Médard, jeune homme, s'était enthousiasmé pour cette espèce de légende.

« C'était le temps où j'étais tout fou, j'y étais allé.

— Vous ? En Chine ?

— Ça ne va pas avec l'idée que vous vous faites de moi ? Je n'ai pas toujours été un petit vieux qui raconte les mêmes salades.

— Médard, je n'ai pas dit cela. À l'époque, vous aviez rencontré Lu ?

— Il est beaucoup plus jeune. J'avais vu son village, et j'avais été initié aux secrets de nos frères séparés.

— Comment Lu, qui doit sa fortune aux gardes rouges, a-t-il pu cacher que sa famille appartenait à ce minuscule cercle des jansénistes chinois ?

— Il ne l'a pas caché. Ce "petit" cercle reste très puissant. C'est le berceau même du président Mao.

— Vous plaisantez ?

— C'est un des secrets les mieux gardés de Chine. Pourtant, pour qui sait voir, ça saute aux yeux. La Révolution culturelle, les intellos aux champs, ça ne vous rappelle pas, en plus violent bien sûr, nos vergers de Port-Royal ?

— Sauf qu'il reste très peu de catholiques en Chine… »

Le jansénisme, selon Médard, est né du catholicisme, mais il est aussi devenu une morale, une philosophie. Après la rupture avec Rome, le courant, implanté en secret sur la terre chinoise, en deux siècles, a su effacer la figure de Jésus-Christ. C'est le lien avec Rome qui avait fait échouer les jésuites. Rome avait rejeté les jansénistes. Ils étaient libres. Ils ont tiré la leçon, sur cette terre lointaine, sans en parler à personne, de l'échec colossal de leurs adversaires.

Médard a passé deux ans en Chine, avant la naissance d'Esther. Il y a beaucoup appris. Quand il en parle, c'est avec une flamme qui le rend méconnaissable :

« Le coup de génie de Mao a été de ne pas fonder de religion. Il a inventé, dans *Le Petit Livre rouge*, une troisième génération de jansénisme, fait pour la lutte. Il a triomphé. Il a persécuté l'Église romaine, c'est bien fait. Le monde appartiendra demain aux arrière-petits-enfants de Port-Royal.

— Mais vous voyez bien, Médard, qu'il n'y a rien de commun entre les solitaires du XVIIe siècle et un M. Lu milliardaire...

— Vous croyez qu'il y avait quoi que ce soit de commun entre le catholicisme du vieux Louis XIV à la chapelle de Versailles et celui des croyants du temps de saint Augustin ? Entre le catholicisme de l'empereur Constantin et celui du curé d'Ars ? Le même mot couvre une réalité qui a changé au cours des temps. Eux, ça ne les gêne pas !

— L'Église catholique soutiendra le contraire. C'est sa force d'avoir tout traversé.

— Nous avons fait en Chine un long détour. Le XXIe siècle, l'après-2000, vous verrez, ce sera le temps de notre retour. 2009, le tricentenaire de la fin de Port-Royal, marquera le début de notre vraie domination mondiale.

— Médard, vous me faites peur !

— Vous croyez que je délire ? Écoutez-moi jusqu'au bout. Il faut que vous sachiez tout cela pour pouvoir nous aider. Nous infiltrons, pays par pays, la vie politique et culturelle. M. Lu se charge de la France. Il va commencer par arroser Versailles avec de telles sommes que vous finirez par lui appartenir, il commencera par devenir mécène, puis il fera ce qu'il voudra...

— Vous n'avez aucun relais d'opinion, aucune existence politique, même pas en Chine.

— Vous êtes aveugle ! Votre Premier ministre, vous croyez qu'il nous rejetterait ? La presse l'a présenté comme un protestant austère qui n'a pas la foi, ou un trotskiste qui se cache. Vous voulez que je vous parle du trotskisme ? De ce petit groupe d'étudiants purs et droits qui avaient fait le serment de réformer la société et d'entrer partout ? Vous savez qu'ils ont beaucoup dialogué, dans leurs ateliers, à la fin des années 60, avec ceux qu'on appelait ici "les Mao". J'en étais !

— Vous, Médard, je vous croyais...

— J'avais vingt ans, je savais d'où je venais, je savais ce que je voulais faire. Surtout j'appartenais à une des dernières familles françaises qui savait que nous avions, comment dire, des "bases secrètes" dans la Chine communiste. Comme ces banquiers calvinistes de Genève qui savent qui sont les cousins de Boston sur lesquels ils peuvent compter.

— Vous voulez qu'on aille en parler maintenant au Premier ministre, il est peut-être au pavillon de la Lanterne pour le week-end, il va vous rire au nez et vous allez redescendre sur terre !

— Parce que lui-même ne sait rien de tout cela.

— Facile d'imaginer une société secrète dont les membres ne savent pas qu'ils en font partie ! »

sans souffrir, sans ressentir aucune atteinte physique. Ils ont pris possession du pays dans leur chair, comme les convulsionnaires de Saint-Médard. La Longue Marche a été la plus grande convulsion du XXe siècle, le serpent d'hommes qui a enfanté l'œuf des révolutions.

— Je crois que vous inventez tout.

— Ce qui vient de se passer à Versailles ne me donne pas raison ?

— Et le mobile ? La cassette ?

— La cassette à Perrette, ce n'est pas que de l'argent, c'est la mainmise sur tout le clan, c'est le bâton de commandement. C'est cela qui compte pour les Croixmarc. M. Lu arrive avec ses milliards. Il ne cherche pas à leur prendre leur trésor. La vieille fortune de cette antique famille n'est rien face à la puissance chinoise.

— Votre Chine m'inquiète.

— Vous ne me croyez pas, Pénélope. Lu veut noyer cette goutte d'eau dans son océan. Il veut que la petite flamme du feu sacré que quelques familles françaises gardent depuis des siècles se perde dans l'immense incendie qu'il se prépare à allumer.

— Vous parlez comme un conte chinois. Et Lu, où est-il aujourd'hui ?

— À Shanghai. Il est reparti hier. Je ne pense pas que vous soyez de taille à lutter contre lui. »

13

La galerie des Glaces

Château de Versailles,
nuit du samedi 25 au dimanche 26 décembre 1999

Voici le solstice qui s'achève, le jour sacré du soleil, la plus belle fête des dieux antiques. C'est le coucher de Phébus-Apollon entrant debout, avec l'air victorieux de celui qui ne s'endort jamais, dans l'eau noire du bassin sur son char d'or trop lourd – au centre du grand axe dessiné par Le Nôtre. De l'autre côté du monde, en Chine, il se lève.

À l'opposé, côté ville, Wandrille, assez droit lui aussi, a osé franchir la grille d'honneur, l'air dégagé, une glacière de camping à la main. Un chef-d'œuvre de plastique orange seventies qu'il a négocié une fortune aux puces. Elle contient des trésors. La surprise qu'il prépare à Pénélope depuis des jours. Il va falloir qu'il explique au poste de garde la raison de sa visite à 10 heures du soir.

Par chance, c'est Farid, qui le reconnaît. Poignée de main :

« Pas vraiment le grand beau temps, cette nuit ! C'est vous qui êtes de corvée ?

— Comme vous dites ! J'ai appelé Météo France, pour savoir s'il fallait fermer les volets intérieurs du rez-de-chaussée, avec toutes ces infiltrations partout, mais ça va, rien d'anormal, ça décoiffe juste un peu. Mlle Breuil m'a prévenu, elle a dit que vous pouviez la rejoindre, jusqu'à la galerie tout est ouvert, vous n'aurez pas de problème, comme si vous étiez de la maison maintenant ! On n'a pas de chance, elle et moi, on est de garde le lendemain de Noël. Enfin, c'est calme, c'est toujours ça ! »

À cet instant, Pénélope entre dans la galerie des Glaces. Elle tient à la main une lampe-tempête. Elle veut jouir du plaisir d'y être absolument seule, de nuit. Seule, en attendant Wandrille, comme si elle était dans sa salle de bains. Elle a emprunté une lampe de jardinier, qui donne aux peintures et aux sculptures l'allure d'une forêt. Elle a trouvé dans un placard de la conservation une table de bridge, à Versailles elles fourmillent et se glissent même au cœur du château. Elle a récupéré deux chaises *Louis Ghost* – un prototype signé d'un jeune génie, Philippe Starck, qui hésite encore à la commercialiser –, épaves d'un dîner de gala de designers donné cet été dans la galerie des Batailles. Parmi les débris laissés par Nancy Regalado et son équipe de tournage, elle a trouvé des bougeoirs en cristal du plus bel effet.

Elle installe une nappe en papier, des couverts en plastique et des gobelets de carton doré avec de petites étoiles bleues. Le réveillon du 25 décembre est toujours celui qu'elle préfère, depuis que petite

fille elle l'avait inventé, pour concurrencer les
effrayantes fêtes de famille des adultes.

Ce qu'elle ne prévoyait pas, c'est l'émotion qui
se saisirait d'elle. Elle n'avait en tête qu'une jolie
plaisanterie. Offrir à Wandrille un dîner aux chandelles en tête à tête dans les Grands Appartements.
Elle installe sa table au centre, sous le Roi-Soleil
exactement, flatté par Charles Le Brun. Pénélope,
petite fille, a fait deux ans de danse classique,
à Villefranche-de-Rouergue. Monarque absolue,
« Pénélope gouverne par elle-même ». Le Roi dan-
sait lui aussi, et fort bien. Elle était persuadée qu'il
ne lui restait rien de ses leçons de danse. Dans la
galerie, elle entre comme si elle apparaissait sur
une scène. Elle marche, la tête renversée, les
paumes ouvertes, tenant sa lampe du bout des
doigts, jeune prêtresse du palais du soleil. Elle
s'avance. Elle sent que ce décor habite aussi en
elle. Elle se prépare à plonger dans une piscine
imaginaire. Le Grand Canal, derrière les fenêtres,
est un miroir bleu nuit. Le vent souffle de plus en
plus fort. Il lui semble que les fenêtres grincent
toutes seules. Elle ne sent ni le froid, ni la faim, ni
l'attente. Wandrille a reçu les consignes pour arriver ici, elle a prévenu le poste de garde.

Dehors, derrière les fenêtres tremblantes, le parc
s'anime. La nature vibre. Pénélope est prise d'une
envie folle. Se déshabiller. Nager nue dans la galerie des Glaces. Qui l'en empêche ? Wandrille sera
là dans une heure. Personne ne le saura. Si tel est
son bon plaisir ?

« Mais enfin, habille-toi, tu es folle, il fait un froid de canard ! Tu fais de l'exhibitionnisme ? Tu es saisie d'une crise de convulsions ? Pénélope ! Réponds-moi !

— Wandrille !

— Tu n'es pas dans ton état normal. Tu es folle. Toute cette histoire te fait délirer. Tiens, ça c'est ton soutien-gorge, sur un vase de porphyre ! Tu vas me faire le plaisir...

— Je fais ce que je veux. J'ai mis le couvert.

— Ne te promène donc pas toute nue...

— Il n'y a personne, et pas de vis-à-vis, c'est l'avantage de cette espèce de grand couloir. Tu as vu, très mauvais temps ! Écoute le vent, ça cogne, j'ai l'impression d'être en mer. »

Pénélope, quand elle avait encore tous ses esprits, avait préparé un petit en-cas : foie gras en provenance de Villefranche-de-Rouergue, vin de Cahors, saumon danois, champagne ; elle a osé brancher un grille-pain pour les toasts, mais n'a pas voulu aller, dans ce cadre sublime, jusqu'à la plaque chauffante. La surprise, c'est la suite, apportée par Wandrille.

Faire venir des glaces du monde entier est un exploit. Le prince Mohammed al-Faisal est resté célèbre pour avoir bluffé toute la presse en servant un punch, sans alcool, mais à la glace de l'Alaska, héliportée dans l'Iowa lors d'un grand congrès international sur l'utilisation des icebergs et le réchauffement climatique. Wandrille, qui connaît mille choses inutiles que personne ne sait, avait découpé un article de magazine à ce sujet.

« Tu sais, Péné, je crois qu'il est grand temps qu'on se change les idées. Remets aussi ton pull. Toutes ces histoires commencent à être pesantes. Il faut qu'on profite de Versailles, qu'on s'amuse un peu, qu'on se retrouve. Tu aimes le sorbet au cacao, rien à voir avec la glace au chocolat ? Celui-ci vient de chez Georges Laporte à Salvador de Bahia, ça, c'est la framboise de chez Ciampino, sur la place de San Lorenzo in Lucina, à Rome, tu te souviens ?

— Wandrille, je ne suis pas enceinte, je t'assure.

— J'ai pris aussi figues sèches et ricotta, chez Il Gelato di San Crispino, derrière la fontaine de Trévi, pour tester, ça, c'est un petit choix de chez Bajo Cero à Madrid, je t'ai choisi amande crue et vanille de Tahiti, fraise au thé et aux pétales de rose, mais j'ai aussi demandé à Livorno, le fournisseur de la famille royale. Je leur ai laissé carte blanche, ça a donné dulce de leche, mousse au chocolat à la banane et violette.

— Tu es fou.

— Il y a encore cette boîte, ça vient de Budapest, chez Artigiana Gelati, leur fameuse glace au champagne, celle-là, c'est de la glace de Chine, le meilleur de Pékin, Su-Han, et là, mon trésor, la glace aux amandes douces de chez Mafalda à Lisbonne.

— Comment as-tu trouvé des glaces du monde entier ? J'aime la glace en plein hiver.

— Les meilleures ! Et la prochaine fois, je te prépare un tour de France : glace au spéculos de chez

Dagniaux à Lille, la glace au lait de brebis et cerises noires de Txomin à Saint-Jean-de-Luz, je t'en ferai venir par Brett, tu t'en souviens, le glacier australien de Biarritz, les glaces à la Mara des bois et Irouléguy qu'on avait goûtées la dernière fois ?

— Mais où as-tu trouvé des glaces venues de partout, comme ça, personne ne vend ça à Paris ? En hiver !

— Facile, devine.

— Langue au chat.

— Papa accueille après-demain la conférence des ambassadeurs de France, qui au lieu de se tenir comme d'habitude au Quai d'Orsay fin août se fait après Noël à Bercy, Dieu sait pourquoi, c'est la réforme de l'État. J'ai passé la journée à téléphoner aux cuisiniers des ambassades. Jean de Saint-Méloir, qui m'a l'air fou de toi, encore un, m'a communiqué la liste.

— Wandrille ! Je me demandais où tu étais. Pendant ce temps-là, j'ai découvert que...

— Les ambassadeurs sont assez sympas avec moi, une bonne quinzaine ont accepté sans poser de questions, les fayots, de transporter une glace avec leurs bagages. J'ai voulu te faire plaisir : t'offrir la galerie des glaces !

— Tu crois, Wandrille, que l'assassin était vraiment M. Lu ou un de ses sbires ? Tu sais que Médard est en admiration devant lui. Il vient de rentrer à Shanghai. Médard le sait, je me demande par qui. Médard est l'homme le mieux informé de Versailles. Je ne sais pas si nos amis de la police ont eu raison de le remettre en liberté.

— M. Lu ? Tout y conduit. Papa le pense, après s'être fait insulter par Deloncle, il faut que je te raconte. Moi, je n'y crois pas. Pourquoi aurait-il tué la Chinoise ? Et Grangé, dont l'expérience versaillaise lui était indispensable ? »

14

Tempête dans le saint des saints

Château de Versailles, chambre du Roi,
suite du précédent, vers 2 h 30 du matin

« Un cri, Wandrille, on égorge !

— Un troisième meurtre. Ça résonne. Un cri de
femme, ou d'enfant. C'est près de nous. Il y a des
portes dans le mur de la galerie des Glaces ?

— Oui, celle-ci donne dans le salon de l'Œil-de-
Bœuf, l'antichambre du Roi. »

Wandrille pousse les miroirs. Le salon est dans
l'obscurité. Les cris deviennent plus perçants. Pénélope tente de téléphoner, pas de réseau. Dehors,
le vent siffle, comme si les arbres commençaient à
hurler eux aussi.

« Wandrille, ça vient de la chambre du Roi.

— Quelle chance, je ne l'ai jamais visitée. On va
voir ces fameuses soieries…

— Tais-toi. Entre en premier, je te suis, j'appelle
les secours, donne-moi ton portable.

Innocent, sans armes, inconscient du danger,
Wandrille touche la porte devant laquelle, des

siècles plus tôt, Louis-Basile Carré de Montgeron avait attendu en priant.

À l'intérieur, les bougies ont été allumées sur les cheminées. En cercle, devant le lit tissé d'or, dans une pénombre rougeoyante, la cérémonie réunit des personnes que Wandrille connaît toutes – sauf une.

Deloncle, sa femme Clarisse, la demi-sœur de celle-ci, la marquise de Croixmarc, le président Aloïs Vaucanson en personne, Médard, qui tient trois fleurets entre ses mains, sa fille, Bonlarron et un vieil homme sec, à l'écart. Wandrille se demande qui il est, il n'a pas le temps de se dire qu'il l'a déjà croisé. Sur le moment, son visage creusé comme une statue de bois ne lui dit rien.

Pieds nus, dans une longue chemise en toile de lin, à genoux, au centre, Barbara Grant, les yeux perdus, attend, bras en croix. C'est elle qui vient de hurler. Elle crie une nouvelle fois, plus sourdement, comme un grognement rauque.

Celle qui tient une quatrième lame, en face d'elle, cheveux dénoués, regarde l'intrus avec un regard froid : c'est Léone.

Comme Pénélope n'est pas encore entrée dans la pièce, Wandrille, qui sait pourtant qu'elle entend, se sent tous les courages. Il a compris qui tue, même s'il ne comprend pas bien comment, depuis ce matin, depuis l'appel de son père sortant du Grand Palais. Il va soulager sa conscience. Tous les autres vont l'aider, doivent l'aider. Ils sont là, mais ils ne sont pas complices.

« Léone, lâche ce fleuret. Barbara, relevez-vous. Léone, il faut peut-être que tu t'expliques. Tu as volé chez moi le plan que Grangé avait vu. Tu as tué, deux fois. Lâche cette arme, tu veux que je vienne te la prendre ?

— Tu imagines que je m'amuse à me promener dans Versailles pour assassiner ? Mon pauvre Wandrille ! Et j'y gagne quoi ? Tu me crois capable de tuer ? »

À cet instant, Aloïs Vaucanson sort de la poche de sa veste un Manurhin, le revolver le plus simple parmi les armes de service des policiers, qu'on lui a confié, à la préfecture, quand il a pris ses fonctions, et qu'il n'avait jamais sorti du tiroir de son bureau.

« Mademoiselle de Croixmarc, posez votre épée. Répondez aux questions. Je vous ai ouvert le château, cette nuit, j'ai accepté de voir cette mascarade, je voulais comprendre enfin, mais là, c'est trop. »

Prise d'une inspiration subite, Pénélope ne s'adresse qu'à Léone :

« Toi, tu ne tues pas, c'est clair. Tu ne tues pas toi-même. Tu as éduqué ton arme. Ton père est entre tes mains comme un enfant. Il m'a tout fait comprendre, en phrases hachées, avec des gestes aussi. Il n'en peut plus. C'est un témoin accablant pour toi qui vient de me parler, ce matin, dans l'église Notre-Dame. Il a voulu arrêter cette folie. Il n'aime pas lacérer les chairs au couteau, il n'aime pas couper les doigts, il n'a pas aimé battre à mort des femmes et assommer puis noyer Grangé. Il a une force de jeune homme, et des biceps de lutteur, à force de tailler des haies et de faire ses entraînements d'aviron ! Tu veux qu'il nous raconte tout lui-même ?

— Papa…, fait Léone en se tournant vers lui.

— Je n'agis que quand ma fille me le commande. »

Clarisse Deloncle a pris la main de son mari. Bonlarron affecte un air absent, fakir en mocassins sur des charbons ardents. Wandrille a dit, plus tard, à Pénélope, qu'il l'avait vu trembler à ce moment-là. Médard enlace de son bras droit sa petite Esther, dont les yeux commencent à s'agiter.

« Léone, dit Wandrille, tu t'expliques ?

— Vous ne pouvez pas comprendre.

— Tu attendais les convulsions de Mme Grant ? Tu l'as juste fait hurler de terreur.

— Bien sûr. Elle se serait tordue comme les autres, toutes ces nanas hystérico-dingues. Tu as entendu parler de l'arc hystérique, quand le corps se tend ? Papa m'a appris quand j'avais douze ans comment on peut déclencher ça. Je donne des ordres, elles se soumettent.

— C'est ça, ta "foi" ? Tu manipules de pauvres naïfs. Tu exploites les jansénistes comme les collectionneurs de plantules, les croqueurs de pommes, les fans de modélisme, tu n'y crois pas un seul instant, ça se voyait, chez toi, l'autre jour. Tu as juste trouvé des gogos. Un bon filon. Tu n'as aucun esprit religieux, sauf pour la façade. Tu étais avec ton père, l'autre soir, au pavillon de l'ancienne herboristerie ?

— Si ça nous amuse. Ma religion me regarde.

— La vraie question, affirme Wandrille, c'est l'argent.

— Tu m'insultes.

— Vous avez vu arriver les millions de M. Lu, vous avez compris que vous alliez perdre votre hégémonie sur le milieu janséniste. Tu as voulu te défendre. Il allait vous noyer sous le fric. Pire que vous voler : rendre ridicules les sommes de la cassette à Perrette qui vous suffisaient pour manipuler tout votre petit monde. Tu as voulu te débarrasser de Lu, le faire accuser, le terrifier pour qu'il s'en aille. »

À cet instant, Léone s'échappe. Elle court. Son père veut la suivre. Vaucanson et Deloncle, ensemble, immobilisent l'homme. La mère de Léone, debout, se met à pleurer. Elle s'est rapprochée en silence du couple Deloncle, qui forme devant elle un rempart.

« Vous savez vous servir de ça ? dit Vaucanson à Wandrille, tendant son arme.

— Donnez. Je la ramène. »

Barbara, sur le parquet, devant la cheminée qui supporte le buste du Grand Roi, sortant de sa léthargie, murmure en reconnaissant Wandrille et Pénélope, d'une voix polie et évaporée :

« Comme vous voyez, je ne suis pas partie. »

Wandrille est revenu dans le salon de l'Œil-de-Bœuf. Léone fuit vers le fond, claque la porte.

Wandrille tourne la clenche. Ça donne sur un petit couloir, vide. Réflexe, il est déjà venu, sur sa droite, une porte banale : l'escalier qu'il a baptisé « le passage de l'étroit mousquetaire ». C'est par là qu'elle a dû filer, comment peut-elle connaître cela ?

Il y monte quatre à quatre. Il passe l'étage des Petits Appartements de la Reine, Léone est allée encore plus haut. La porte de l'ex-atelier secret est restée ouverte, au fond, celle qui donne sur les toits bat avec un bruit de tambour. Léone sait jouer les acrobates, la rattraper ne va pas être facile. Wandrille sort, Wandrille qui vise et qui ne vise pas.

Une seconde plus tard, dehors, frappé par une bourrasque, il se retrouve à plat ventre. Ce n'est pas du vent, c'est une tornade. Impossible de se relever. Il tient ferme son arme. Il a été jeté à terre d'un coup. Il regarde. Léone est devant lui, à terre aussi. Elle a reçu le même choc, juste avant :

« C'est dangereux, tu vas glisser, Léone, viens, rampe, accroche-toi à moi. Il faut qu'on revienne à la porte de l'escalier. On va être emportés. »

Sur le visage de Léone, c'est la terreur. La pluie tourne autour d'elle et l'enveloppe. Elle tente de marcher à quatre pattes, glisse sur les coudes. Sa tête retombe sur le plomb du toit. Elle avance comme un lézard vers Wandrille. Lui se pousse de dix centimètres, saisit son bras de sa main libre, pointant toujours son arme, juste un peu au-dessus d'elle. Il réunit ses forces, contre le vent. Impossible de tirer au milieu de ce déchaînement. S'il la blesse, il n'arrivera pas à la traîner. Il la fait glisser vers la porte.

Un coup de pied, il la pousse à l'intérieur. Elle ressort, pour fuir encore. Elle hurle :

« Tu sens comme le château tremble. Versailles dans une heure sera un champ de ruines. Nous avons réussi à faire notre cérémonie dans la chambre du Roi. C'était la clef, pour vaincre. Carré de Montgeron l'avait dit, avant de mourir dans sa prison. Nous avons réalisé ce soir sa prophétie. Versailles ne peut pas résister devant la vérité des miracles. »

En bas, Péné et les autres doivent bloquer l'issue. Le vent se calme un instant, Wandrille se relève, la pousse. La porte claque. Léone, titubante, ne peut plus se défendre, ni fuir. Elle pleure, trempée et tremblante. Il la plaque devant lui et descend l'escalier, le pistolet toujours en main. Cette fois, il la vise.

Au pied de l'escalier, devant la porte ouverte sur le salon de l'Œil-de-Bœuf, Pénélope les attend :

« C'est une énorme tempête qui commence. »

Bonlarron, qui n'a jusqu'à présent rien dit, annonce, flegmatique, arrivant de la chambre du Roi :

« C'est le moment, dans l'Évangile, où le rideau du Temple se déchire. Du travail pour vous, Pénélope ! »

Wandrille ne relève pas. Bonlarron poursuit :

« Point de la situation : il a fallu calmer Croix-marc. Médard l'a assommé, je ne le savais pas

si fort. Toute la troupe vient de partir avec
Vaucanson, ils se sont repliés dans les bureaux.
Médard et Vaucanson ont transporté le vieux fou,
il est revenu à lui doux comme un agneau.

— Personne pour me prêter main-forte, fait
Wandrille.

— Vaucanson vous a donné son revolver. Les téléphones portables ne fonctionnent plus, les antennes
relais ont dû être arrachées. Je n'ai jamais vu ça. Quel
vacarme ! J'espère qu'il n'y a personne dans le parc.
Croixmarc répète sans cesse qu'il veut aller à Sourlaizeaux, voir ses arbres, il donne leurs noms. Il a
parlé dix fois de son tulipier de Virginie et de son
cèdre. Il est calme depuis que sa fille n'est plus avec
lui.

— Il faut les isoler, ils ne sont dangereux
qu'ensemble, sans elle il ne sait pas qui tuer. On la
garde avec nous, dit Pénélope, allez-y. On a une
lampe, on ne risque rien. Juste trois questions à
poser à mademoiselle. Essayez de faire venir la
police rapidement, s'ils peuvent accéder au pavillon
Dufour, qu'on s'occupe de son père tant qu'il est
tranquille à parler de ses arbres. À mon avis, il peut
devenir violent en une seconde. »

Léone, toujours en joue, reprend ses esprits,
mais ne dit rien. Elle n'a pas eu l'air d'écouter.
C'est Wandrille, tandis que Bonlarron repart vers
la chambre du Roi désertée, qui lui demande :

« Tu dois tout nous raconter.

— Vous n'avez pas une preuve, juste les aveux
d'un vieillard.

— Les experts diront s'il est sénile, répond Pénélope, il donne pléthore de détails sanguignolents. Il aime ça. »

À cet instant, un immense fracas se fait entendre, encore plus fort que les précédents.

« Les fenêtres ont cédé au-dessus. Tu crois qu'on est à l'abri ici ? On aurait dû suivre Bonlarron tout de suite vers les bureaux. Le vent souffle côté parc. Vers la ville, c'est plus protégé…

— Pas sûr, les huisseries du pavillon Dufour ne valent rien, si les carreaux sautent… Il vaudrait mieux se réfugier au rez-de-chaussée. Ou plus bas…

— Tu veux dire ?

— Sous le parterre du Midi, dans l'Orangerie.

— Elle a été conçue pour résister à tout. Il faut descendre dans le parc, avec cette pluie. Tu entends ce vacarme.

— Par le parc, impossible. Grangé s'était moqué de moi avec le passage souterrain, tu te souviens. Viens, l'entrée est vers la réserve des sculptures, en bas. Léone, marche devant, au moindre faux pas… »

15

Les remords de d'Artagnan

Château de Versailles,
nuit du 25 au 26 décembre 1999,
vers 3 h 30 du matin

Pénélope, même devant ses amis les plus proches, quelques mois plus tard, racontait rarement cette nuit, et toujours avec une sorte de recul, comme si elle avait peur de revivre ces moments.

Le souterrain figurait sur le plan que Wandrille avait regardé de très près, avec Thierry Grangé, mais ni Pénélope ni lui n'avaient eu la curiosité ni le temps de chercher où était ce passage. L'accès pourtant n'était pas très caché. Wandrille, très fier, trouva tout de suite la porte. La descente des escaliers pris dans l'épaisseur de la terrasse du Midi, avec Léone en otage, permit à celle-ci de se calmer un peu. Au débouché du bâtiment de la Petite Orangerie une dernière volée de marches permet d'atteindre l'Orangerie proprement dite.

Pendant cette nuit, dans leurs caisses blanches, ce furent les seuls arbres qui ne bougèrent pas. Alignés au garde-à-vous, dans l'obscurité, ces derniers régiments royaux, réfugiés derrière ce rempart construit pour eux par Mansart, résistaient.

« Léone, félone ? » Wandrille, depuis quelques jours, s'était détourné de cette idée dès qu'elle apparaissait dans la chambre la plus perdue des tréfonds de son cerveau, son grenier aux remords. La seule qui pouvait avoir volé le plan, en emportant, en prime, une de ses chemises. C'était elle. Avant l'arrivée des déménageurs de son père et des hommes du GPHP. La seule qui pouvait avoir révélé à Deloncle que Wandrille avait ce document.

Deloncle avait tout compris. Il avait voulu avertir Wandrille du danger et de la folie des Croixmarc. Deloncle, au culot, sous les verrières du Grand Palais, avait osé dire son fait au ministre des Finances, pour qu'il le répète. Il avait lourdement insisté sur son lien de parenté avec les Croixmarc, parce que cela expliquait qu'il ait pu recevoir les confidences de sa nièce. Pour donner du poids à ses paroles, Deloncle avait insulté le ministre et son « imbécile de fils ». Un fils à qui le ministre n'avait pas manqué de téléphoner immédiatement, pour lui dire qu'à cause de lui il venait de se couvrir de ridicule devant le ministre de la Culture, qui a la dent si dure. Deloncle savait ce qu'il disait. Il y avait mis juste la bonne dose d'ironie blessante. Pour que Wandrille soit averti et comprenne. Pour que cette phrase lui soit répétée mot à mot par son père. Pour arriver à dire que Léone était celle qu'il fallait coincer, sans directement livrer à la justice cette nièce extravagante devenue incontrôlable. Avant qu'elle ne tue encore et que lui, Deloncle, ne soit inculpé de complicité de meurtre ou de non-dénonciation.

Son arme à la main, Wandrille, dans l'Orange-rie, sut qu'il avait peur de cette grande fille rousse aux cheveux hirsutes. Il vit apparaître sous ses yeux un épisode des *Trois Mousquetaires* : cette nuit où « tous les chats sont gris », écrit Alexandre Dumas, quand d'Artagnan, oubliant un moment Constance Bonacieux, succombe dans les bras de Milady de Winter. Adolescent, ça l'avait troublé, cette nuit d'amour de d'Artagnan et de Milady. Sauf que ce n'était pas un roman et que Léone, sportive, décidée peut-être à séduire encore, les regardait fixement, Pénélope et lui.

« Puisqu'on est bloqués ici, Léone, dit Wan-drille, tu vas t'expliquer.

— Vous croyez que vous allez vous sortir vivants de cette tempête ? Tu n'as personne pour m'accuser.

— Si, moi. »

Léone se retourna. Par l'entrée du souterrain, Bonlarron venait de paraître, lampe à la main. Il parlait à trois mètres d'eux, couvrant le fracas du vent :

« Je me suis tu pendant des jours et des jours, à cause du doigt coupé. Mon doigt, c'est chez les Croixmarc que je l'ai perdu, il y a des années, avant sa naissance. Nous avions fait une cérémonie un peu dure. À cette époque, Croixmarc, notre chef, avait voulu revenir au sang, comme il disait. Aux cérémonies qui avaient eu lieu juste avant la Révolution. Nous avons recopié, dans les manuscrits de Louis-Adrien Le Paige, les dessins symboliques, les marques au scalpel. Une femme est morte cette nuit-là, une fille de Magny-les-Hameaux que personne ensuite n'a jamais retrouvée. La police l'a pourtant cherchée, sauf à l'endroit où nous l'avions descendue, son père et moi.

— Qui l'avait tuée ?

— Nous tous, Pénélope, nous étions inconscients. Nous étions dix ou douze coupables. Nous nous prenions pour des saints, mais qui veut faire l'ange fait la bête. Je voulais tout dire à la police, le père de Léone m'a menacé. Il était déjà fou, je l'ai compris plus tard. Il m'a assommé, il m'a coupé un doigt, avec un couteau de berger pour que je me souvienne ma vie entière de ne pas parler. J'ai cessé de participer à ces liturgies, je ne suis plus venu à Sourlaizeaux. Je sais qu'au village et aux alentours, dans les années qui ont suivi, cinq ou six filles ont disparu.

— Personne n'a soupçonné papa.

— Les corps n'ont jamais été retrouvés, malgré les battues dans les bois. Il suffisait de les chercher là où nous avions enseveli la première, comme une martyre, il y a quarante ans. Là où la police ne serait jamais allée les chercher. Vous avez déjà pensé que tous les cimetières sont pleins d'assassinés qui reposent sous des stèles qui portent d'autres noms. Comme des livres mal classés dans une bibliothèque, impossibles à retrouver.

— Sous le Christ janséniste aux bras levés ? » fit Wandrille.

La chapelle avait été construite en 1900, un modèle réduit de celle de l'église Saint-Médard, le tombeau du diacre Pâris. Le père Croixmarc avait eu une idée. Le meilleur endroit pour cacher un cadavre, c'est un caveau de famille respectable et historique au fond d'une grande propriété. On tire sur les anneaux de cuivre, on soulève la dalle de marbre. Aucune trace. La police n'ira jamais chercher là.

Bonlarron, dans les années qui suivirent, avait revu quand même les Croixmarc. Comment faire autrement ? Ils avaient trente amis communs, il aurait fallu expliquer. Il les a moins fréquentés, Léone est née, l'atmosphère s'est adoucie. Tous ont vieilli. Peu à peu, il est revenu les voir. Ils n'ont plus jamais parlé de cette époque. Les cérémonies auxquelles il a continué de prendre part étaient des mises en scène anodines, comme celle du pavillon de l'ancienne herboristerie. Tout se faisait avec des fleurets mouchetés et des cannes de jonc. Le sang ne coulait plus. Sauf dernièrement. Bonlarron se trouble en racontant. Léone, comme son père autrefois, a utilisé le couteau. Le même couteau de berger. Le mois dernier, Bonlarron dit qu'il a eu peur. Et qu'il s'en est voulu de n'avoir jamais rien dit.

« Léone, tu es une grande malade, dit Wandrille. C'est toi qui as forcé ton père à tuer la Chinoise ? Tu as gardé les mains propres, sachant bien que le tribunal conclura, pour ton père, quand on l'arrêtera, à un diagnostic médical d'incapacité ou de déséquilibre mental. Un an de cure psychiatrique, et il viendra finir tranquillement ses jours à Sourlaizeaux. »

Pour Léone, éliminer Lu était impossible, il était gardé jour et nuit. Elle a voulu lui faire peur, pour qu'il parte. Sa mère et elle ont joué à lui faire bon accueil, elles l'ont invité, avec « une de ses poules », disait Léone en souriant, une Française d'origine chinoise, à assister à une cérémonie dans le bosquet de la Colonnade. Ils sont venus. Léone semblait revivre la scène :

« Lu la traitait comme une esclave. Les Chinois ont leur mafia ici, la police n'a jamais fait le lien entre cette fille et Lu. On a fait un vrai rite de 1760, avec un beau dessin au petit couteau. Lu a été très impressionné. C'était comme dans les livres, comme sur les gravures. La petite était évanouie, Lu est parti sans elle, il me l'a laissée. Après l'accomplissement des rites, papa a fait ce que je lui avais dit de faire. Papa a tué la fille comme si c'était un lapin de garenne.

— Cher homme, fit Wandrille. Tu crois que ce meurtre lui a fait du bien ? Il a l'air en bonne forme.

— Lu vous a donné de l'argent pour nous trahir ? demanda, dédaigneuse, Léone à Bonlarron.

— Je n'ai pas reçu un centime. Mais j'ai tout

raconté à M. Lu, quand il m'a invité à venir le voir dans sa suite du George-V. Le crime auquel j'avais assisté autrefois, le rôle des Croixmarc. J'ai voulu qu'il me venge.

— Léone l'a su ?

— Oui, Pénélope, répondit Bonlarron sans regarder celle qui venait d'être nommée. Le Chinois a des méthodes efficaces. Il a menacé directement les Croixmarc. Il leur a dit qu'il allait tout raconter, faire ouvrir le caveau. Le prix de son silence, c'était la prise en main de tout le réseau janséniste, la liste de nos membres, l'ensemble des livres et des manuscrits, les bâtiments de Port-Royal qui appartiennent encore à l'Association. Il voulait tout.

— Vous nous avez vendus ! hurla Léone.

— J'ai simplement compris, comme toi, que les Chinois seraient les prochains chefs de notre Église. Que vous étiez finis.

— Quand vous êtes arrivés comme deux idiots à l'angle de la rue du Puits-de-l'Ermite, j'avais convoqué Bonlarron. J'ai craint, en vous voyant, qu'il ne vous ait appelés à la rescousse. Je voulais lui dire en tête à tête qu'il n'y aurait pas de second avertissement, s'il ne se tenait pas à carreau…

— Le premier avertissement, c'était le doigt dans le tiroir ? demanda Pénélope.

— Oui, reprit Bonlarron, tête baissée.

— C'est pour ça que vous vous êtes évanoui en le découvrant ? Vous vous êtes dit que le cauchemar d'il y a quarante ans recommençait. Tu faisais d'une pierre deux coups, tu montrais à Lu en massacrant cette Chinoise qu'il n'arrivait pas en terrain ami, tu faisais savoir au vieux complice repenti de ton père que c'était toujours vous, les maîtres. Tu es bien imprudente, continue Wandrille, de m'avoir invité à Sourlaizeaux, de m'avoir emmené dans cette chapelle, de nous avoir expliqué l'histoire de Saint-Médard...

— Tu ne comprends rien ! J'ai besoin de ton aide, de votre aide à tous les deux. Pénélope, toi aussi, tu dois comprendre, je veux que vous soyez de mon côté. Je n'en peux plus de porter seule toute cette histoire.

— Alors raconte. »

Léone préférait parler à Wandrille, plutôt qu'à ceux qu'elle appelait « ces nouilles de la police ». Elle ne pouvait pas deviner que Wandrille possédait ce plan. Personne ne prévoyait qu'il ressortirait là, dans cette vente. Le document est capital. Il est de la main de La Quintinie et, pour certaines annotations, corrigé par Mansart en personne. Ce plan, plus personne ne savait qu'il existait. Mauricheau-Beaupré, le directeur qui a précédé Van der Kemp, avait demandé à un ami collectionneur de l'acheter, pensant qu'il en ferait don un jour aux amis de Port-Royal. C'est sa collection qui a été dispersée aux Chevau-Légers.

Mauricheau-Beaupré était à la fois le directeur de Versailles et l'un des fondateurs de l'Association des amis de Port-Royal, de grands universitaires, qui font des colloques.

« Et pas des sacrifices humains, tu leur par-
donnes, j'espère », ne put s'empêcher d'ajouter
Wandrille.

Bonlarron, interrompant Léone, raconta alors
que Mauricheau-Baupré avait été victime d'un accident de voiture au Canada, en 1953. Il n'avait rien
eu le temps de faire pour Port-Royal. Van der
Kemp, qui lui avait succédé à la surprise générale,
ne s'intéressait pas du tout à ces questions. Le plan
avait été oublié, nul ne savait ce qu'il représentait,
cette vision d'un Versailles jansénisé.

« Quand je l'ai vu sur ta table, Wandrille, j'ai
compris. C'était une arme absolue pour me battre
avec Lu. Ce plan, je pouvais le brandir pour prouver que ses reconstitutions étaient absurdes, son
Versailles de Louis XIII une folie sans intérêt. Ce
plan, il fallait que je lui dise que je l'avais, mais ne
le lui montrer en aucun cas. Tu m'as dit que tu
l'avais montré à Grangé. J'ignore si le petit architecte avait vu qu'il pouvait faire fortune avec ça,
s'il le mettait sous les yeux de Lu. J'ai agi trop vite,
je n'ai pas résisté, je l'ai pris. Si je n'avais pas
commis cette erreur...

— Grangé savait. Vous deviez l'éliminer. Vous
l'avez eu comment ?

— Comme l'autre, dans le parc, il revenait vers
son bureau à la nuit tombée. Papa l'a assommé. Il
s'y attendait tellement peu, ça a été facile. Ensuite,
papa l'a mis dans le bassin. Papa est sorti, trois
heures plus tard, par précaution, en dévissant le
barreau de la grille de Neptune qui n'est pas fixé.

— Pénélope et Wandrille, eux aussi, savaient pour ce plan…, fit Bonlarron.

— Oui », répondit Léone, sans rien ajouter, les yeux cachés par ses cheveux.

Pénélope, sans montrer qu'elle était heureuse de ne pas avoir été la victime suivante, réattaqua, sur un point inattendu :

« Pourquoi disais-tu du mal de Deloncle ? »

Léone raconta alors que leur lien de parenté avait été longtemps tabou dans leur famille. Les enfants des deux mariages successifs de sa grand-mère Françoise de Xaintrailles, la grande jardinière, ne se fréquentaient pas – une dispute au moment des partages, avant sa naissance. Les Dreux-Soubise et les Croixmarc se sont réconciliés l'an passé. Léone avait adoré tout de suite ce nouvel oncle qui s'appelait Deloncle. C'est lui qui avait fait le premier pas en écrivant à sa mère. Léone a voulu le bluffer, lui montrer qu'elle pouvait rendre Sourlaizeaux rentable. Ensuite, elle et lui ont conclu un pacte secret, pour conquérir Versailles. Une opération en deux temps : un rapprochement Sourlaizeaux-Versailles, d'abord. Bonlarron avait reçu la mission d'amener Vaucanson à Sourlaizeaux, Léone et sa mère lui ont fait le grand numéro. Elles l'ont abreuvé de sarcasmes contre Deloncle et Patrimoine Plus, elles lui ont montré qu'elles pouvaient, pour l'art contemporain et autres, servir de laboratoire à toute une série d'actions transposables à Versailles.

Pour le second acte, elles se seraient converties à Deloncle avec fracas. Elles auraient expliqué qu'il était très bien, qu'il les aidait mieux que l'État. Léone se faisait fort d'entraîner ensuite tous les conservateurs, et les conseillers du ministre.

« On s'égare, fit Wandrille. Raconte ce qui s'est passé après le meurtre de la Chinoise. Lu nous a dit qu'il voulait te faire travailler pour lui, engager Pénélope, et même Zoran qui serait resté son correspondant à Paris…

— Il a fait comme s'il ne savait pas que nous avions tué la Chinoise. Qui d'autre que nous aurait pu s'en charger, ce soir-là ? Il a voulu me mettre sous contrat, et vous en prime. Nous acheter tous. Une fois en Chine, Pénélope, il se serait occupé de nous, ne t'inquiète pas…

— Ne cherche pas à nous mettre dans ton camp, Léone, fit Wandrille, qui poursuivait son interrogatoire. Reviens à ce qui s'est passé cette nuit-là. Tu avais un doigt coupé dans ta poche quand tu es tombée sur cette table descendue du ciel ? Coïncidence ? Ça, je ne comprends pas.

— Tu parles ! » Léone éclata de rire et se tut.

« Tu savais que la table serait là, tu voulais mettre le doigt dans ce tiroir ! Mais les Ingelfingen n'ont rien à voir avec vous, les jansénistes. »

Les Ingelfingen ont leur combat, pour le remeublement de Versailles avec de bonnes copies, pour la restauration des monuments victimes de l'incurie et du vandalisme de l'État. Léone a toutes les raisons d'épouser leur cause, mais cela ne concerne en rien les jansénistes.

« Alors, quel est le point d'intersection ? demanda Wandrille, toujours géomètre.

— Avec quelle clef es-tu entrée dans les appartements ? ajouta Pénélope.

— Je vous ai épatés, là ! Tu oublies, Pénélope, que ton collègue Zoran est mon ami. Il me raconte tout. Par lui, je savais pour les Ingelfingen. Je savais que c'était lui, jeune conservateur, leur chef secret. Il avait mis sur pied ce groupe d'intervention quand il était encore en classe préparatoire à la Sorbonne, avant le concours, à l'époque où je l'ai rencontré. Je savais tout de cette petite table, et de la planque à faux meubles qui datait de l'entre-deux-guerres. J'en ai profité. Cette histoire est arrivée à point nommé. J'ai copié les clefs des Ingelfingen, il les avait toujours sur lui. Je suis entrée cette nuit-là, après la mort de la Chinoise, en escaladant la façade, ça sert d'avoir fait l'école du cirque. Aucune des fenêtres de l'étage ne ferme bien, il suffit de les pousser un peu fort ! Une de mes plus belles escalades, il faisait très clair.

— Tu savais que les Ingelfingen opéraient au même moment...

— J'étais parfaitement au courant de ce qui se passerait à Versailles durant cette nuit. J'avais décidé d'en tirer profit.

— Zoran t'avait dit...

— Oui, sur l'oreiller. Vous ne le saviez pas ? Zoran et moi, depuis trois ans déjà, on vit ensemble. Il est discret, moi aussi. »

16

Un coup de peigne avant l'Apocalypse

Château de Versailles,
nuit du 25 au 26 décembre 1999,
suite du précédent

Cette fois, c'est Wandrille qui se crispa.

Pénélope sourit, une seconde – elle se sentit heureuse, réconfortée, victorieuse, vengée ; elle fit comme si cela ne la concernait pas :

« Avec ce doigt coupé, Léone, tu orientais les soupçons vers Bonlarron, qui n'avait rien fait.

— J'ai voulu lui faire peur. Le doigt coupé était destiné à lui montrer qu'on pouvait lui faire mal. Il était le seul à pouvoir me confondre. Il allait deviner, en voyant le cadavre de la Chinoise, avec les marques sur sa peau, qui était l'auteur du crime. Il fallait qu'il se taise. C'était le seul que papa n'aurait jamais accepté d'éliminer. Il se souvenait des années anciennes de leur amitié. Il fallait que je le mette hors circuit.

— Placer le doigt dans la table, c'était aussi, avança Pénélope, aiguiller l'enquête vers une fausse piste. À plus ou moins longue échéance, conduire à soupçonner Zoran. Tu voulais que ça lui retombe dessus.

— Comment pouvez-vous croire ça ! J'avais dit à Zoran qu'en cas de problème, je lui servais d'alibi. J'aurais certifié, avec mes parents, qu'il avait passé cette soirée à Sourlaizeaux.

— Tu prenais des risques, ajouta Pénélope. Si on t'avait coincée dans les appartements de la Reine ?

— Je savais que ce lundi, il y avait un tournage, juste à côté. Zoran avait lui aussi choisi ce jour à cause de ça, pour que dans l'agitation générale on puisse se noyer dans les figurants et les techniciens. C'est avec eux que je suis sortie, quatre heures plus tard. Papa m'attendait toujours, sur un banc de pierre, devant la grille de Neptune.

— Zoran sait ce que tu as fait ? demanda Wandrille.

— Bien sûr que non, il est trop pur, trop honnête. Au début, je ne voulais pas qu'il ait cette image de moi. Je réglais des comptes avec mon enfance, il n'avait rien à y voir. Mon amour pour Zoran, c'était… c'est ma nouvelle vie, l'art contemporain et tout ça.

— Il est venu au pavillon de l'ancienne herboristerie. Les deux étudiants l'ont aidé à trouver l'endroit sur la carte. Ils ont dit à Pénélope et à moi que leur chef venait de filer là-bas. Tu lui avais donné rendez-vous ?

— Oui, je voulais qu'il voie. Qu'il comprenne ce que je vivais en silence. Je l'avais trop longtemps tenu à l'écart. Je lui avais dit de venir, sans rien lui expliquer. Il est resté tapi dans les bois. Quand il vous a aperçus, il s'est caché dans l'obscurité, il n'a rien compris. Il avait surtout peur pour sa peau, il ne voulait pas qu'on lui impute ces crimes, il ne comprenait rien. Pénélope a eu le bon réflexe en allant parler des Ingelfingen à Vaucanson et en les récupérant sous la bannière des interventions d'art contemporain à Versailles, elle a sauvé Zoran. Il ne faut pas qu'il soit inquiété. C'est un génie, il n'est qu'au début de sa carrière.

— Tu n'avais pas prévu la ronde de Médard ?

— Le pauvre, il a été horrifié. Il a compris, vaguement, sans aller jusqu'à me mettre en cause, même pour se défendre devant la police quand ils l'ont arrêté. Il a failli me faire échouer. Il a fait sa ronde avec un peu d'avance. Je l'ai entendu arriver. J'ai tout juste eu le temps. J'ai mis le doigt dans ce joli tiroir caché dont Zoran m'avait fait la démonstration la veille, au grenier, il m'avait fait passer par l'escalier qui tourne. La table était à droite de la cheminée. Je me suis planquée dans le cabinet des Poètes de la reine Marie Leszczynska, la porte qui était à gauche, la plus proche. Quand Médard est entré, j'étais à deux mètres de lui. S'il avait ouvert la porte, j'étais fichue. L'autre sortie du cabinet des Poètes était verrouillée. »

Au milieu du tohu-bohu, la confession de Léone fut interrompue brutalement. Les hommes de la police de Versailles arrivèrent, avec le petit lieutenant que Pénélope finissait par considérer comme un oiseau de mauvais augure. Ils apportaient des couvertures :

« On a vu vos lampes torches depuis la route, ça va ? Vous vous êtes abrités là ? Vaucanson nous a appelés. Il s'est replié avec ses invités dans le pavillon Dufour, il nous a dit que vous aviez disparu. On a eu peur pour vous. Vous allez venir avec nous. On a un véhicule à la grille, au pied des Cent Marches. L'accalmie ne va pas durer très longtemps, on a sans doute cinq-six minutes de semi-répit, pas plus.

— Il faut, articula Wandrille, que vous procédiez à une arrestation. »

Du menton, il désigna Léone. Cernée par huit hommes, elle se laissa empoigner. Elle ne se débattit pas. Pendant ce temps, Pénélope expliquait la situation, en quelques phrases, à voix basse, au lieutenant.

Dans la tempête, ils allaient emmener Léone. Elle cria :

« Vous pouvez m'arrêter, si vous voulez. Ce que vous n'arrêterez pas, c'est ce qui est en train de se passer ici, cette nuit.

— Partez devant, avec elle », cria Wandrille.

Pénélope et Wandrille, suivis de Bonlarron, regardaient la police courir, avec Léone, vers leur estafette. Le vent allait dans leur sens. Tant mieux : ils arrivèrent à démarrer. En une seconde, le vent se retourna, un cheval qui fait volte-face. Pénélope et Wandrille ne purent plus rien faire, impossible de les rejoindre. La police leur fit signe de se replier dans l'Orangerie. Le lieutenant désigna sa montre, fit comprendre qu'ils allaient revenir les chercher. Dans la nuit, les phares disparurent.

Pénélope et Wandrille se dirigèrent vers le côté de la grande nef, là où est l'escalier qui conduit à l'ancienne baignoire de Louis XIV, installée à cette place, faute de mieux, de manière absurde, au début du XXe siècle. Il allait falloir attendre, sous ces murs de forteresse, que cesse le délirant ballet des éléments. Le cataclysme était effrayant, il était 4 heures du matin. Bonlarron s'assit devant la cuve de marbre, et pleura – sur lui-même, sur Versailles, sur cette victime d'il y a quarante ans, tuée dans le jardin à la française du marquis de Croixmarc ? Il alluma une cigarette.

L'Orangerie était un refuge au milieu du désastre. Les convulsionnaires de Saint-Médard avaient gagné la partie, deux cent cinquante ans après. Cette nuit, les morts du cimetière de Port-Royal étaient venus demander des comptes. Ils couraient dans les allées dévastées, parmi les chênes déracinés et les statues en miettes. Le parc de Versailles n'existait plus, les arbres les plus anciens comme les plus jeunes avaient péri en quelques heures. Quand les toitures allaient voler, quand l'eau s'infiltrerait puis entrerait en trombe dans les appartements, ce serait la fin des peintures, des décors, des boiseries, puis l'effondre-ment des charpentes. L'Opéra, tout en bois, s'ouvri-rait comme un tonneau pourri. Versailles était une trop vieille bâtisse, vulnérable et fragile, elle allait s'abattre si ce déluge devait durer encore trois ou quatre heures. Des tourbillons d'eau ruisselaient déjà sur les dalles de la galerie basse et pénétraient par les fenêtres brisées.

« Wandrille, fit Pénélope, ceux qui vraiment ne sont pas à la hauteur dans cette histoire, ce sont tes anges gardiens du GPHP, on n'en a pas vu un ! Ils doivent toujours être en planque devant chez moi, rue des Réservoirs ! Si tu posais ce pistolet ? Tu sais vraiment t'en servir ?

— Pas du tout, je l'ai pris parce que je ne pouvais pas décevoir Vaucanson ! J'ai une pétoche pas possible avec ce truc en main ! En tout cas, ça nous a été bien utile ! Comment as-tu pu faire avouer le vieux Croixmarc ?

— Lui ? Une vraie tête de détraqué. Pas pu en tirer une phrase complète.

— Mais tu l'as vraiment vu ce matin, à l'église ?

— J'ai tout compris à ce moment-là, en voyant ses yeux. Un psychopathe. Mais il ne m'a fait aucun aveu.

— Tu as bluffé !

— Tu es bluffé ?

— Ça veut dire que tu avais compris, toi aussi, que c'était Léone…

— Tu me prends pour une débutante. Elle était la seule à avoir pu voler ton plan, dans ta chambre…

— Alors, tu savais que…

— Avec toi, j'ai pour principe de toujours imaginer le pire. Quand je me trompe, c'est parce que
tu es au-delà. J'attendais que tu aies le courage de
me le dire.

— C'était une folie, j'avais trop bu, je n'aurais
pas dû l'inviter à dîner, ce vendredi soir, je ne sais
pas ce qui m'a pris…

— N'en rajoute pas. Tu as fait assez de dégâts
comme ça, je veux dire de ravages.

— Péné, si on ne survit pas à cette nuit, tu me
pardonneras ?

— À cause de toutes tes glaces ? Elles n'ont pas
dû beaucoup fondre. Je n'aime pas que tu emploies
ce ton de grande scène lyrique. Je trouve que tu
profites un peu du décor et de la situation. Pense
aux autres, ce malheureux M. Bonlarron, il va falloir lui organiser un pot de départ à la retraite au
milieu des ruines. Celui dont on doit s'occuper, si
on s'en sort, c'est Zoran, il va découvrir la vraie
Léone. Tu n'as même pas remarqué que j'avais fini
par trouver un coiffeur. Tu aurais pu me dire ce que
tu en pensais.

— Un coup de peigne avant l'Apocalypse. Tu
feras bon effet à notre divin Juge. »

De Versailles, il ne resterait bientôt plus que des
photos et des films, des gravures et des tableaux,
des livres et des guides, des cartes postales et des
diapositives, des encadrés dans des manuels d'histoire de 4e et un pastiche absurde, dans la banlieue
de Shanghai.

Il fallait « à ce livre magnifique qu'on appelle l'histoire de France cette magnifique reliure qu'on appelle Versailles ». C'était Victor Hugo qui avait écrit cela. Pénélope avait la tête remplie par la cacophonie du déluge. Elle pourrait raconter : les arbres s'abattaient, à un rythme violent, les craquements se faisaient entendre de plus en plus rapprochés, toutes les trente ou quarante secondes. Wandrille avait l'air si malheureux de l'avoir trahie. Il était trempé, piteux, aussi abattu que le paysage. Il souriait, il lui parlait de d'Artagnan et de Milady. Elle avait pardonné. Elle ne l'écoutait plus.

Devant l'Orangerie, par les fenêtres, on croyait voir un étang sans limites, comme si les marécages du temps de Louis XIII remontaient à la surface. La nature submergeait les prouesses des rois et les rêves des architectes. Les eaux mortes dégorgeaient et noyaient les eaux vives. Dans une heure, les planchers flotteraient sur un lac de boue et de gravats. Cette nuit, se disait Pénélope, songeant avec gourmandise au nouveau poste que la direction des Musées de France allait devoir lui trouver en catastrophe, ce « livre » écrit avec des pierres, des statues et des arbres arrivait, par surprise, à sa dernière page.

Précisions historiques et remerciements

Même si ce roman relève, comme *Intrigue à l'anglaise*, le premier de la série des enquêtes de Pénélope et Wandrille, de la pure fantaisie historique, voici un aperçu des lectures qui ont permis d'inventer cette aventure – à l'intention des lecteurs qui aiment démêler réel et fiction.

Pour suivre dans Versailles la ronde de Médard, on recommandera bien sûr le meilleur guide, Pierre Lemoine, *Versailles et Trianon*, RMN, 1990.

Sur l'histoire du château, voir Pierre Verlet, *Versailles*, Fayard, 1961, rééd. 1985 et Jean-Marie Pérouse de Montclos, *Versailles*, photographies de Robert Polidori, Place des Victoires, 2001, nouvelle édition, 2009.

Sur le mobilier de Versailles, la référence demeure Pierre Verlet, *Le Mobilier royal français. 1, Meubles de la Couronne conservés en France*, Picard, 1990 ; *2, Meubles de la Couronne conservés en France*, Picard, 1992 ; *3, Meubles de la Couronne conservés en Angleterre et aux États-Unis*, Picard, 1994 ; *4, Meubles de la Couronne conservés en Europe et aux États-Unis*, Picard, 1990.
Voir de même Daniel Meyer et Pierre Arizzoli-Clémentel, *Le Mobilier du musée de Versailles*, Faton, 2002. Le premier volume, consacré uniquement au garde-meuble du Roi et à celui de Marie-

Antoinette, présente 75 des plus belles œuvres avec leur destination dans les pièces du château. Dans le deuxième volume sont décrits 105 autres meubles ou ensembles ayant appartenu à la famille royale, à des princes ou autres dignitaires de la cour.

La « table à écrire » qui apparaît dans le Cabinet doré est inspirée par un meuble réel de l'ébéniste Riesener, la « table de Waddesdon ». Voir, à ce sujet, Ulrich Leben, « Versailles à Waddesdon Manor », *Versalia* n° 6, 2003, p. 62-86, Alexandre Pradère, *Les Ébénistes français de Louis XIV à la Révolution*, Le Chêne, 1989, p. 374, et Bertrand Rondot, « Le goût de la Reine », dans le catalogue de l'exposition *Marie-Antoinette*, Grand Palais-RMN, 2008, p. 214-215.

Sur les collections du château de Waddesdon, voir Geoffrey de Bellaigue, *The James A. de Rothschild Collections at Waddesdon Manor, Furnitures, Clocks and Gilt Bronzes*, Londres, 1974 et, pour cette table, p. 520-527, n° 106.

Pour le rôle de Gérald Van der Kemp à Versailles, on se reportera à l'article de Pierre Arizzoli-Clémentel, « In memoriam : Gérald Van der Kemp », in *Versalia* n° 6, 2003, p. 4-8, et à la biographie de Franck Ferrand, *Gérald Van der Kemp, un gentilhomme à Versailles*, Perrin, 2005, qui reproduit en annexe un passionnant entretien donné par Van der Kemp à Georges Bernier pour la revue *L'Œil*, p. 195-237. Il évoque toute la politique de remeublement et la querelle qui l'opposa à Pierre Verlet.
L'éloge de Gérald Van der Kemp a été prononcé sous la Coupole par Marc Ladreit de Lacharrière, qui rendit aussi hommage à cette occasion à l'action de Marc Saltet dans les restaurations entreprises à Versailles. On en trouvera le texte dans *Réception par Henri Loyrette, de l'Académie des Beaux-Arts de Marc Ladreit de Lacharrière élu membre de la section des membres libres au fauteuil précédemment occupé par Gérald Van der Kemp*, Institut de France, 2006.
Voir aussi « Mémoires d'un conservateur. L'heure de vérité de Christian Baulez », *L'Estampille-L'Objet d'art*, janvier 2008, p. 12-14.

Sur les mécènes de Versailles et l'histoire du domaine depuis la Révolution, voir Franck Ferrand, *Ils ont sauvé Versailles, de 1789 à nos jours*, Perrin, 2003, et Jean-Marie Pérouse de Montclos, *Un siècle de mécénat à Versailles*, Éditions du Regard-Société des amis de Versailles, 2007.

L'aventure du château que ses propriétaires ont de bonne foi pu croire Louis XIII avant de découvrir sur une photographie ancienne qu'il était devenu « brique et pierre » sous la Troisième République est librement inspirée d'un article d'Alexandre Gady, « Les deux châteaux de Courances », dans le livre publié sous la direction de Valentine de Ganay et Laurent Le Bon, *Courances*, Flammarion, 2003, p. 156-171.

La famille des marquis de Croixmarc est imaginaire, elle n'a rien à voir avec l'aquarelle de Carmontelle représentant le Marquis de Croimare et sa fille, vers 1760 (Institut de France, musée Condé, Chantilly).

Sur le jansénisme, on a d'abord eu recours à quelques sources capitales, évoquées dans ce roman :

Antoine Arnauld et Pierre Nicole, *La Logique ou l'Art de penser, contenant, outre les règles communes, plusieurs observations nouvelles, propres à former le jugement*, introduction de Louis Marin, Flammarion, coll. « Sciences de l'homme », 1970.

Robert Arnauld d'Andilly, *La Manière de cultiver les arbres fruitiers*, postface, lexique et bibliographie par Philippe Le Leyzour et Henri-Marc Duplantier, RMN, 1993.

Saint Augustin, *Confessions*, *Livre X*, traduction de Robert Arnauld d'Andilly (1671) établie par Odette Barenne, édition présentée par Philippe Sellier, Gallimard, collection « Folio classique », 1993.

Sur le potager du Roi et son « jansénisme » caché, la meilleure source demeure le livre de Jean-Baptiste de La Quintinie lui-même, *Instruction pour les jardins fruitiers et potagers*, suivi de son *Traité de la culture des orangers*, dans la belle édition reproduisant les planches originales, publiée dans la collection Thesaurus chez Actes Sud-École nationale supérieure du paysage, sous la direction de Pierre-François Mourier, postface de Stéphanie de Courtois, avec la traduction des textes liminaires latins par Pierre-François Mourier et celle des marginalia en langue latine par Marie-Pierre Chabanne, ouvrage publié avec le soutien de l'association Danone pour les fruits, 1999.

Les récits de scènes de torture et d'hystérie avant la lettre, dans le Paris du XVIIIe siècle, sont tous authentiques. On en trouvera les textes complets dans le livre de Catherine Maire, *Les Convulsionnaires de Saint-Médard, miracles, convulsions et prophéties à Paris au XVIIIe siècle*, Gallimard-Julliard, collection « Archives », 1985.

Pour comprendre le courant janséniste et ses ramifications cachées, il n'est pas absurde de commencer par la plus savante des sommes, publiée sous la direction d'Antony McKenna et Jean Lesaulnier, *Dictionnaire de Port-Royal*, Honoré Champion, 2004.

Sur la survivance secrète du jansénisme, la meilleure introduction est peut-être l'article de Catherine Maire, « Port-Royal. La fracture janséniste », dans *Les Lieux de Mémoire*, sous la direction de Pierre Nora, t. III. *Les France*, Gallimard, 1992, p. 471-529.

Sur l'histoire réelle et fantasmatique du trésor des jansénistes au XVIIIe siècle, voir Nicolas Lyon-Caen, *La Boîte à Perrette : approche des finances du mouvement janséniste au XVIIIe siècle*, thèse de l'École nationale des Chartes soutenue en 2002, inédite.

Sur ce sujet essentiel et longtemps oublié qu'est le jansénisme du XVIIIe siècle et son rôle dans la genèse de la Révolution, ce roman ne reprend que très partiellement les résultats de la recherche historique, tout à fait stupéfiants depuis une dizaine d'années. Les ouvrages capitaux qui ont inspiré une bonne partie de cette histoire sont les suivants :

Dale K. Van Kley, *Les Origines religieuses de la Révolution française, 1560-1791*, Yale University Press, 1996, traduction française par Alain Spiess, Le Seuil, L'Univers historique, 2002, nouvelle édition Points Seuil, 2006.

Catherine Maire, *De la cause de Dieu à la cause de la Nation, le jansénisme au XVIIIᵉ siècle*, Gallimard, Bibliothèque des Histoires, 1998, nouvelle édition revue et corrigée, 2005.

Monique Cottret, *Jansénisme et Lumières, pour un autre XVIIIᵉ siècle*, Bibliothèque Albin Michel Histoire, 1998.

Marie-José Michel, *Jansénisme et Paris*, Klincksieck, 2000.

Pour le jansénisme au XVIIIᵉ siècle et l'histoire de l'art, on se reportera aux travaux de Christine Gouzi, *L'Art et le Jansénisme au XVIIIᵉ siècle*, Nolin, 2007 et à son magnifique *Jean Restout 1692-1768, peintre d'histoire à Paris*, Arthéna, 2000.

C'est grâce à Christine Gouzi que ce roman s'est enrichi des scènes qui se déroulent à Paris, autour de l'église Saint-Médard. C'est grâce à elle que l'auteur a pu avoir accès à la bibliothèque de la Société de l'histoire de Port-Royal et aux manuscrits, tantôt lumineux d'intelligence politique et tantôt terrifiants, de Louis-Adrien Le Paige.

Les derniers vers de Jean Racine, prédisant la destruction de Port-Royal, ont parfois été contestés, en raison de cette étrangeté même, et attribués à Louis Racine, son fils. Georges Forestier, dans son édition de Racine, *Œuvres complètes I, Théâtre Poésie*, Gallimard, Bibliothèque de la Pléiade, 1999, p. 1107, maintient l'attribution de ces vers publiés pour la première fois dans le *Nécrologe de Port-Royal* en 1723 « comme étant très probablement de Racine lui-même, dont ils possèdent la violence contenue », p. 1767.

Les Amis de Port-Royal se sont regroupés en 1845, dans la « Société Saint-Augustin ». Ils possédaient les ruines de Port-Royal et installèrent à Paris, rue Saint-Jacques, une bibliothèque « janséniste ». Elle y réunit des fonds d'archives provenant des parlementaires jansénistes du XVIIIᵉ siècle, comme Louis-Adrien Le Paige, et de nombreux documents laissés par l'abbé Grégoire. Le réformateur de cette société fut Augustin Gazier (1843-1922), professeur à la Sorbonne. La Société devint en 1921 la Société de Port-Royal. En 1950, un groupe de savants, soutenu par François Mauriac et Henri de Montherlant, sous l'impulsion notamment de Charles Mauricheau-Beaupré, conservateur du château de Versailles, créa l'« Association des amis de Port-Royal ». Cette association, liée à la Société de Port-Royal, contribue au renouveau de la recherche scientifique sur les deux jansénismes, celui du XVIIe mais aussi celui du XVIIIe. La Société légua à l'État en 2004 les ruines et le petit musée voisin. Le jour de la réunification du domaine, en présence du ministre de la Culture, de nombreuses familles de descendants du jansénisme se sont retrouvées sans s'être donné rendez-vous. Le spectacle était surprenant.

Sur les projets de construction d'un autre palais à Versailles, temple des muses, salle de spectacle et bibliothèque, qui aurait été bâti au-delà de la pièce d'eau des Suisses dans l'axe de l'Orangerie, voir « Relation de la visite de Nicodème Tessin en 1687 », *Revue de l'histoire de Versailles et de Seine-et-Oise*, 1926, p. 149-167 et 274-300.

Ce projet, dont la conception, achevée en 1714 par Carl Gustaf Tessin (fils de Nicodemus Tessin le Jeune) et Carl Palmcrantz, selon les idées développées par Nicodemus Tessin, est resté ignoré de Louis XIV. Il constitue un volume manuscrit de 58 feuillets, conservé à la BNF, département des manuscrits (Ms français, 25157). Il en existe d'autres versions à Stockholm, au Musée national.

Gérard Sabatier, dans *Versailles ou la figure du Roi*, Albin Michel, 1999, p. 544-546, a finement analysé ce projet en montrant que sous couvert d'exalter Apollon et les muses, il traduisait un « glissement du politique au culturel » et, par son programme décoratif et son sens symbolique, « enregistrait la faillite [...] des créateurs du Versailles de Louis XIV ».

Sur Nicodemus Tessin dit le Jeune, voir aussi, dans le catalogue de l'exposition *Le Soleil et l'Étoile du Nord*, Grand Palais, RMN-AFAA, 1994, l'article de Guy Walton et les notices d'œuvres qui l'accompagnent, « Nicodemus Tessin et l'art français », p. 34-60.

Voir enfin, à ce sujet, dans la collection « Les métiers de Versailles », que dirige Béatrix Saule : Patricia Bouchenot-Déchin, *Henry Dupuis, jardinier de Louis XIV*, Château de Versailles-Perrin, 2001 (nouvelle édition, 2007), une astucieuse évocation de ce projet, p. 171.

En revanche, les historiens de Versailles et de Mansart désapprouveront sans doute l'interprétation qui est donnée à la fin de ce roman de l'architecture de l'Orangerie. Pour une explication canonique de ce grand chef-d'œuvre de l'architecture française, voir Bertrand Jestaz, *Jules Hardouin-Mansart*, Picard, 2008, vol. I, p. 231-237.

La perspective des jardins vus de la terrasse de l'Orangerie, telle qu'elle est décrite dans le chapitre « Où Wandrille renverse les perspectives », est reproduite notamment dans le texte célèbre, et teinté d'humour, d'un grand historien de l'art à qui rien n'échappait, Erwin Panofsky, *Les Origines idéologiques de la Calandre Rolls Royce*, dans *Trois essais sur le style*, traduction de Bernard Turle, Gallimard, Le Promeneur, 1996, p. 148.

Sur le carrosse du sacre de Charles X et le corbillard de Louis XVIII, voir Béatrix Saule, *Visite du musée des Carrosses*, Art Lys, 1997.

Sur les films tournés à Versailles, voir dans les actes du colloque organisé par Béatrix Saule, *L'Histoire au Musée*, Actes Sud-Château de Versailles, 2004, l'article d'Antoine de Baecque, « Versailles à l'écran, Sacha Guitry, historien de la France », p. 145-162.

Les prouesses de ceux qui sont ici appelés les Ingelfingen sont librement inspirées de l'histoire des Untergunther, un groupe d'action clandestin qui s'est donné pour but de restaurer à ses frais et dans le respect absolu des règles quelques éléments du patrimoine national. Ils s'introduisent clandestinement dans les monuments historiques là où ils estiment que l'État n'assure pas assez bien son devoir de sauvegarde. À l'occasion de leur restauration de l'horloge du Panthéon en 2007, *Le Monde* et *Le Figaro* se sont fait l'écho de leurs exploits. C'est de cette aventure, transposée en 1999, que s'inspire l'action des « Ingelfingen » – du nom d'une branche de la famille princière des Hohenlohe, qui n'a rien à voir avec tout cela.

Nancy Regalado, de même, n'est pas réalisatrice de films à Hollywood, mais professeur de littérature française à New York University. L'auteur lui demande pardon.

Quant au voyage secret des jansénistes vers la Chine, il est peut-être possible d'en trouver des échos dans le volume publié sans nom d'auteur par Simon Tyssot de Patot, *Voyages et aventures de Jacques Massé*, Jacques Kainus, Cologne [La Haye], 1710, dont une édition, malheureusement sans préface ni notes, a été procurée par les Éditions Amsterdam (Bibliothèque des Lumières radicales) en 2005. Le narrateur, lecteur de Pascal et d'Arnauld, familier de Descartes et du père Mersenne, s'embarque vers des terres lointaines et rencontre un Chinois. Sinon, il faudra se résoudre à voir dans cette histoire, comme pour les lectures de jeunesse du président Mao, un épisode imaginaire…

La meilleure description de la tempête de 1999 à Versailles se trouve dans le livre d'Alain Baraton, qui en a été témoin, *Le Jardinier de Versailles*, Grasset, 2006, p. 7-36.

Tous les passionnés de Versailles consultent le site Internet Connaissances de Versailles, que l'on trouve à l'adresse www.versailles.forumculture.net. On peut même jouer à y reconnaître, sous divers pseudonymes, tel célèbre conservateur ou tel grand jardinier, que démasque leur science des détails. Ce site mérite d'être recommandé chaleureusement.

L'Association des croqueurs de pommes, citée en passant dans le roman, existe bien. Didier Huet, jardinier, membre très actif de cette association vouée à la sauvegarde des variétés anciennes de fruits, intervient parfois pour des conférences dans la salle Champaigne des Petites Écoles de Port-Royal, le verger historique créé par Arnauld d'Andilly vers le milieu du XVIIᵉ siècle et reconstitué en 1999.

L'auteur a lu, après avoir écrit cette aventure de Pénélope, *Le Désert de la Grâce* de Claude Pujade-Renaud (Actes Sud, 2007), roman qui raconte la profanation du cimetière de Port-Royal et le très distrayant *Meurtre à la française* d'Alain Germain (Éditions du Masque, 2006), dont l'action se déroule à Versailles au lendemain de la tempête de 1999. Sur deux sujets proches du sien, ces deux auteurs ont inventé des intrigues qui n'offrent aucun rapport avec celle qu'on vient de lire, ce qui n'a rien de surprenant, mais a tout de même été, sur le moment, une rassurante constatation.

En 1999, Versailles avait des conservateurs, des jardiniers, des membres du personnel de surveillance et des guides conférenciers, Port-Royal-des-Champs était un musée en pleine expansion. Comme dans le volume précédent des « Enquêtes de Pénélope », *Intrigue à l'anglaise*, l'auteur tient à affirmer clairement que ceux qui, cette année-là, occupaient des fonctions qui sont celles de ses personnages, n'ont rien à voir avec ces derniers. Si certains ont pu inspirer telle ou telle scène, tel ou tel trait, le résultat est, à l'évidence, de pure fiction.

Si tout ce qui relève de la sécurité du château est volontairement très vraisemblable, certains éléments ont été transformés ou empruntés à d'autres palais nationaux ou musées, afin de ne pas perturber le travail de ceux qui, dans la réalité, assurent la garde de Versailles.

Dans un ordre alphabétique qui abolit joyeusement tout protocole versaillais, figurent ici ceux qui, par leurs conseils, leur conversation ou leurs écrits ont – parfois malgré eux – contribué à telle ou telle scène et méritent d'être vivement remerciés, même s'ils n'approuvent pas tout ce qui est dit de Versailles dans ce roman. Tous sont de grands défenseurs du château :

Jean-Jacques Aillagon, Benedikte Andersson, Pierre Arizzoli-Clémentel, Pierre Bonnaure, Violaine et Vincent Bouvet, Laurence Castany de Bussac, Guillaume Cerruti, Jean-Christophe Claude, Adélaïde de Clermont-Tonnerre, Sylvain Cordier, Michel Delon, Béatrice de Durfort, Côme Fabre, Christine Flon, Dominique de Font-Réaulx, Bruno Foucart, Élisabeth et Cyrille Goetz, Christine et Jean Gouzi, Michaël Grosmann, Valérie Guillot, Valentine et Markus Hansen, Nicolas Henry-Stoltz, Nicolas Idier, Pierre Jacky, Dominique Jacquot, Helena et Martin Jahan de Lestang, Olivier Josse, Karen Knorr, Jacques Lamas, Laurent Le Bon, Frédéric Lecointre, Marjorie Lecointre, Ariane de Lestrange, Philippe Luez, Antonin Macé de Lépinay, Raphaël Masson, Jean-Christophe Mikhaïloff, Nadège et Hélie de Noailles, Christophe Parant, Valérie et Jérôme Pécresse, Alexandre Pradère, Nicolas Provoyeur, Jean-François Quemin, Aude Révillon d'Apreval, François Reynaert, Laurella et Bruno Roger-Vasselin, Bertrand Rondot, Brigitte et Gérald de Roquemaurel, Philippe Sage, Béatrix Saule, Thierry Serfaty, Jean-Hugues Simon-Michel, Anne-Louise et Jacques Taddei, Jean-Yves Tadié, Farid Tali, Simon Thisse, Sara Wilson.

Au moment de fermer ce livre, une figure ne peut s'effacer de mon esprit. C'est un profil dessiné « au physionotrace », procédé du XVIIIe siècle qui garantissait une grande ressemblance, avant l'invention du portrait-carte photographique. Il est accroché devant moi, dans un cadre en bois doré un peu mal en point. Rien d'inquiétant en apparence dans le visage grave de Louis-Adrien Le Paige, avocat au Parlement de Paris et bailli du Temple, né sous Louis XIV en 1712, mort sous Bonaparte en 1802. Tout ce qui est dit de lui dans ces pages est réel. Il n'a pas encore trouvé son biographe.

Puissent son esprit, là où il se trouve, et son âme peut-être, trouver enfin la paix et le repos. Ce roman est dédié, avec piété, à la mémoire méticuleuse et agitée de ce mémorialiste des convulsions.

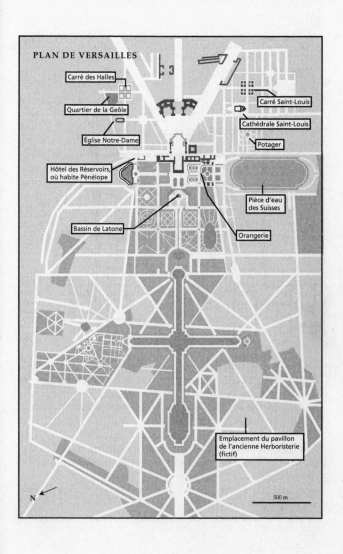

PLAN DE VERSAILLES

Carré des Halles

Quartier de la Geôle

Église Notre-Dame

Hôtel des Réservoirs, où habite Pénélope

Bassin de Latone

Carré Saint-Louis

Cathédrale Saint-Louis

Potager

Pièce d'eau des Suisses

Orangerie

Emplacement du pavillon de l'ancienne Herboristerie (fictif)

N

500 m

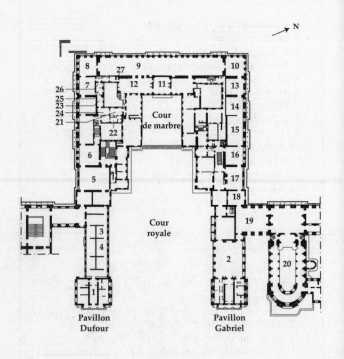

N

8 27 9 10
7 12 11 13
26 14
25
23 15
24 16
21 22
Cour
de marbre
6 17
5 18
19
Cour
royale 2 20
1

Pavillon
Dufour

Pavillon
Gabriel

10 m

1. Vestibule du pavillon Dufour
2. Escalier Gabriel
3. Bureau de M. Bonlarron
4. Bureaux de la conservation, dont celui de Pénélope
5. Salle du Sacre
6. Salle des Gardes
7. Chambre de la Reine
8. Salon de la Paix
9. Galerie des Glaces
10. Salon de la Guerre
11. Chambre du Roi
12. Antichambre de l'Œil-de-Bœuf
13. Salon d'Apollon
14. Salon de Mercure
15. Salon de Mars
16. Salon de Diane
17. Salon de Vénus
18. Salon de l'Abondance
19. Salon d'Hercule
20. Chapelle
21. Cabinet doré
22. Cabinet des Poètes de Marie Leszczynska
23. Bibliothèque de la Reine
24. Supplément de Bibliothèque
25. Cabinet de la Méridienne
26. Cabinet de chaise de la Reine
27. Escalier à vis qui intrigue Pénélope et Wandrille

TABLE

I. DES FONTAINES D'EAU VIVE

1. Conservatrice à tout faire 9
2. Un cadavre dans un bassin 20
3. La ronde du matin 24
4. Un meuble de trop 31
5. La visite de l'empereur de Chine 35
6. *La Vérité des miracles* 43
7. Comment une table du XVIIIe siècle peut être douée d'ubiquité 45
8. Marie-Antoinette apparaît en personne et donne son avis 60
9. Où l'on apprend que Versailles est encore en 110 volts 64
10. Tout le monde n'a pas la chance d'avoir un père ministre des Finances et de l'Industrie 72
11. La cantine des conservateurs 83
12. Le statut du commandeur 88

II. LE JARDIN DES PÊCHES TARDIVES

1. Meuble et meurtre 99
2. Le goûter de Wandrille 108
3. Comment Léone fait le catéchisme dans son tombeau 117
4. Nécessité absolue de service et tire-bouchon 127
5. L'escalier de Louis XIII 137

6. Les raviolis du cardinal 147

7. Le pavillon du fond du parc 152

8. Au lieu-dit de l'« étang puant » 157

9. Dans les bagages d'un sommet monétaire européen 167

10. Un château de la Loire dans le Buckinghamshire 174

11. Un déjeuner à La Flottille 180

12. Comment une table du XVIIIᵉ siècle peut ne pas dater du XVIIIᵉ siècle 185

13. Sur les toits 192

III. LES CONVULSIONNAIRES

1. Dernier tour de manivelle 199

2. La salle du jansénisme 205

3. Le cabinet des glaces mouvantes 211

4. Les plans de Lambinet 214

5. Une vente aux Chevau-Légers 219

6. Quand M. Bonlarron parle le langage des fleurs 226

7. Patrimoine Plus 232

8. Seconde leçon de catéchisme, mais plus dans un tombeau 236

9. « De par le Roi, défense à Dieu de faire miracle en ce lieu » 241

10. Le greffier des convulsions 244

11. « La beauté sera convulsive ou ne sera pas » 253

12. Cambriolé par le ministère des Finances 260

13. Couscous chinois 264

14. Un architecte de moins 272

IV. MEURTRE DANS UN JARDIN FRANÇAIS

1. Devant la porte du Roi 279

2. Toccata et fugue 282

 3. Sous les toits 287

 4. Commodes clonées 293

 5. « La cassette à Perrette » et le frère de Voltaire 297

 6. Wandrille aquarelle 306

 7. Le James Bond de Bercy 311

 8. Où Wandrille renverse les perspectives 317

 9. Noël du néant 327

10. Matin d'hiver au Grand Palais 341

11. La chapelle ronde de Notre-Dame 347

12. Pénélope plafonne 353

13. La galerie des Glaces 362

14. Tempête dans le saint des saints 369

15. Les remords de d'Artagnan 378

16. Un coup de peigne avant l'Apocalypse 390

Précisions historiques et remerciements 399

Plans 409

Composition réalisée par IGS-CP
_____

Achevé d'imprimer en février 2010 en Espagne par
LITOGRAFIA ROSÉS S.A
08850 Gavà
Dépôt légal 1re publication : mars 2010
LIBRAIRIE GÉNÉRALE FRANÇAISE - 31, rue de Fleurus - 75278 Paris Cedex 06

31/2984/8